초판 한정
쇼트 스토리 리플릿
〈새를 보았다〉

8권 본편을 먼저 읽어주시길 바랍니다.

[NOT FOR SALE]

S NOVEL+

"아아아, 삐짱……."

멀어지는 삐짱을 울 것 같은 표정으로 바라보는 폴린이었는데, 메비스의 안색이 어두웠다.

"왜 그래, 메비스?"

이상하게 여긴 레나가 묻자 메비스가 주저하며 대답했다.

"아, 그게, 기분 탓인지도 모르겠지만……. 그저께, 폴린이 발을 삐었을 때, 삐짱이 약한 치유마법을 걸어준 게 아닐까……. 그리고 어제는 마일이 아침 준비를 하고 있을 때 불이 저절로 붙었던 것 같은……."

"뭐? 그렇다는 건, 함께 있던 자의……, 그러니까, 『어미 새의 마력을 흡수』한 거? 그럼 어젯밤에는 마일과 함께 잤으니까……."

"마일의, 엄청난 양의 마력을 흡수해서……."

""""괴물 새의 탄생이다아앗!""""

"난 모~올라~!"

"저, 저도, 상관없는 일이에요!"

"물론, 나도야!"

"마찬가지로 이사카 쥬조!"(1970년에 방영한 일본 시대극 '오오에도 수사망' 등장인물의 결정적 대사.)

"자, 좌우당간……."

""""어서 다른 나라로 이동하자고!!""""

그리하여 전력을 다해 가도를 나아가는 '붉은 맹세'.

그녀들이 '숲에서 미아와 다친 사람을 도와주는 거대한 새' 소문을 들은 것은 그로부터 훨씬 나중의 일이었다…….

"저, 저요! 저한테요, 폴린 씨!"
하지만 레나 삼인방에게 폴린으로부터 무자비한 선고가 내려졌다.
"저기~, 여러분은 골이 별로 없어서 삐짱이 찌그러지고 말 거예요……."
""""…………."""

"죄송해요! 제가 잘못했으니까 여러분, 이제 그만 기분 푸세요오……."
낮에 한 폴린의 폭언에서 아직 회복되지 않아, 저녁식사 후에도 여전히 의기소침에 입을 꾹 다문 레나 삼인방을 보며 폴린이 당혹스러워했다.
"어, 어쩔 수 없네요, 오늘밤 삐짱 옆에서 잘 권리를 양보해드릴 테니, 용서를……."
쫑긋! 쫑긋쫑긋!
휙!

"예스, 받았다!"
""아아아악!""
무려, 평소에는 뭐든 남에게 양보하는 메비스가 몸을 날려 삐짱을 확보.
"후후. 후후후후. 오늘은 같이 자자, 삐짱!"
""우쒸이이이…….""
분해서 끙끙대는 레나와 마일.
폴린이 걱정스러운 듯이 메비스에게 말했다.
"모쪼록, 몸부림치다가 삐짱을 깔아뭉개지 말아 주세요……."

그리고 다음 날. 무사히, 뭉개지지 않고 살아남은 삐짱은 다시 폴린의 가슴골에 들어갔다. 이동 중에는 그곳이 제일 안전하고 안락했기 때문이다.
"""우쒸이이이……."""

"아얏!"
"왜 그래! 괜찮아, 폴린?!"
폴린이 모르고 조약돌을 잘못 밟아 발목을 살짝 삐끗한 모양이었다. 하지만 원래 이 정도쯤은 가벼운 치유마법을 걸면 아무런 문제도 없다. 그래서 폴린이 웅크려 앉아 스스로 치유마법을 걸려고 한 순간, 가슴골에서 삐짱이 튀어나왔다.

"삐! 삐! 삐!"

그리고 왜 그러는지 필사적으로 폴린의 아픈 발목을 향해 울부짖기 시작했다.

"고미워, 삐짱. 왠지 통증이 조금 가라앉는 것 같아……."

그리고 고개를 돌린 삐짱이 그 조약돌을 향해 지저귀자, 갑자기 조약돌이 살짝 튕기듯 움직였다. 다들 어라, 싶었지만 기분 탓인가 하고 깊게 생각하지는 않았다.

폴린이 스스로 발목에 치유마법을 건 다음 다시 걸음을 떼는 '붉은 맹세' 일행.

그리고 그날 밤.

"잡았다!"

"아악!"

오늘 밤은 레나가 삐짱을 획득해 억울해하는 마일.

그리고 다음 날 아침, 마일이 아침식사 준비를 하려고 하는데.

"삐이!"

화라락!

"어라? 어떻게 불이 저절로……."

"오늘 밤에는 제 차례네욧!"

과연, 마일의 주장에 불만을 표출하는 자는 없었다. 이렇게 해서 한 바퀴 돌았다. 폴린도 낮에 계속 독점하고 있고, 내일은 폴린의 차례이기 때문에 이의가 없었다.

"착하지~, 내 가슴골에서 자려무나~!"

반듯이 누우면 마일의 가슴이라도 문제없었다. 마일의 가슴골에 살포시 앉아, 잘 자세를 취하는 삐짱.

"귀, 귀여워어어~~!"

그리고 다음 날 아침.

숨이 막혀, 동이 트기도 전에 잠에서 깬 마일이 살짝 눈을 떴는데…….

"꺄아아아아아아악~~!!"

""""무, 무슨 일이야!""""

마일의 비명에 깜짝 놀라 벌떡 일어난 레나 삼인방이 목격한 것은, 간이침대 위에 누워 있는 마일과, 마일 위를 덮은, 거의 마일과 같은 크기에 복슬복슬한……, 그러니까 '거대한 새'였다.

"무, 무무무슨……."

"새, 새 마물?"

"……아니, 삐짱?"

그렇다, 그것은 하룻밤 만에 거대해진 삐짱이었다…….

"서, 설마, 마조(魔鳥)?"

"알아, 메비스?"

"응, 겉보기는 보통 새지만 마력이 있어서 간단한 마법을 쓰는 새야. 잘은 모르겠는데, 태어났을 때는 마력이 없지만 어미 새의 마력을 흡수해 급속도로 성장하고 간단한 마법을 쓸 수 있게 된다나 봐. 아주 약한 바람마법이라든가……. 그래도 이 정도로 거대해질 리가 없고, 애당초 아무리 급속도로 성장한다고 하지만 어떻게 하룻밤 만에……."

실제로는 '마력을 흡수'하는 것이 아니라 어미 새의 영향에 있는 나노머신을 '차용'해서 자신의 성장에 이용하는 모양인데, 이 세계 사람들은 그렇게 해석했다. 그리고 어차피 작디작은 새여서 마법이라고는 해도 아주 사사로운 것에 지나지 않았기 때문에 사람들이 신경 쓸 정도는 아니었던 것이다.

소란스러움에 잠에서 깼는지, 느릿느릿 마일의 위에서 내려와 땅에 선 삐짱.

그리고 폴린, 메비스, 레나, 마일을 차례차례 바라본 후, 고개를 살짝 숙이는 듯한 동작을 취한 뒤 터벅터벅 텐트 밖으로 나갔다.

다들 당황해서 뒤를 쫓자, 삐짱은 한 번 뒤돌아보더니 날개를 펼치고 어딘가로 날아가 버렸다.

〈새를 보았다〉

삐이삐이……

"……방금, 무슨 소리 들리지 않았어?"
"아니, 아무것도……."
레나의 질문에 메비스가 그렇게 대답했을 때…….
삐이삐이!
"그것 봐, 역시! 어딘가에서 들리는데……."
이번에는 분명히 들린 그 소리의 발생지를 찾아나서는 레나, 메비스, 그리고 마일.
삐이삐이 계속해서 들려온 그 소리는…….
"저, 저기, 그게에……, 에헤헤……."
폴린의 가슴골에서 들려오고 있었다.

"……그래서, 아까 휴식 때 풀숲 속에 있던 걸 발견해 주웠다는?"
"네……. 그대로 내버려두면 분명 죽을 것 같아서……."
폴린의 가슴골에서 고개를 빼꼼 내민 것은 문조 정도 크기의 귀여운 작은 새였다.
문조라면 다 큰 크기겠지만, 아직 솜털이 남아 있고 어려 보이는 느낌이 드는 것을 보아 아직 새끼 아니면 어린 새 같아서, 성조가 되면 몸이 좀 더 커질 것 같았다.
사람을 좋아하는지 손길을 거부하지 않고 몸을 비비던 작은 새는 폴린이 내민 딱딱한 빵조각을 기쁜 투로 쪼았다.
""""귀, 귀여워…….""""
"자, 잠시만 나한테 줘 봐!"
"아니, 우선은 파티 리더인 나한테……."

<이동식당 선녀옥>
God bless me:
저, 능력은 평균치로 해달라고 말했잖아요!

(여신화 현상)
마일, 갓디스 페노메논!

God bless me?
저, 능력은 평균치로 해달라고 말했잖아요!
8

【일본】

고등학생. 어린 소녀를 구하고,
이세계로 전생했다.

C등급 파티 '붉은 맹세'

이세계에서 '평균적'인
능력을 부여받은 소녀.

검사. 신입 파티
'붉은 맹세'의 리더.

기 센 신인 헌터.
공격마법이 특기.

【브란델 왕국】

아델의 친구.
귀족이며 마법을 잘 쓴다.

아델의 친구.
평민의 딸

신인 헌터.
연약한 소녀지만…….

아델의 친구.
상인의 둘째 딸.

브란델
왕국
카라미테이
바노라크
왕국
왕도
여인숙 사건이
일어난 마을
아스컴으로
돌아가는 반환점
아스컴령
침공군
왕도
샤레이라즈

대국
아르반 제국

마일이
등록한 마을
왕도
티루스 왕국
'붉은 맹세'
등록국
마레인
왕국
왕도
마판
드워프 마을
그레데마르
God bless me?
WORLD MAP

지난 줄거리

아스컴 자작가의 장녀 아델 폰 아스컴은 열 살이 되던 어느 날, 강렬한 두통과 함께 모든 것을 기억해냈다.

자신이 예전에 열여덟 살의 일본인 쿠리하라 미사토였다는 것과 어린 소녀를 구하려다가 대신 목숨을 잃었다는 것, 그리고 신을 만났다는 사실을…….

너무 잘나서 주변의 기대가 커, 자기 생각대로 살 수 없었던 미사토는 소원을 묻는 신에게 이런 부탁을 했다.

"다음 인생에서 능력은 평균치로 부탁드립니다!"

그런데 뭐야, 어쩐지 이야기가 좀 다르잖아!

나노머신과 대화를 나눌 수 있고, 인간과 고룡(古龍)의 평균이어서 마력이 마법사의 6,800배?!

처음 다닌 학원에서 소녀와 왕녀님을 구하기도 하고.

마일이라는 이름으로 입학한 헌터 양성 학교에서 동급생들과 결성한 소녀 사인조 파티 '붉은 맹세'로 대활약!

하지만 그녀들 앞에 골렘, 적국의 비밀부대, 거기에다 딸을 사랑하는 아버지와 세계 최강 고룡 등이 속속 등장해 문제가 일어난다.

게다가 레나의 갑작스러운 심쿵 사건, 리더 메비스에게 약혼자가 등장하고!

넷이서 다함께 역경을 극복해온 '붉은 맹세'지만, 최악의 사태가 일어나고 만다.

갑자기 남쪽 대제국이 마일의 고향을 침공한 것이다. 네 소녀는 서둘러 아스컴령으로 향하는데.

God bless me?

CONTENTS

제63장 아스컴 자작령

마일의 마음(정신)은 3년 전 그날, 열여덟이었던 쿠리하라 미사토와 열 살 아델의 정신이 융합되었다.

하지만 원래 동일인물, 즉 같은 영혼, 같은 정신체였으며, 아델로 있는 동안 모든 기억과 사고 능력을 잃었던 미사토가 백지상태에서 다시 가동된 것이었다.

요컨대 '만약 미사토가 이 세계에서 태어나 자랐다면 그렇게 성장했을 것 같은 사람'. 그것이 바로 아델 폰 아스컴이었다.

그래서 그 정신 융합에 별다른 오류는 발생하지 않았다. 원래 같은 OS(영혼)에 실린 애플리케이션이고, 입력된 정보 차이에 따라 학습과 성장 결과가 달라졌을 뿐, 그러니까 소프트웨어(정신)는 원래부터 완전히 동위 원소 같은 존재인 셈이었다.

그 '입력된 정보' 부분이 통합되었다.

그렇다, 한쪽이 다른 한쪽에 잠식된 것이 아니라 두 기억을 가진 하나의 정신. 그것이 마일이었다.

그래서 마일은 기본적으로 데이터(기억의 양)가 많았고, 미사토였을 때의 사고방식이 중심이기는 하지만 거기에는 아델로서의 사고방식도 포함되어 있었다. 그리고 물론 그 기억도.

'아스컴가의 하인들이 대부분 나와 어머니에 대해 모르는 자들로 싹 바뀌었다곤 하지만, 해고된 사람들도 다들 영지 내에 살고 있을 거야. 어머니와 할아버지가 돌아가시기 전까지 그리고 자신들이 해고당하기 전까지, 나를 다정히 보살펴 주었던 예전 하인들 모두……. 그리고 할아버지랑 어머니를 비롯해 모든 선조님들이 지켜 오신 아스컴령이랑 그 영민들…….'

마일은 이미 예전에 고향을 버려 이제 자신과는 아무 상관 없을 터였지만, 그건 미사토로서의 논리적 판단이었지 아델로서의 의사와 기억은 그리 쉽게 무 자르듯 잘리지 않았다.

"표정이 뭐 그리 심각해? 좀 더 마음 편하게 먹으라고!"

이마에 주름까지 져가며 생각에 잠긴 마일에게 레나가 말을 걸었다.

"아르반 제국은 마일의 모국 브란델 왕국의 남쪽에 위치한 대국인데 이곳 바노라크 왕국과도, 메비스와 폴린의 모국이자 우리의 헌터 소속국인 티루스 왕국과도 접하고 있어. 우리는 티루스 왕국에서 출발해 서진하다가 북측 브란델 왕국을 경유해 이 나라에 왔지. 남쪽 루트라면 아르반 제국을 통과했겠지만, 물론 그 루트를 선택하는 사람은 많지 않고, 우리 역시 그쪽은 피해왔지."

레나가 '메비스와 폴린의 모국'이라고 표현한 까닭은 레나 부녀가 여러 나라를 유랑하는 행상인이어서 어디 출신인지 몰랐기 때문이다. 그 부분에 관해서 아버지가 아무런 언급도 해주지 않았으니.

"그러니까 지금부터는 제국령을 피해 브란델 왕국 쪽의 국경을 따라 제국군이 침공하지 않은 곳을 골라서 지나가는 게 좋아. 그렇게 하면 아스컴령으로 바로 가는 근접 코스가 되니까."

그렇게 말한 레나는 지도의 국경선에서 조금 떨어진 가도를 손가락으로 가리켰다. 이 나라에 올 때는 좀 더 북쪽으로 치우친, 그러니까 국경에서 먼 루트를 선택했기 때문에 그때와는 다른 루트인 셈이다.

다들 레나의 방침에 찬성했고 짐은 전부 마일의 수납마법에 맡겼다. 그렇다, 그들에게는 너무도 익숙한, 고속 이동 '소닉 무브'였다. ……다만 그냥 짐이 없어 몸이 가벼운 것일 뿐이라 전혀 이름값 못하는 방법이었지만, 그래도 이동 속도가 살짝 올라간다. 조금이라도 더 빨리 가고 싶다는 모두의 마음이 드러난 것이었다.

너무 무리해서 서두르지 않아도, 분명 제국군이 아스컴령에 쳐들어오기 전에 도착할 수 있으리라.

이 세계의 전투는 준비 시간이 오래 걸린다.

물자 집적, 비(非)상비병…… 즉 농민들……을 소집하고, 즉석 훈련 등의 사전 준비도 해야 하며, 군사 행동이 시작된 후에도 부대 이동과 전투에 시간이 든다. 몇 주에 걸친 양군의 신경전이라든지, 몇 개월에 걸친 포위전, 농성전 등도 흔하다.

이번에는 제국 측이 신속하게 점령하려 들겠지만 그래도 교전과 적의 매복, 덫과 기습 공격에 대처해가며 진군해야 하니, 지구에서 벌어지는 현대전과는 비교도 할 수 없이 느린 진행 속도인건 마찬가지였다.

*　*

그로부터 며칠이 지난 후, '붉은 맹세'는 이미 브란델 왕국에 들어와 있었다. 아스컴 자작령까지 이제 얼마 남지 않았다.

"그나저나 헛돈 날렸어요!"

걸음을 옮기며 폴린이 불만을 터트렸다.

사실은 시간을 조금이라도 더 아끼기 위해 숙박은 대체로 '야영'으로 해결하는 '붉은 맹세'지만, 어느 정도 규모가 큰 도시에 가면 이따금 숙소를 이용했다. 정보 수집을 위해.

그리고 길드 지부에서 몇 번인가 유료 정보를 샀는데, 그 모든 것이 처음에 들은 정보와 별반 다를 게 없었고 그 이상의 새롭고 상세한 정보는 얻지 못했다. ……그렇다, 그러니까 두 번째 이후의 정보료는 전부 쓸데없는 지출이었으며, 시간 낭비에 불과했다.

폴린도 정보의 가치는 충분히 이해하고 있으며, 새로운 정보를 얻기 위해서라면 소금화 1닢 따위 아깝게 여기지 않았다. 하지만 하루하루 지나 현지에 점점 가까워지고 있음에도 불구하고 얻은 정보라고는 처음 것 그대로. 이러니 폴린이 '헛돈' 썼다며 한탄해도 어쩔 수 없었다. 뭐, 생각하기에 따라서는 '새로운 정보는 없다'라는 정보를 샀다고 볼 수도 있겠지만…….

"아마도 어느 길드 지부가 입수한 정보를 다른 모든 지부에 퍼트렸거나 아니면 처음에 정보를 판 사람이 서쪽으로 이동하면서 경로상에 있는 길드 지부에 계속 같은 정보를 팔았거나 둘 중 하나겠지. 그리고 그 이상의 정보는 없는 거야. ……말하자면 정보원은 단 한 곳. 어디까지 믿어야 할지 모르겠네…….”

메비스가 살짝 걱정스러워하는 반면 폴린은 그 정보를 상당히 믿는 눈치였다.

“하지만 길드가 돈을 받고 제공하는 정보잖아요? 신원이 불분명한 자의 말을 곧이곧대로 받아들이지는 않았을 거예요. 나름대로 진위를 확인했거나 믿을 수 있는 정보라고 판단한 이유가 있지 않았을까요? 그리고 왠지 묘하게 소식통 느낌이 드는 내용이기도 했고요.”

폴린의 말도 일리 있었다.

하지만 그 말을 들은 마일은 속으로 태클을 걸었다.

‘소식통이니 정보통이니 일본 뉴스에도 자주 등장하는데 말이야, 그거 도대체 누굴 말하는 거야? 그냥 말한 사람을 숨기려고 하는 말이면 그냥 『담배 가게 할머니가 말해줬다』라고 둘러대는 거랑 뭐가 다른지…….’

하지만 분명히 말해서 정보의 정확도는 별로 문제 되지 않았다.

제국의 의도가 어떻든지 간에 선전 포고도 없이 브란델 왕국에 침입한 적이므로, 왕국 측은 아무 조건 없이 공격할 수 있었다. 다른 나라들이 비난하는 나라는 제국뿐이다.

아니, 선전 포고를 하지 않았으니 그들은 ‘정체불명의 무장 세력’이고 도적으로 간주해도 무방했다. 그렇다, 아마 도적이겠지. 분명 그렇다!

그런 그들을 왕국 측이 응징한들 문제 될 것은 하나도 없다. 그리고 응징하는 자가 왕국의 정규병이든 용병이든 상관없다.

그 용병이 누구에게 고용된 자들인지도 포함해서 말이다.

"그럼 미리 논의했던 대로 지금 우리는 헌터 길드를 통한 게 아니라 자유 의뢰로 대인 전투 의뢰를 받은 거예요. 그러니까 명칭을 『헌터』가 아니라 『용병』으로 합니다. 딱히 헌터가 아니라고 거짓말하는 게 아니라 이번에는 전투 의뢰를 받은, 즉 『용병으로서 임무 수행 중』인 것이니 아무런 문제도 되지 않아요. 만에 하나 『너희는 헌터냐?』 하고 질문이 들어오면 그때만, 헌터 등록은 되어 있으나 지금은 헌터 길드를 통한 게 아니라 용병으로서 수행 중이라고 대답하면 됩니다."

계속 걸으면서 마일이 확인 차 설명하자 고개를 크게 끄덕이는 세 사람.

이미 작전은 몇 번이나 검토했고, 지금은 실전을 코앞에 둔 마지막 점검이었다. 그래서 이제 와 새삼스럽게 질문하거나 반대 의견을 내지는 않았다.

"그리고 기존의 헌터 파티와 별개로 제가 리더인 용병 파티를 만들겠습니다. 가입 희망자는 손을 들어주세요."

그러자 올라오는 세 개의 손.

"감사합니다. 이렇게 해서 용병단 『붉은 피가 좋아』의 설립을 선언합니다."

그렇다, 이곳에 있는 건 어디까지나 '용병단 붉은 피가 좋아'였다.

마일 일행은 철저하게 궤변으로 무장했다.

천하의 레나도 단 네 명이서 전쟁의 형세를 어떻게 움직일 수 있으리라고는 생각하지 않았다.

다만, 이대로 아무것도 하지 않고 가만히 있으면 마일은 평생 후회할 것이다. 그래서 레나는 마일이 한바탕 날뛰게 해주고 적당한 때를 봐서 억지로 끌고서라도 전쟁터를 벗어날 계획이었다.

'아무것도 하지 않아서 평생 한이 남는 건 나 하나로 족해…….'

한편 메비스는 진심으로 아스컴령을 구할 생각이었다.

'내 꿈이 이루어진다고 믿고 도와준 마일을 위해서라면 난 신이라도 벨 수 있어…….'

옅은 미소를 머금은 폴린이 무엇을 생각하는지는 아무도 모른다.

그리고 마일은.

'그냥 두고 볼 수만은 없어. 설령 내 평온한 행복을 잃게 되더라도…….'

그런데 그 생각은 '미사토'로서의 사고가 선택한 것일까?

아니면 '아델 폰 아스컴'으로서, 어린 정의감에 정신이 이끌린 것일까?

아니, 생각해보면 애당초 '쿠리하라 미사토'라는 소녀는 생판 모르는 소녀를 위해 달려오는 차 앞으로 몸을 내던진 인물이었다. 그러니 모르는 영민들을 위해 목숨을 걸려고 결심하는 것도 전혀 이상한 일이 아니었다.

'여차하면 내가 아델이라는 사실을 밝히고……. 그리고 필살기인『여신님인 척』해서라도 영민들을 지켜야……. 게다가 내 동료들을 한 사람도 죽게 만들 수 없어!'

단 네 명이서 전쟁의 형세를 어떻게 움직일 생각으로 가득 차

있었다…….

*　*

"아르반 제국의 도적놈들이……."

영지의 경계 부근에서 아스컴 자작령 영군(領軍)을 지휘하는 주노가 그렇게 말을 토한 후 침을 퉤 뱉었다.

갑자기 침공한 제국군은 국경과 인접한 세스도르 백작령을 짓밟고, 곧바로 이곳 아스컴 자작령을 향했다. 주노는 선전 포고도 없이 도둑놈처럼 침입한 자들 따위 군대로 인정하지 않았다. 그냥 도적. 녀석들을 부르는 호칭은 그것으로 충분했다.

아무리 자작령이라고는 하나 국경에 가까워 다른 자작령보다는 많은 병사를 거느린 아스컴가였는데, 몇 년 전까지는 위용을 자랑하던 영군도 지금은 힘을 많이 잃었다.

"제기랄, 그 썩을 데릴사위 놈이……."

그렇다, 아스컴가의 외동딸 메벨에게 장가온 어느 백작가의 얼간이 아들.

선대와 메벨이 도적의 공격을 받고 ……아무도 정말 우연히 도적의 공격을 받았다고는 생각하지 않았지만…… 죽은 후, 뻔뻔하게 내연녀와 혼외 자식을 데려온 그 남자는 군대 예산을 대폭 삭감하는 대신 자신들의 사리사욕을 채웠다. 그 바람에 인원수도 장비도 숙련도도 바닥으로 곤두박질치고 말았던 것이다.

아스컴가의 피를 한 방울도 이어받지 않았으면서, 아델을 끌어

내리고 가문을 빼앗으려 한 그들은 다행히 악행이 탄로 나 형장의 이슬로 사라졌다. 그 후로, 몸을 지키기 위해 모습을 감춘 정통 후계자 아델이 돌아올 때까지 영지를 관리하기 위해 국왕 폐하 직속으로 파견된 대관이 애써주긴 했지만 아직 왕년의 위용을 되찾으려면 한참 먼 상태였다.

하지만 아무리 위용이 있다 한들 고작 자작가의 영군이 아닌가. 제국군 전체 중 극히 일부에 불과해도 대국 정규군을 물리칠 능력이 그들에게 있을 리는 없었다. 기껏해야, 조금이나마 시간을 벌 수 있으면 다행인 수준이었다. 그렇다, 자국 정규군 또는 각 영지의 원군이 도착할 때까지의 시간 벌이 말이다.

'그것도 가망이 없나…….'

불상사가 일어나 영주 대행인이 관리하는, 아무런 장점도 없는 벽지의 자작령. 그런 곳을 돕기 위해, 피해가 커질 것을 알면서도 전력을 잇달아 투입하거나 강행군 후 곧바로 전투에 뛰어드는 등 어리석은 방책을 펼칠 왕이나 영주나 군인은 있을 리 없다. 여기서는 전력을 충분히 정비한 후 일제히 반격을 펼치는 것 말고 다른 방법이 없겠지.

……요컨대 반격 작전의 프론트라인(최전선)이 될 장소는 이곳보다 북방이 될 터였다.

그리고 설령 반격에 성공한다고 해도 이번 침공과 반격까지 총 두 차례에 걸쳐 전쟁터가 되기 때문에, 적군이 점거하는 동안 식량이나 돈이 될 만한 것들은 죄다 탈탈 털리고 논밭은 황폐해지며 가축이 죽고 사망자가 속출할 것이다. 고아와 과부가 넘치는 시골 영지는 미래가 없다.

'선대 영주님과 메벨 아가씨에게 면목이 없군……. 이 목숨이 붙어 있는 한, 아니, 목숨이 떨어지면 귀신이 되어서라도 아스컴 령을 지키기로 맹세했건만…….'

그렇다, 어린 시절 선대 아스컴가 당주, 그러니까 아델의 할아버지가 고아였던 자신을 거둬주어 영군 지휘관 자리까지 오를 수 있었던 주노는 선대 영주와 그 딸인 메벨을 위해서라면 조금의 망설임도 없이 모든 것을 바칠 수 있었다. 자신의 목숨, 그리고 영혼까지도…….

20년 전.

열 살이었을 때, 영도의 뒷골목에서 다 죽어가던 자신을 구해준 덕분에, 짐승 혹은 벌레나 다름없는 삶에서 인간의 존엄성이 있는 생활을 누리게 되었다.

그냥 평민, 그것도 다 죽어가는 꾀죄죄한 고아를 거두어주는 귀족이 또 어디에 있단 말인가.

그리고 검과 공부를 가르치고 훈련시켜서 당시 열두 살이었던 메벨의 호위…… 라는 명목의 놀이 상대 겸 감시 역할을 맡겼다. 메벨보다 자신이 더 어렸는데도 불구하고.

'주노, 숲에 가서 코볼트를 잡을래! 나, 펫을 키우고 싶거든!'

'아하하, 걸려들었다! 거기 풀을 묶어뒀거든! 나 대신 오늘 예절 수업을 들어주는 거야. 그럼 난 이만~!'

'주노, 개울에서 헤엄칠 건데 내가 물에 빠지거나 마물한테 공격당하지 않도록 한시도 눈을 떼면 안 돼!'

……주노가 이제껏 살면서 그 정도로 열심히 보람 있게 일한 적은 또 없었다.

큰 은혜를 베풀어 준 아스컴 가문의 사람들 그리고 아스컴 자작령의 모든 것을 지키기 위해, 매일 단련하고 공부해서 손에 넣은 이 강인한 육체. 그리고 무력, 정치적 공격, 경제적 침략 등 적의 온갖 악의와 공격으로부터 아스컴령을 보호하기 위해 익힌 다양한 지식.

하지만 아무것도 해보지 못한 채 선대 영주와 메벨을 잃었고, 아무리 의심스러워도 물증이 없어서 데릴사위를 규탄하지 못했으며, 혹시라도 메벨의 딸 아델까지 건들까 봐 일을 그만둘 수도 없었다. 그는 만일의 사태가 일어났을 때 아델을 지키기 위해 반역자, 그리고 주인을 죽였다는 오명을 써도 상관없다고 생각했다.

그런데 또 힘도 못 써보고 아델마저 잃게 되었던 것이다.

'아니, 아델님은 아직 돌아가셨다고 확실히 결정 난 게 없어. 분명 어딘가에 살아계실 가능성이…….'

그렇게 생각은 했지만, 무력하고 세상 물정 모르는 열두 살짜리 귀족 소녀가 혼자 몸으로 무사히, 행복하게 살아갈 수 있을 것 같지는 않았다.

주노가 마지막으로 아델을 본 것은 선대 영주와 메벨이 건재하던 시절로 아델이 아직 여덟 살이었을 때였는데, 총명하지만 '몽

상가'라고 불리던 엄마 메벨의 피를 그대로 물려받았는지 아델도 조금, 아니 많이 종잡을 수 없는 소녀였다.

아무리 영군 지휘관이라고는 하나 군인인 주노가 주가(主家)의 어린 소녀와 대화할 기회 따위는 그리 많지 않아, 선대 영주나 메벨과는 말해도 아델과 직접 말을 섞어본 적은 없었다. 이따금 먼 발치에서 바라보는 정도였다.

주노는 선대가 자신을 거둬준 후 처음 메벨을 만났을 때의 기억을 떠올렸다.

'주노. 부디 강해져서 아버님과 나, 그리고 아스컴령의 영민들을 지켜줘!'

열두 살이었던 메벨의 말에 힘차게 고개를 끄덕였었지만, 결국 그 약속의 절반은 지키지 못했다.

'하지만 아가씨와 한 약속의 나머지 절반은 내 목숨과 맞바꿔서라도!'

아스컴 자작령, 영군 300. 아르반 제국 침공군, 대략 5,000.

"5,000? 고작 그 정도의 전력으로도 충분하다고 여기는 놈들을 후회하게 만들어 주마!"

주노는 마지막 말만은 혼자 생각하지 않고 소리 내어 말했다. 기세 좋게 나서서 부하들의 사기를 북돋우는 것 또한 지휘관이 할 역할이었다.

'하지만 현실적으로 정면에서 맞붙는 건 승산이 없어. 포위 섬멸전을 펼치기엔 병사 수에서 차이가 너무 많이 나. 지금은 기습공격으로 적의 머리(사령부)를 치는 수밖에…….'

지휘관과 참모들을 단숨에 쓸어버리면 어떻게든 되리라.

지휘관 하나만 죽여 봐야 다음 사람에게 지휘권이 이동하기만 할 뿐이다. 하지만 사령부를 통째로 전멸시키면 이야기는 다르다. 전군을 제대로 움직일 능력도, 그 권한을 쥔 자도 없어지므로 일단 철수하는 방법밖에 없겠지. 그렇게만 된다면 재침공에 대비한 원군이 도착하리라.

주노가 그렇게 생각했을 때.

"적이 습격을!!"

적이 선수를 치고 말았다.

"제기랄!"

생각해보면 머리를 쳐서 불능 상태가 되는 건 이쪽 역시 마찬가지. 게다가 이쪽은 상대와 달리 소규모. 지휘관인 주노와 차석인 이덴 둘만 해치우면 나머지는 알아서 와해된다.

정상적으로 맞붙는다고 해도 제국 측의 압승은 불 보듯 뻔하지만, 가능하다면 최대한 피해를 줄이고 이기는 것이 가장 낫다. 어째서 소수에 의한 사령부 기습 공격이라는 책략을 제국 측이 쓰지 않을 거라고 단정했던 걸까. 어째서 우세한 쪽은 기습 공격 따위 하지 않을 거라고 방심했던 걸까.

주노는 자신이 너무도 바보 같아 이를 갈았다.

아무래도 적의 기습 부대는 특별 선발된 정예 병사 20~30명으로 구성된 것 같았다. 상황이 혼란스러워 정확하게 적이 몇 명인지 파악하기는 불가능했지만…….

"진정해, 적은 소수야, 한 명씩 확실하게 숨통을 끊으면……."

주노가 말을 채 끝내기도 전에 옆에서 검이 날아들었다.

"윽!"

아슬아슬하게 자신의 검으로 막았지만, 화살 시위를 당기고 있는 적군의 모습이 시야의 한쪽 구석에 들어왔다.

화살을 피하려고 하면 틈이 생겨 검에 베일 것이다. 그렇다고 계속 검을 막고 있으면 화살을 피할 수 없다.

"젠장, 이런 데서! 나는, 나는, 아가씨와의 약속을……."

슝!

그리고 화살이 시위를 떠나, 주노가 죽음을 각오했을 때.

티잉!

""""앗……!""""

주노, 검을 대고 있던 병사, 그리고 화살을 쏜 궁사 모두가 깜짝 놀라 소리쳤다.

"정의의 이름으로 돕겠다!"

그곳에 빠른 속도로 날아든 화살을 검으로 쳐낸, 늠름한 금발 여성 검사가 서 있었다.

……눈 주위를 가린 마스크(가면)를 쓴 수상한 모습을 하고…….

두 제국 병사는 아무 말도 내뱉지 않고 여성 검사에게 검을 휘둘렀다.

"진 신속검!"

그리고 눈 깜박할 사이에 검등에 맞고 쓰러지는 제국 병사들.

이런 순간에도 칼날로 베지 않고 검등을 사용하다니, 얼마나 여유가 있다는 말인가.

"파이어 볼!"

옆에서 공격마법 영창이 들려왔다.

아무리 뛰어난 검사라도 공격마법에는 속수무책이다. 검으로는 마법을 못 막으니까.

공격마법을 쓸 줄 알면 어딜 가든 얼마든지 먹고살 수 있다. 그래서 굳이 군대에 들어가 위험한 최전선에 나가는 사람은 별로 없었다. 아무래도 그 귀중한 마술사를 투입한 작전이었던 모양이다. 그리고 그 공격마법이 명중하나 싶었던 순간.

"항마검!"

슝!

"으헉……."

설마 했던, 검에 의한 공격마법 절단.

지금 자신의 눈앞에서 벌어진 일을 이해하지 못해, 멍하니 그 자리에 멈춰선 마술사. 그리고…….

"윈드 엣지!"

제대로 된 방어구를 갖춰 입지 않은 마술사는 날아오는 바람 칼날에 베이고 찢겨 쓰러졌다.

일류 검사인데 공격마법까지 구사하다니. 그런 사람이 어디 있다는 말인가!

"주, 죽여라! 그 녀석을 죽여!"

여성 검사를 최대 위험 요소로 판단했는지, 기습 부대의 지휘관으로 보이는 남자가 소리쳤다. 그 말을 들은 여성 검사는 차분한 목소리로 대꾸했다.

"난 죽지 않아! 설령 쓰러진다고 해도, 부활해 몇 번이고 전쟁터에 돌아올 것이다. 나의 멋진 꿈을 이루기 위하여. 그리고 정의와 나의 친구를 위하여……."

그리고 검을 높이 쳐들고 선언했다.

"나는 무적! 몇 번이고 쓰러져도 다시 살아나는 『리본(부활)의 기사』다!"(데즈카 오사무의 만화 패러디)

그리고 언제 왔는지 그 옆에 등장한 세 명의 소녀가 뒤이어 자신을 소개했다.

"『진짜로 적을 사냥해 목숨을 앗는, 진짜 사냥꾼(매지컬) 레드』!"
('마법소녀 리리카'의 패러디)

"지옥으로의 안내자 『어둠의 무녀』!"

"엥? 폴…… 아니, 당신 이름은 『거유 헌터』로 정했잖아요!"

"시, 시끄러워! 그리고 어차피 지금은 『헌터』도 아니잖아!"

은발 아이의 지적에 진심으로 욱하는 거유 소녀.

그리고 마지막으로 그 은발 아이가 자신을 소개했다.

"나는 우세한 쪽을 해치우는 자! 사람들은 날 이렇게 부르지, 『우세 가면』!"

저번에 등장했을 때와 대사가 정반대였다. 하지만 그 사실을 모르는 병사들은 그 부분을 지적할 수 없었다. ……하지만 이 부분만은 꼬집었다.

"""어째서 다들 수상한 마스크를 쓰고 있는 거야!"""

소개가 끝나자 곧바로 공격에 나서는 네 명의 가면 소녀들.

검기와 마법에 하나둘 쓰러지는 제국병. 그리고 무엇보다도 조금 전까지 소란했던 분위기는 온데간데없고, 기습으로 생긴 혼란이 가라앉은 아스컴 쪽 그리고 반대로 혼란에 빠진 제국병. 이래서는 머릿수에서 밀리는 제국 측에 승산이 없다. 제국 기습 부대는 곧바로 전부 바닥에 납작 엎드렸다.

정체불명의 원군이 물리친 자들은 큰 상처를 입지 않았지만, 영군 병사들이 쓰러트린 자들은 당연히 대부분 중상 내지는 사망했다.

전투에서 적을 생포하는 것은 웬만큼 여유와 실력 차가 나지 않는 이상 쉽게 되는 일이 아니다. 설령 그 정도의 실력 차가 난다고 해도 영군 병사들에게는 침략자를 생각해 괜히 위험을 무릅쓸 생각 따위 전혀 없었겠지만.

자신들을 건들면 용서란 없다. 침략자에게 아량을 베풀 바보는 아무도 없다.

"너, 너희는……."

모든 제국병을 쓰러트린 후 주노는 다친 아군의 처치와 경상을 입은 적군 포박할 것을 부하에게 명령했다. 그리고는 함께 싸워준 소녀들에게 다가가 말을 걸었다. 그가 말을 건 상대는 소녀들 중에서 가장 연장자로 보이고, 또 자신을 도왔던 금발 여성이었다.

"저희는 용병단『붉은 피가 좋아!』입니다. 아스컴령의 관계자에게 도움을 받은 적 있는 어떤 사람의 의뢰를 받고 타국에서 찾아왔습니다."

"오, 오오, 그거 고맙구나……."

받은 은혜를 잊지 않고 갚으려 한 사람. 그리고 그 사람의 의뢰를 받아 승산이 별로 없는 싸움에도 달려와 준 사람. 모두 감사해야 할 존재였다. 비록 그 파티의 명칭이 약간, 아니 상당히 좀 그랬어도…….

주노는 지금까지 제대로 보지 않았던 다른 멤버들에게로 시선을 돌렸다. 다들 아직 어렸고, 누가 봐도 미성년자인 듯한 사람도…….

"엥……."

주노의 몸이 그대로 얼어붙었다.

윤기가 좔좔 흐르는 은빛 머리칼. 눈 주변을 가면으로 가리긴 했으나, 다정하고 착해 보이는 그리고 어딘지 어리바리한 인상을 주는 용모. 처음 만났을 때와 똑같은 그 모습…….

주노의 입에서 무심코 말이 새어 나왔다.

"메벨…… 아가……씨……."

'어라, 어머니의 이름을? ……앗, 이 사람, 영군 지휘관 같은데? 영군 지휘관이면, 그러고 보니…….'

마일은 사람 얼굴을 잘 알아보지 못했다. 하지만 기억력은 남들보다 훨씬 뛰어난 편이었다.

그래서 몇 년이나 전에 몇 차례 멀리서 본 것이 전부인 주노의 얼굴은 몰라도, 할아버지와 어머니와 대화를 나눌 때 몇 번이나 등장했던 '영군 지휘관 주노', '내가 열두 살 때 아버님께서 데려온 주노', '우리와 영민들 지켜주는 주노'라는 말은 똑똑히 기억했다.

어머니와 할아버지의 대화를 떠올린 마일은 부드럽게 미소 지으며 자기도 모르게 중얼거렸다. 어머니가 그 남자를 처음 만났을 때 했다는, 그 말을.

"주노, 아스컴을 지켜줘……."

눈물을 뚝뚝 흘리는 남자를 남겨두고 '붉은 맹세' 네 사람이 나무 사이로 모습을 감춘 후.

"아아아아아아아아아아아아!!"

슬픔의 통곡인가, 환희의 포효인가. 영지군이 야영하는 숲에 짐승의 것과 같은 울음소리가 울려 퍼졌다.

그리고 그 후 영지군 병사들은 알게 된다.

살아 있는 사람도 귀신이 될 수 있다는 사실을…….

"마일, 아까 그 사람 혹시 알아?"

"네, 이름만 알지만. 아마 영군 지휘관일 거예요."

메비스에게 마일이 대답하자, 레나도 이상하다는 듯 물었다.

"우리가 현장을 떠난 직후에 들린 그 절규는 도대체 뭐였어?"

"글쎄요? 그, 그 사람이 어머니랑 처음 만났을 때, 어머니의 나이가 아마 지금 저랑 비슷했을 거예요. 왠지 저를 어머니랑 혼동한 것 같은데, 제가 무심코 그때 어머니가 했다는 말을 내뱉는 바람에 어머니를 떠올린 건지도……."

""""악마냐아아아!""""

"엥?"

*　*

"젠장, 기습 부대는 뭘 하고 있는 거야!"

제국 침공군 사령관이 초원에 설치한 막사 안에서 초조한 모습으로 참모들을 닦달했다.

"그게, 적의 잠복 장소를 찾아내는 데 애를 먹고 있는 건지도……."

만약 기습 공격에 실패했더라도 전원이, 한 사람도 빠짐없이 죽었을 리는 없다. 실패했다면 즉각 퇴각했을 테니 어느 정도의 인원은 귀환해서 보고했을 터다. 그런데 아무도 오지 않으니, 아직 적을 맞닥뜨리지 않았다는 뜻이리라.

"지금은 잠시 기다리시는 게……."

사령관은 어쩔 수 없다는 표정으로 고개를 끄덕였다.

그때 한 병사가 막사 안으로 달려 들어왔다.

"전령! 오늘 밤에 도착 예정이었던 보급 부대가 습격당했습니다! 인명 피해는 가벼웠지만 물자를 몽땅 잃었다고 합니다!"

"뭐라고?!"

전쟁터에서의 물자 상실. 그것은 큰 문제였다. ……하급 병사들에게는 말이다.

상층부야 별로 대수롭지 않았다. 아무리 물자가 부족해도 자신들이 먹고 마실 것은 줄어들지 않고, 검과 창이 주력인 전투에서는 탄약과 폭탄도 모자랄 리 없다. 기껏해야 화살을 조금 아껴 써야 하는 정도이며, 그것도 압도적인 병력 차이가 난다면 그리 큰 문제가 아니었다.

어차피 처음부터 동행한 보급 부대가 물자를 충분히 보급해줬기 때문에 다음 보급 부대가 올 때까지 버틸 만큼의 여유가 있었다. 만약 다소 부족해지더라도 점령한 지역에서 징발하던지 일반 병사들보고 참으라고 하면 그만이다.

그럼 어째서 고함을 질렀는가 하면…….

"적군이 후방으로 돌아 들어왔다는 건가! 아니면 점령지 놈들이 습격한 건가!"

그렇다, 전투 쪽이 더 중요한 문제였다.

"그것이, 둘 다……. 하지만 뒤에서 우리 군을 친 것은 아닙니다. 아마도 식량이 너무 모자라 위험을 무릅쓰고 물자 약탈을 도모한 것이 아닐까 하고……. 만약 그게 아스컴령 병사의 소행이라면 그쪽은 상당히 궁지에 몰려 있다는 뜻이 됩니다. 기껏 우리군의 후방으로 돌아 들어왔음에도 불구하고 전투 부대를 치지 않고 보급 부대로부터 물자를 약탈하는 걸 우선할 정도였으니까 말이죠. 이제 저쪽의 사기가 최악이어서 더는 두려울 게 없는 상태라는 겁니다! 다음 보급 부대가 도착하기를 기다렸다가 영지의 경계를 넘어 침공하는 것이 어떨는지……."

"흠, 그것도 그렇겠군……."

참모 중 한 명의 말에 사령관은 기분을 풀었다.

딱히 이 참모나 사령관이 어리석은 것은 아니다. 전쟁에서 로지스틱스(병참)의 중요성을 완전히 인식하게 된 것은 지구에서도 비교적 최근의 일이니까 말이다.

제2차 세계대전에서조차, 보급 물자는 현지에서 조달하면 된다고 주장하는 자가 많았다. 어쩔 수 없어 그렇게 하는 것이면 모르겠지만, 처음부터 그렇게 정하고 작전 계획을 세운 것이다.

러일전쟁 때는 보급 요원을 조롱하는, '병참 부대가 부대면 나비와 잠자리도 새겠네' 같은 노래가 유행했고, 제2차 세계대전 때조차 그것이 일반 병사들이 가진 인식이었을 정도다.

하급 병사의 식량 사정 따위 생각해본 적 없는 지휘관이 많은 이 세계에서는 무기 정비와 탄약 보급의 필요성이 적어서 보급에 신경 쓰는 지휘관이 별로 없었다. 게다가 어느 정도의 물자는 당연히 저장해두기 때문에 보급이 다소 늦어지는 것은 문제도 아니었다.

*　*

며칠 후, 결국 기습 부대는 한 사람도 돌아오지 않았고, 상황을 살피러 갔던 자들도 소식이 없어 사령관이 초조해할 때쯤 보고가 올라왔다.

"보급 부대가 습격당했습니다! 물자를 전부 잃었다고 합니다!"

"또?! 작작 좀 하라고!"

사령관이 버럭 화를 냈다.

처음에 식량을 대량으로 운반했고, 전투 때 화살과 의약품 등은 그리 많이 쓰지 않았다. 그래서 보급이 다소 원활하지 않아도 군의 행동에 필요한 분량은 아직 여유가 있었다. 하지만 이제부터 아스컴령에 쳐들어가면 보급이 지금보다 훨씬 곤란해질 것이다. 그리고 무엇보다 중요한 것은 자신들을 위한 술과 고급 식자재, 신선식품 등 사치품이 점점 바닥을 보이고 있었다.

"호위는 뭘 하는 거야! 병사를 보내서 놈들을 붙잡아——."

"전령! 제2대대, 제3대대의 물자 보관소가 괴멸! 제4대대, 제5대대의 보관소는 물자의 거의 절반을 잃었습니다!"

"무슨……."

물자 보관소는 운송 부대가 아니라 이미 자리 잡은 전투 병력이 지키던 곳이다. 또한 물자 보관소를 잃는 것은 현재 그 대대에 대한 모든 것, 그러니까 식량과 음료수에서부터 시작해 모든 지급이 불가능하다는 것을 의미했다. 몹시 곤란한 상황에 놓였다는 사실은 사령관도 충분히 알고 있었다.

"현장으로 안내하라!"

약 1,000명으로 이루어진 대대 5개로 편성된, 1개 연대치고는 다소 규모가 큰 침공군. 이 연대로 운반된 물자는 각 대대에 나누어 보관한다. 그런데 다른 부대에 들키지도 않고 습격에 성공했다는 것은, 적이 언제든 마음만 먹으면 제국군의 어디든지 공격을 감행할 수 있다는 의미였다. 그게 설령 사령부 막사라도 말이다…….

그렇게 생각하며 각 대대 보관소로 향한 사령관이 목격한 것은 생각지도 못한 광경이었다.

"이, 이것은……."

사령관은 파괴된 물자 보관 텐트와 불에 타버린 물자 잔해가 널브러진 풍경을 상상하고 있었다.

그런데 눈앞에 있는 것은 아무 일도 없는 듯 깔끔하게 늘어서 있는 물자 보관 텐트들.

……단지 텐트 안의 내용물이 텅텅 비어있을 뿐이었다.

"이게 어떻게 된 일이냐!"

사령관은 현장에 있던 각 대대 사관들에게 호통쳤다.

"침입한 적들이 불이라도 질렀으면 말이라도 안 해. 물론, 느슨한 경비 태세를 이래저래 힐책하겠지만, 그래도 마냥 불가능한 일은 아니야. 그런데 이건 도대체, 무슨 상황이지?!"

그렇다, 막대한 물자를 아무도 몰래 전부 빼내는 것은 불가능한 일이었다.

눈에 잘 띄는 짐마차를 쓰지도 않고 모든 물자를 옮기려면 도대체 사람이 몇 명이나 필요하단 말인가.

그런데 주변 사람들에게 들키지 않고 짧은 시간 안에 해치우다니. 그런 게 정말 가능할 리 없다.

"……설마, 네놈들……."

사령관이 무슨 생각을 하는지 알아차린 각 대대 사관들의 낯빛이 바뀌었다.

"다, 당치도 않습니다! 굳이 전선에서 물자를 빼돌릴 바보가 어디 있다는 말씀입니까! 그런 짓을 했다간 군법 회의에 올라가기도 전에 살아서 조국으로 돌아갈 수 없습니다!"

살아서 돌아갈 수 없다는 말은 물자가 부족해 제대로 싸워보지도 못하고 적의 손에 죽게 될 거니까? 아니면 자고 있을 때 성난

부하들이 목을 칠 거니까……?

사령관도 그 설명에는 납득할 수밖에 없었다.

"그럼 도대체 이게 어떻게 된 일이야……."

* *

"듬뿍 얻었네요, 군수물자……."

싱글벙글하는 얼굴인 폴린.

"그나저나 네 수납은 용량이 얼마나 큰 거야……."

어이없는 표정인 레나.

"뭐, 마일이니까 말이지……."

더는 생각해봐야 소용없다는 태도인 메비스.

"아하하……."

그리고 웃음으로 얼버무리는 마일.

"그런데 반칙이야, 너……."

그렇다, 레나의 말대로 반칙이었다.

불가시 필드, 음성 차단, 냄새 차단, 기색 차단 마법을 한꺼번에 건 마일이 물자 보관 텐트 안으로 터벅터벅 걸어가 아이템 박스에 물자를 옮기고, 다시 터벅터벅 걸어 나온 것. 식은 죽 먹기나 다름없는 일이었다.

운송 부대는 짐마차와 수레에 늘 병사가 붙어 있거나 타고 있으므로, 설령 한밤중이라고 해도 은밀하게 물자를 탈취하는 것은 불가능하다. 그래서 경솔하게 인적 피해가 확대되지 않도록 한낮의 이동 중을 노렸던 것이다.

길의 앞뒤를 불마법과 흙마법으로 막고 양쪽에서 공격을 퍼부으면 표적인 짐마차에서 병사가 뛰어내리고 마차를 끌던 자도 짐을 내팽개치고 도로변으로 대피할 테니, 그 후에는 마음 놓고 털 수 있다.

……그렇다, 제국의 운송 부대 습격도, 물자 보관소의 미스터리한 상실 사건도 전부 '붉은 맹세', ……아니, '붉은 피가 좋아!'의 소행이었다.

그리고 운송 부대와 물자 보관소를 습격해 적의 보급을 차단하자고 제안한 사람은 전생(前世)에서 독서와 전쟁 영화, 해외 드라마 등을 통해 그 중요성을 잘 알고 있던 마일이었는데 거기에다가 폴린이 한몫 더 거들기까지 했다.

*　*

"……어떻게 된 일이야!"

"그건 내가 할 말이다!"

사령관 앞임에도 불구하고 긴급 작전 회의가 열린 막사 안 분위기는 몹시 험악했고, 참석자들은 서로를 노려보며 욕설을 퍼부었다.

"우리 물자를 빨리 돌려주시지! 아무리 같은 연대라지만 배분된 후에 물자를 적에게 도둑맞았다면, 그건 자기 책임이다. 멋대로 우리 물자를 가지고 가면 안 되지!"

"그건 내가 할 말이야. 제2대대, 제3대대가 모든 물자를 도둑맞았고 제1대대는 피해가 없어. 그리고 제4대대와 제5대대가 절반씩. 누가 봐도 부자연스럽지 않나! 이건 제2대대에서 제4대대로 물자를 옮긴 시점에서 시간이 다 됐거나 운송 능력에 한계가 찾아와 적의 부대가 거기서 물러났는데, 그 후 물자를 도둑맞은 걸 알아차린 제4대대 놈이 서둘러 옆에 있는 우리 제5대대의 물자 중 반을 자기 보관소로 옮겨놓은 게 틀림없다고!"

"그 말을 그대로 너희한테 돌려주마!"

"그러하다면 제2, 제3대대의 물자를 훔친 다음 굳이 제4대대를 띄우고 제5대대에서 도둑질한 이유를 물어봐도 될까? 우리 제5대대 입장에서는 2, 3, 4대대로 이어지는 게 자연스럽고, 제1대대는 손대지 않은 걸 보아 양 끝 대대는 들킬 확률이 높아서 피했을 거라는, 지극히 자연스러운 이유를 제시할 수 있네만!"

"으으윽……."

제5대대장의 말이 시간이 지날수록 점점 정중해지는 것이 오히려 그가 얼마나 화났는지 보여주었다.

그리고 나머지 제1, 제2, 제3대대장들은…….

"어떻게 된 일일까요? 우리 제2, 제3대대의 보관소는 탈탈 털렸는데 어찌하여 제1대대의 물자는 오히려 3할이나 늘어난 것일까요?"

이마에 핏대를 세우고 볼을 움찔거리는 제2, 제3대대장.

"내가 어떻게 알아! 짐작도 안 가, 정말이야!"

엉뚱한 의심을 사자 평소 같으면 격노해도 이상하지 않을 제1

대대장이었는데, 지금은 상황이 너무 안 좋았다. 물증도 없거니와, 식량을 비롯한 물자 전부를 잃은 제2, 제3대대의 입장에서 생각해보면 피해를 면한 자신들이 너무 말을 거칠게 내뱉자니 미안한 것이다.

하지만 그 약한 태도가 제2, 제3대대장의 의심을 더욱 돋우는 결과를 만들었다.

아무리 대대가 나누어져 있다고는 하나 함께 싸우는 동료였고, 임시 편성이긴 해도 같은 연대, 같은 침공 부대였다. 물자를 잃으면 공출과 재분배도 흔쾌히 응했다.

하지만 몰래 물자를 훔치고 시치미를 뚝 떼거나 오히려 자신들에게 죄를 뒤집어씌우려는 자에게 무른 표정을 보였다가 얕보여서는 안 된다. 사과받고 물자를 돌려받기 전까지는 받아들일 수 없다.

그렇게 주장하는 대대장들 때문에 곤혹스러워진 사령관은 그 부분에 대해 구명(究明)하기를 그만두었다. 어떤 결과가 나와도 신뢰와 사기를 회복하기란 무리라는 생각에 포기한 것이다.

"벌써 물자가 이렇게 부족하다니. 아스컴령을 점령한 뒤 보급이 어려워질 것을 생각하면, 지금 무리하는 건 너무 위험해. 그러니까 다음 보급 부대가 올 때는 우리도 호위를 보내 마중 나간다. 그리고 그 물자를 받아 재분배한 후 이동을 개시한다. 내 말 알겠나!"

사령관이 내린 결정이었다. 불만이 있든 없든 이제 번복되지 않을 것이다. 다섯 명의 대대장들은 입을 모아 대답했다.

""""""예!""""""

"좋아. 다음 보급 부대는 언제 도착하지?"

"이번에는 호위를 늘리고, 지난번에 탈취당한 양까지 포함하여 한 번에 보내겠다고 합니다. 그래서 원래 계획보다 다소 늦은 4일 후가 될 예정입니다."

"좋다, 그럼 5일 후 아침, 침공을 개시한다. 젠장, 기습 부대 따위에 기대를 걸어서 괜히 시간만 낭비한 셈이군……."

그리고 그날 저녁. 참모 중 하나가 하얗게 질린 얼굴로 사령관용 텐트에 등장했다.

"사, 사령관! 보, 보관소의 물자가……."

"무슨 일이야! 똑바로 보고 못 해?!"

"물자가, 몽땅 사라졌습니다!"

"뭐라고오오오오?!"

사령관이 부리나케 달려가 보니 보관소의 풍경은 낮에 봤던 풍경 그대로였다. 식량과 기타 등등이 들어 있던 나무상자도, 물통도.

어리둥절한 사령관에게 참모가 설명했다.

"……상자만 남아 있습니다. 전부 빈 나무상자, 빈 물통입니다! 낮에 확인했을 때는 분명히 내용물이 들어있었습니다. 틀림없습니다!"

"…………."

영문을 모르겠다.

하지만 이거 하나만은 확실했다.

"이제는 보급 부대를 기다릴 여유가 없어. 물도 식량도 없이 나흘이나 기다리는 건 너무 위험하다. 이게 전부 적의 소행이라면 우리가 가장 약할 때를 노리고 먼저 공격할 가능성이 있고, 이렇게까지 할 수 있다면 아무리 많은 호위를 붙여도 다음 보급 부대 역시 위험하긴 마찬가지다. 만약 녀석들이 전력을 다한다면…….”

참모가 침을 꿀꺽 삼켰다.

“내일 아침, 아스컴령을 침공한다! 진로는 우선 크게 우회해 강에 들러 물을 보급한 후, 곧장 영도로 향한다. 모두에게 전하라!”

서둘러 달려나가는 참모들.

그들은 강에 도착해서 많은 빈 통에 물을 채우고 아스컴령의 영도를 향해 반나절을 진군한 후에야 알게 된다.

모든 통의 테가 미세하게 헐거워진 데다가 나무가 조금씩 깎여 있어서 아무리 애를 써도 물이 새나간다는 사실을…….

* *

“……뭐라고?”

“그것이, 모든 물통에 물이 새어나가 대부분이 텅 비었습니다…….”

부하의 보고를 받은 사령관은 격노했다.

“그게 무슨 소리냐!”

“어째서인지 물통의 테가 헐거워져 있고 전부 살짝 구멍이 나 있었습니다……. 물을 부었을 때 곧바로 알 수 있을 정도가 아니라 아주 조금씩 새는 작은 구멍이었던 지라 물을 채우고 있을 때는 알 도리가 없어서…….”

"그래서, 강을 출발해 반나절 가까이 진군했는데 이제 와서 알아차렸다는 소리냐!"

아무리 사령관에게 힐책당해도 어쩔 도리가 없다.

"……지금 당장 물통을 고쳐서 다시 물을 길어 와라!"

사령관의 명령에 부하가 말하기 곤란한 표정을 지으며 다시 보고했다.

"그, 그것이, 테를 다시 조일 직공도 없고, 물통의 나무들이 다 미묘하게 깎여나갔거나, 칼집이 나 있습니다. 도저히 초보가 다시 나무를 짜 맞출 수 있는 수준이 아닙니다."

"그럼 어쩌라는 거야?"

"…………."

부하는 대답하지 못하고 입을 꾹 다물었다.

통 이외에 가지고 있는 용기, 즉 몇 안 되는 휴대용 물통이라든지 목제 식기 등을 싹 끌어모아도 소용없다. 그런 걸로 물을 길어 와 봐야 양이 얼마 되지도 않을 것이고, 다시 반나절 걸려 옮기는 도중에 전부 흘리고 말겠지. 그리고 애당초 용기 자체가 작다. 그러한 사실은 사령관도 당연히 알고 있었다.

"……지금 당장 새 통을 가져와라. 통 정도는 굳이 본국까지 가지 않아도 점령지에서 모을 수 있겠지. 물론 식량도 있는 대로 쓸어 와라. 볍씨든 씨감자든 전부 다! 평민이 새 지배자를 위해 모든 것을 바치는 거야 당연한 의무니까. 어서 움직여!"

애초에 통 자체를 많이 빼앗겨 수가 부족했다. 이왕 이렇게 된 거, 통을 대량으로 확보하면 그만이다. 빈 통이라면 운반하기도 쉬울 테지. 그렇게 생각한 사령관은 부하에게 명령했다. 병사는 허둥지둥 사령부 막사를 달려나갔다.

"젠장, 왜 자꾸……."

주위에 있던 참모들의 안색이 어두웠다.

적은 아무도 모르게 많은 통의 테를 비틀고 나무를 깎았다. 그것도, 삼엄한 경계 속에서…….

물론 이미 모든 물자를 잃어버려 빈 나무통과 물통밖에 없는 보관소의 경비를 굳이 더 강화하지 않았던 것도 사실이다. 하지만 적이 자유롭게 주둔지를 드나들 가능성이 있어서 나름대로 경비에 신경을 썼는데 이러한 사태가 벌어지고 만 것이다.

적이 언제든 자유롭게 물통을 깎을 정도라니.

쥐도 새도 모르게, 내가 자고 있을 때 목을 베는 것 또한 가능하지 않을까? 그것도 식은 죽 먹기로.

아무리 압도적 병력을 자랑한다 하나, 밤중에 사령부 모두의 목을 베어버린다면.

……그런 상상을 할 바에야 차라리 병사 중에 적과 내통한 배신자가 벌인 짓이라는 말을 듣는 편이 수백 배는 더 나았다.

문제는 그뿐만이 아니었다.

각 대대간의 사이가 점점 악화되고 있었다. 나쁜 정도가 아니라, 최악이었다.

병사들이 열악한 환경을 견디며 전쟁터에서 목숨 걸고 싸우며, 실력을 뛰어넘는 능력을 발휘할 수 있는 것은 전부 조국, 그리고 가족을 지키고 싶은 마음 때문이다. 하지만 그것 이상으로, 함께 싸우는 동료들을 지키고 싶다, 죽게 내버려 두지 않겠다는 강한 열망이 강력한 힘을 끌어내는 것이다.

그런데 굶주림 속에서 다른 대대 사람을 도둑으로 의심하고 배신자, 비겁자 취급하다니. 이래서는 도저히 사기가 있을 리 없었다.

식량을 빼앗고 '재분배'라는 이야기가 나오자마자 뻔뻔하게 '우리도 도둑맞았다'며 미꾸라지처럼 빠져나간, 적. 그렇다, 다른 사람의 목숨줄인 식량과 물을 가로채는 것은 전우가 아니다. 그건 그냥 '적'이다.

그리고 다른 대대 병사들을 '적'으로 인식한 자들은 곧 그 대상을 확대했다.

다른 중대. 다른 소대. 다른 분대. 그리고 자신들의 몫이어야 할 식량과 물을 노리는, 자신 이외의 모든 존재.

신뢰하는 동료들과 함께 조국을 위해 싸우다 죽는 것이라면 받아들일 수 있다.

하지만 왜 도둑놈 나부랭이들 때문에 자신이 굶어 죽어야 한다는 말인가.

헛죽음이다. 개죽음이다.

그리고 물과 식량을 훔쳐서 살아남은 놈들이 고국에 돌아가 공로를 독점할 것이다.

웃긴다. 누가 죽을까 보냐. 반드시 살아서 돌아가 주마…….

그렇게 생각하는 병사는 죽을힘을 다해 싸우지 않는다. 적을 쓰러트리는 것보다 자신의 안전을 우선하기 때문이다.

……그렇다, 사람들은 그러한 사람을 두고 '약졸'이라고 부른다.

*　*

"움직인 것 같네……."

"예상대로네요."

레나와 폴린의 말에 마일이 딴죽을 걸었다.

"그럴 때는 이렇게 씨익 웃으면서『계획대로……』라든지,『예상했던 범위 안이야』라든지『병사들이 마치 쓰레기 같구나!』하고 말해야……."

""""…………."""""

의기소침해 있던 것 아니었어? 하고 눈을 치뜨며 마일을 쳐다보는 세 사람.

'뭐, 일부러 더 떠드는 거겠지…….'

메비스만 그렇게 생각했다.

아무래도 메비스는 아직 '마일'이라는 생물을 잘 모르나 보다.

"자, 그럼 슬슬 가볼까요!"

""""하앗!""""

*　*

제국군의 기습 부대를 격파한 후, 제국군이 쓸데없이 시간을 허비하는 동안 아스컴 영주군은 300명의 병력을 30명씩 10개 소대로 나누어 마을들을 돌았다.

아군의 십여 배에 가까운 제국군과 전면전은 승산이 없다. 그러니 영민들을 모두 영도로 모아 방어를 강화하고, 왕도군과 각지의 영주군이 원군을 오기를 기다리는 수밖에 없었다.

원군이 시간에 맞춰 올 거란 기대를 하기는 어려웠다. 하지만 영지를 버리고 도망쳐도 영민들이 살아갈 방법이 없으며, 그들 또한 아스컴령을 버리고 달아날 생각이 눈곱만큼도 없었다. 그렇다면 선택할 수 있는 길은 하나뿐이었다.

집, 밭, 선조의 묘를 버리고 마을을 떠날 수 없다며 피난을 거부하는 사람들을 일일이 설득하고, 스스로 움직일 수 없는 병자들을 도와 대피시켰으며, 최소한의 짐만 챙겨 대신 옮겨 주었다. 그러다 보니 마을의 철수 작전은 좀처럼 속도를 내지 못하고 있었다.

하지만 영민이 없는 영지 따위 아무런 의미도 없다. 아스컴령을 보호하는 것은 곧 아스컴령의 영민들을 보호하는 일. 그리고 그것이 주노가 메벨과 했던 약속이었다.

"영감님, 영원히 안 돌아오는 게 아니라니까! 왕도군을 비롯해 다른 영지의 지원군들이 반드시 와줄 거야. 그러면 제국군을 금방 쫓아낼 수 있을 거라고!"

"그, 그런 게냐……? 정말로 할멈의 묘가 있는 이 마을로 돌아올 수 있는 게냐……. 그냥 이대로 마을에 남아 할멈의 무덤 옆에 묻히는 편이 더 낫지 않을까……."

같은 말을 되풀이하는 노인을 겨우 달래 짐수레에 태웠다. 벌써 몇 번이나 거듭했는지 모를 기계적 업무였다. 그런 다음 식량을 전부 회수하거나 처분했다.

마을의 수원(水原)은 감췄거나 일시적으로 못쓰게 만들어두었다. 시간을 들여 다시 파면 쓸 수야 있겠지만, 침략하기 바쁜 군대가 이런 작은 마을에서 느긋하게 우물을 파지는 않을 것이다.

"서둘러라, 슬슬 제국군……, 아니, 『제국에서 온 도적단』이 근처까지 왔을 거다!"

선전 포고도 하지 않은 침입자 따위 군대로 인정할 수 없다. '도적단'이라는 표현이면 충분하다. 그러니 그에 맞는 취급을 해 주마, 하고 생각하는 주노였다.

과연, 그로부터 며칠이나 지났으니 제국군도 움직이리라. 정찰 부대나 선발 부대가 먼저 행동할 가능성도 있다. 그 기습 부대처럼……. 지금부터는 언제 적을 맞닥뜨려도 이상하지 않은 상황이었다.

그리고 일은 마을에서 철수 작전을 마치고 짐 수송을 도우며 영도로 향하기 시작한 지 얼마 지나지 않았을 무렵에 일어났다.

"주노님, 아이들의 모습이 보이지 않습니다!"

작은 영지여서 소규모 영군이었다. 훈련 혹은 그 명목으로 각 마을에서 육체노동을 도우며 부하들과 함께 영지 내를 돌던 주노의 얼굴을 모르는 영민은 거의 없었다.

그 영민 몇몇이 창백해진 얼굴로 주노에게 달려와 그렇게 고했다.

"뭐라고?!"

자초지종을 들으니, 개구쟁이 아이들 몇몇 모습이 보이지 않는 모양이었다. 도중에 잃어버린 게 아니라 스스로 대열에서 빠져나갔다고 한다.

“딸아이가 『중요한 물건을 집에 놔두고 와버렸어』 하고 말했으니까, 어쩌면 마을로 돌아간 건지도…….”

그 말을 들은 주노는 곧바로 부장 롤라트를 불렀다.

“롤라트, 병사 중 절반을 남겨줄 테니 마을 사람들을 계속해서 호위해라. 난 나머지 절반을 이끌고 아이들을 찾으러 가겠다.”

“예!”

롤라트는 새삼 주노를 말려서 시간 낭비를 하는 짓은 하지 않았다.

자신의 지휘관에게 그런 짓을 해봐야 아까운 시간만 버릴 뿐. 그것을 이해하지 못하는 자는 아스캄 영군 중에 한 사람도 없었다.

그리하여 15명의 병사를 이끌고 마을로 돌아온 주노가 겨우 아이 다섯을 찾아내 다시 본진으로 돌아가려고 했을 때…….

“왕국군이다! 한 놈도 놓치지 마라! 몇은 생포해야만 한다!”

그 고함과 함께 갑자기 30~40명 정도 되는 제국군이 들이닥쳤다.

몇 명은 붙잡고 나머지는 한 명도 남김없이 사살. 제국군의 정보를 은폐하고 포로에게서 왕국군의 정보를 캐낼 생각이었으리라.

제국군들이 말을 타고 가도를 달려왔다면 좀 더 일찍 알아차렸겠지만, 왕국 측의 잠복이나 함정에 대비한 정찰 겸 선발대였는지 큰길을 따라 조용히 이동했기 때문에, 아이들에게만 주의를 기울이느라 방심한 주노 일행은 적의 접근을 너무 늦게 알아차리고 말았다.

아이들을 데리고 달아나기는 불가능하다. 싸워서 물리치는 수밖에 없다. 항복 따위, 애초에 선택지에 포함되어 있지도 않았다.

"건물 벽을 등지고 아이들을 지켜라! 그냥 한 명이 두세 명의 적을 물리치면 그만이야, 별로 대수롭지도 않다!"

""""""""당연하죠!""""""""

이 정도로 겁먹는 사람은 없었다. 믿음직스러운 부하들의 대답에 웃음을 띤 주노가 적을 향해 달려갔고, 몇몇 부하가 그 뒤를 따랐다. 나머지는 아이들과 건물 벽을 등지고 방어 태세를 갖추었다.

그렇게 시작된 전투는 당연히 아스컴 영주군이 압도적으로 열세였다.

주노는 사자분신(師子奮迅)의 기세로 맹렬하게 싸웠지만, 다른 병사들은 아무리 사기가 하늘을 찌른다고는 하나 상대가 도적이 아닌 정규병, 그것도 정찰 부대에 선발될 만큼 정예를 상대로는 아무래도 혼자 몇 명을 동시에 상대할 실력이 못 되었다.

그리고 더 불리했던 것은 전력을 절반으로 줄여야 했기 때문이다.

아이들을 뒤에 두고 한데 뭉쳐 있어봤자 점점 포위당해 목숨만 축날 뿐이다. 그래서 병사를 나누어 아이들을 보호하고 나머지는 적진에 뛰어들어 마구 날뛰며 교란하는 방법을 선택했는데 아이들의 호위는 어차피 그 자리에서 움직일 수 없기 때문에 제국병들은 그들을 뒷전으로 미루었다. 결국 분산된 전력은 차례대로 각개 격파당했다.

아이들을 인질로 삼을지도 모른다는 예상이 완전히 빗나간 것이다.

두 배가 조금 넘는 정도였던 인원 차이가 이제는 4~5배로 벌어졌으니 더는 손쓸 방법이 없었다. 주노가 제국군 몇 명을 쓰러트리고 다른 사람들도 분전했지만, 숫자 차이는 역력. 남은 건 제국군이 부디 아이들을 죽이지 않기만을 비는 것뿐이었다.

그들도 정규병이지 도적이나 깡패가 아니다. 지휘관의 지시에 따르고 있는 것이니 너무 심한 짓은 하지 않을 터. 그렇게 생각했지만…….

"꼬맹이들은 필요 없다. 전부 죽여라."

""""""""뭐?!""""""""

어느 업계에나 좋은 사람은 존재한다. 그와 마찬가지로 어느 업계에나 인간쓰레기도 있다.

주노와 함께 싸우던 병사들이 하나둘 쓰러지고, 더는 위협적이지 않다고 판단한 제국군 지휘관은 아이들을 보호하고 있는 아스컴 영군 쪽으로 공격 지시를 내렸다. 아이들까지 전부…….

"어림없다! 어림없다고! 우워어어어어!"

주노는 포효와 함께 있는 힘을 다하여 검을 휘둘렀지만 란체스터 제1 법칙은 무정했다. 검과 화살로 싸우는 전투에서 숫자에 의한 결과를 나타내는 무정한 일차식. 그것을 뒤집기에는…….

"파이어 보오올!"

"아이스 니들!"

"윈드 엣지!"

그렇다, 소총이나 권총 등을 난사해 불특정한 적들을 확률적으로 죽일 수 있는 자가 싸움에 뛰어들면 그만인 것이다. 제1 법칙 대 제2 법칙. 이제 그곳에는 제대로 된 방정식 따위 성립하지 않았다.

갑자기 제국군에게 쏟아지는 공격마법 비.

아이들 쪽을 향하던 제국군이 쏟아지는 소형 파이어 볼을 무더기로 맞아 쓰러졌고, 주노 일행을 에워싼 병사들에게는 얼음 바늘이 쏟아졌으며 아무것도 없는데 몸에 찰과상이 생겨났다.

"제기랄, 지원군이 온 건가! 마술사 따위, 다음 영창이 끝나기 전에 먼저 접근해버리면 아무 힘도 못 쓴다, 가랏!"

하긴, 접근전에서 영창할 틈을 주지 않으면 마술사는 승산이 없다. 하지만 그건 '접근할 때', 그리고 '마술사일 때'의 이야기다.

"윈드 엣지! 윈드 엣지! 윈드 엣지!!"

"뭐야! 영창을 생략하고 연발하다니!"

메비스는 '윈드 엣지'를 마법이라고 생각하지 않았다. 그냥 '기력을 이용한 검기'여서, 검만 휘두르면 얼마든지 쏠 수 있었다. ……반칙이었다.

하지만 '윈드 엣지'가 방어구를 착용한 사람의 몸통을 한 방에 두 동강이 낼 만큼 위력적인 것은 아니었다. 수가 조금 줄어든 제국군이 그대로 마술사들을 향해 돌진하려 했을 때.

"엑스트라(EX) 진 신속검!"

다수의 정규군을 상대하는 만큼 진 신속검만으로는 역부족이라고 판단한 메비스는 이미 '마이크로스'를 먹은 상태였다. ……
다만 딱 한 알만 먹었다. 마일이 없는 지금, 이런 데서 몸이 망가져서는 안 되니까.

픽픽 쓰러지는 제국군들. 그것도, 죽지 않게 급소를 피하거나 검등으로 때리는 등 적절히 힘 조절을 해가며…….

"말도 안 돼! 마술사가 아니었나……."

지휘관으로 보이는 남자가 소리치자, 메비스가 의기양양하게 대답했다.

"……나는 기사. 매지컬 나이트(마법기사)다!"

제국군 병사들이 동요해서 동작을 멈춘 사이에 아스컴령 병사들이 움직였다.

수가 크게 줄어든 데다가 마법 공격을 받아 움직임이 둔해진 적.

……한마디로 봉이었다.

상급 병사들의 실력은, 일부 예외를 제외하면 대부분 그리 큰 차이가 나지 않는다.

만약 한쪽의 능력이 2할 정도로 떨어졌다면 승부가 되지 않는다.

아이들을 지키던 병사들이 일제히 제국군을 덮쳤다. 그것은 자신들의 뒤로는 단 한 명의 적도 보내지 않겠다는 자신감과 신념이 있기에 가능한 일이었다.

혼란 속에서 영창을 끝낸 레나가 다음 공격마법을 펼쳤고, 폴린은 다친 아스컴령 병사들을 치유해주며 돌아다녔다. 물론 그 둘에게 접근한 적병은 메비스가 검등으로 때려 쓰러트렸다.

싸울 수 있는 적병의 수는 점점 줄어들었고, 반대로 폴린에게

치유마법을 받고 전선에 복귀한 아스컴 영군들은 점점 늘어났다.
기세는 곧 영군 쪽으로 기울었고, 달아나려던 적의 지휘관을 붙잡은 주노는 부하에게 포박을 맡기고 메비스 일행에게로 향했다.
"저번에 이어서 또 도와주다니 정말 고맙다. 그런데……."
감사 인사를 하다 말고, 주위를 두리번거리는 주노.
"저, 저기, 메벨님은……."
"'아~…….'"
조금 난처한 표정을 지은 세 사람.
"그 아이는 잠시 편지를 전하러 가서……."
폴린의 말에 주노는 '천계의 신들이 있는 곳으로 소식을 전하러 갔구나' 하고 생각했다.
이번에 만나지 못한 건 몹시 아쉽지만, 천계의 용무라면 어쩔 도리가 없다.
그러면서도 자신들을 위해 종들을 남겨 보호해주시다니, 그 자애의 깊이를 알 길이 없다…….
"이번에는 어쩌다 우연히 도와드렸습니다만 또 기대하시면 안 돼요. 그건 여신님께 의존하는, 좋지 않은 생각입니다. 그러한 사람은 여신님이 도와드릴 가치가 없습니다."
마치 생각을 꿰뚫어 보기라도 하듯 거유 소녀가 지적하자 당황하며 고개를 숙이고 조금 전에 '신께 의존했던' 자신의 연약한 생각을 고치는 주노.
"그럼 저희는 이만……."
그리고 그렇게 말한 세 사람이 떠난 방향을 하염없이 바라보는, 주노와 병사들이었다…….

*　*

“마일이 편지를 건네고 돌아올 때까지 근처 마을에서 밥이라도 먹으면서 느긋하게 기다리자고 했었는데, 엉뚱하게 그냥 일해버렸네!”

아무래도 조금 전 구출극은 완전한 우연으로, 레나 일행이 딱히 의도해서 영군을 도와준 건 아니었던 모양이다.

원래 이번 일로 돈 벌 생각도 없었으면서, 괜히 그렇게 말하며 불만인 척하는 레나.

“뭐, 우연이긴 하지만 마일의 지인이라든지, 원래라면 마일의 부하일 병사들 그리고 영민인 아이들을 구해줬으니까 잘 된 것 아닐까?”

늘 그렇듯 긍정적인 메비스.

“그건 그래요. 이런 데서 영군 지휘관이 죽어버리면 계획이 다 틀어지고 마니까. 그나저나 길이 엇갈리다니 마일이랑 그 남자도 운이 안 좋네요……. 뭐, 만나면 또 만나는 대로 마일도 어색할 테니 이렇게 된 것도 괜찮을지 모르겠지만요…….”

그리고 어디까지나 침착하고 냉정한 폴린.

“원래 영군도 식량과 물에 관한 조치는 했던 모양이고 그 편지를 보면 더욱 조심하겠죠. 그러니까 아스캄 영내는 그들에게 맡기고 우리는 편지를 건네러 간 마일과 합류해서 국경 쪽, 점령당한 백작령 쪽에 대처하자고요."

그렇게 말하는 폴린의 미소는 '산뜻함'과는 아주 거리가 멀었다.

*　*

마을 사람들을 호위하며 영도로 돌아온 후 다시 모든 영군을 이끌고 제국군의 전방에 포진한 주노에게, 한 병사가 서신을 전하러 왔다. '어떤 은발 소녀가 영군 지휘관에게 편지를 전해달라고 부탁했다'라는, 수상쩍기 그지없는 이야기였다.

"서신……."

그 거유 소녀가 뭐라고 했던가. 분명…….

'그 아이는 편지를 전하러'라고…….

주노가 편지를 낚아채듯 받아 읽어 보니, '제국군은 식량, 물을 포함한 모든 물자를 잃었음. 이후 보급도 전부 방해할 예정. 물자가 제국군에게 보급되지 않도록 해서, 시간을 끌었음'이라는 내용이었다. 그리고 기습과 적의 허점을 찌르는 방법, 잔인하게 덫 놓는 법 등도 적혀 있었는데…….

발송인의 이름은 없었지만 주노에게 그런 것은 필요 없었다.

어린 시절 메벨 아가씨가 쳤던 짓궂은 장난과 온갖 덫 때문에 괴로워하던 사람들이 봤을 때, 이 서신에 담긴 수법은 그야말로 '격노한 메벨 아가씨가 할 법한 행동들'이었으니까.

그리고 서신의 말미에 적힌 이 한 문장…….

"오오……."

은발 소녀가 줬다는 그 서신을 읽은 주노는 서신을 가슴에 꼭 안고 눈물을 뚝뚝 흘렸다.

"오오, 오오, 오오오오오!"

주위에 있던 사람들이 무슨 일이지, 하고 이상한 눈으로 쳐다보았을 때, 주노가 크게 소리쳤다.

"신명(神命)이다! 우리 아스컴 자작령군은 이 시간부터 여신님의 직속 부대로, 그 지휘 하에 들어가게 되었다! 신군이다. 우리는 지금부터 신군이 된 것이다! 정의와 신의, 그리고 여신님의 가호는 우리에게 있다!"

우오오오오!

영군 병사들 사이에서 폭풍우 같은 환호성이 터져 나왔다.

지휘관 주노는 눈에 뻔히 보이는 거짓말로 선동하는 남자가 아니다. 그리고 며칠 전, 제국군의 기습 부대를 여신님과 그 종들이 물리친 이야기, 그 후 주노가 이끄는 소대와 아이들을 종들이 구해냈다는 이야기는 모두 들어 알고 있었다.

메벨님이, 영민들을 지키기 위해 여신이 되어 강림한 것이다.

그리고 여신님을 따르는 세 명의 사자님들.

……이길 수 있다.

아니, 이겨야만 한다.

여신님을 따르는 신군이 악에 패배하는 것은 절대 용납할 수 없다.

이리하여 귀신이 증식한 것이다.

"그럼, 여신님의 명령에 따라 작전을 개시한다. 제국군은 여신님이 벌을 내려 물과 식량을 비롯한 모든 보급 물자를 잃었고 새로운 보급도 끊겼다. 우리는 적의 현지 조달을 방해하면서 후퇴해서, 적들이 피폐해지고 쇠약해지기를 기다린다. 최종 결전 전까지 우리가 싸우는 건 소수 정찰 부대와 단독 행동하는 병사뿐. 쓸데없이 죽는 건 용납하지 않아. 알겠나!"

""""""""""""오오오오오오오오!!""""""""""""

또 한 번 들끓는 병사들의 포효.

"좋아, 그럼 놈들의 식량이 될 수 있는 뿔토끼와 오크를 잡으면서 후퇴한다. 가도 주변에 있는, 먹을 수 있을 만한 나무 열매와 산나물 같은 것도 최대한 채취하라. 그럼 이동 준비에 들어가도록!"

영군은 서둘러 주둔지 철수 작업을 시작했다.

*　*

"……그래서 모든 식량과 물통을 일시적으로 여신님께 맡겼으면 합니다. 나중에 반드시 돌려드릴 것이고, 어차피 이대로 놔두면 전부 제국군에게 빼앗기고 말 거예요. 모든 물자를 잃은 제국군이 적국 국민인 여러분을 생각해서 내년을 위한 볍씨와 씨감자 등을 남겨줄 거라고, 정말 그렇게 생각하나요? 전부 빼앗는 것도 모자라 물자를 전쟁터까지 운반할 인원과 여자들까지 요구할지 모른다고요. 아직 어린 애들까지 포함해서……. 물자를 숨긴 후 일시적으로 산에 들어가 숨는다고 해서 마을 분들이 과연 손해를 입을까요?"

"""""""""""…………."""""""""""

국경과 접해 이미 제국군에게 패한 세스도르 백작령의 주요 가도에 가까운, 규모가 큰 마을을 돌고 있는 '붉은 피가 좋아!' 네 멤버.

작은 마을들은 설득된 마을 사람들이 전령을 보냈다. '식량을 비롯한 물자들을 숨기고 숨으라'는 전언과 함께…….

아스컴령은 영군들에게 맡겼다. 보낸 서신의 지시에 따라준다면 똑같이 대처할 것이다. 마일의 아이템 박스는 없지만 인해전술로 나름대로 대처해주리라고 기대하고 있다.

그리고 '붉은 맹세' 멤버들은 영군이 지시에 따라줄 것을 조금도 의심하지 않았다.

폴린의 제안에 따라 서신의 말미에 이 한 문장을 써넣었기 때문이다.

'주노, 아스컴을 지켜줘.'

악마의 소행이었다.

* *

"젠장, 아스컴 놈들은 어디 있는 거야!"

제국군 사령관이 초조함을 감추지 않고 그렇게 소리쳤다.

그렇다, 그날 이후 현지 징발을 목표로 무리한 진군을 시작하여 몇몇 마을을 급습했지만 가는 곳마다 허탕 쳤기 때문이다.

식량도 물도, 아무것도 남아 있지 않고 마을 사람들의 모습조차 보이지 않았다. 그리고 우물 역시 찾을 수 없었다. 아마 우물을 메우고, 울타리와 두레박까지 치워 흔적을 아예 없애버린 것이리라. 제국군이 쓰지 못하도록.

그냥 묻기만 했다면 나중에 다시 파는 것은 별로 힘든 일이 아니리라. 마을 사람들을 총동원하여 작업하면 며칠 내로 복구할 수 있다. 하지만 그 장소를 찾아 며칠이나 걸려 다시 우물을 팔 여유는 지금의 제국군에게 없었다. 그럴 시간이 있으면 전진해서 얼른 영도를 함락시키는 편이 훨씬 낫다.

애당초 메운 우물 위에 간이 오두막을 짓는다든지 정성 들여 작업했다면 찾는 것만 해도 시간이 얼마나 들지 알 수 없다. 또, 악질적인 덫을 설치했을 가능성도 배제할 수 없다. 그러니 계속 진군하는 수밖에 없었다.

"영군은 어디에……. 설마 전군이 보급 부대를 덮치려고 후방으로 돌아 들어간 건가?"

"아닙니다, 그렇다면 우리가 영도를 침공하는 것을 막을 수 없지 않습니까. 우리가 지금까지 쳐들어간 마을들처럼 영도도 완전히 무력화하여 물과 식량을 전부 처분하기란 불가능하고, 영도를 잃으면 아무리 수백의 병사가 남아있다 한들 아스캄은 함락된 것이나 다름없습니다. 영도를 차지한 우리 군에게, 농민들을 긁어모아 대항해봤자 기껏해야 수백밖에 되지 않을 인원으로는 아무것도 할 수 없을 겁니다. 아무리 그래도 자기 영도에 불을 지를 수는 없을 테니까요."

참모의 말에 고개를 끄덕이는 사령관.

"그럼……."

"네, 약아빠진 적의 교란은 무시하고 한시라도 빨리 영도로 향하는 것이……."

"그래. 애초에 기습 공격으로 상대의 지휘 계통을 무너뜨려 아무 타격 없이 점령하자는 안건을 받아들인 것이 잘못이다. 압도적인 우세였으니 그대로 힘으로 밀어붙여 쓰러트렸으면 지금쯤 일찌감치 영도를 점령하고 달콤한 술이나 마시고 있었을 터인데……."

기습 작전을 진언했던 참모가 움츠러들었지만, 그 안건이 좋다고 판단하고 받아들인 것은 다름 아닌 자기 자신이었기 때문에 사령관은 다소 언짢은 듯 말하기는 했어도 그 이상으로 그를 비난하지는 않았다.

"좋아, 출발이다!"

점심 식사를 위한 긴 휴식을 끝내고 진군을 재개하는 제국군.

다만 점심은 보관소 말고 다른 곳에 두었던 식자재와 현지에서 겨우 채취한 소량의 들풀로 만든 음식이 전부였는데, 그것도 사관들만 먹을 수 있었다. 일반 병사들은 그저 긴 휴식에 지나지 않았다.

일단은 먹을 수 있는 동물이나 마물을 사냥하려고 했지만, 무슨 영문인지 한 마리도 눈에 띄지 않았다. 하긴, 대규모 병사가 요란한 소리를 내며 행군하는 중이었으니 그것도 무리는 아니다. 그렇게 여긴 사관들은 아무런 의심도 하지 않았다.

*　*

“헉!”

“으아아아악!”

또 병사들의 비명이 들려왔다.

“젠장, 끈적끈적끈적끈적…….”

선두 부대를 이끄는 사관이 화난 목소리로 말했다.

그렇다, 병사들이 또 트랩(덫)에 걸려든 것이다.

애들 속임수 같은 작은 함정인 줄 알았더니 구멍 밑에 독을 묻힌 뾰족한 대나무가 심겨 있었다.

또 걸리적거리는 조약돌인 줄 알고 뻥 차버렸는데 사실은 쇠로 된 봉을 땅에 박아둔 것이어서 발가락이 부러졌다.

나무가 가도를 가로막고 쓰러져 있어 옮기려고 병사들이 나무 아래에 손을 넣어 들어 올리려고 했다가, 나무 밑에 자라나 있던 날카로운 가시에 손을 찔렸다. 물론 독이 묻은 가시.

또한, 몹시 가늘어 눈에 잘 안 보이는 실에 다리가 걸린 순간, 화살이 날아오고 작은 말뚝에 묶어 휘어지게 해둔 무수한 대나무와 나무들이 무서운 기세로 덮쳤다.

대부분 급조해서 어설펐기 때문에 불발로 끝난 것도 있었다. 하지만 그중에는 무척 정교하게 만들어서 맞으면 치명상을 입을 덫도 있었다.

그렇다, 웃어넘길 수 없는 덫이 섞여 있다는 것은 모든 덫에 세심한 주의를 기울이고 신중하게 지나가야 함을 의미했다. 그래서 고작 자작령, 그냥 평소대로 걸으면 영지의 끝에서 영도까지 몇 시간이면 도착할 수 있는 거리였는데도 시간을 그 몇 배나 들이고도 아직 영도는 멀었다. 헛수고로 끝난 물 보급 때문에 상당히 멀리 돌아온 것도 타격이 컸다.

공복과 목마름을 견디며 조금이라도 더 빨리 영도에 도착하고 싶은 마음으로 가득한 병사들에게 이것만큼 짜증 나는 일도 없었다. 그리고 그 초조한 마음은 주의 산만으로 이어졌고, 또 한 사람이 덫에 걸려들었다.

덫 때문에 전투 불능 상태가 된 사람이야 전체 인원수에서 보면 미미한 타격에 불과하다. 하지만 그렇다고 해서 덫을 무시하고 계속 나아갈 수도 없는 노릇이었다.

그리하여 제국군의 행군 속도는 이제 막 걸음마를 뗀 아기의 걸음보다도 느려지고 말았다…….

며칠 전에 떠난 점령지로 보냈던 징발 부대는 이미 돌아와 있었다.

그리고 가도와 가까운 마을들은 가는 족족 사람 그림자도 찾아볼 수 없었고, 식량은커녕 물조차 온데간데없었다.

또 마을에 있던 물통을 모아 며칠 전 들른 강에 가서 물을 길어 왔는데, 짐마차에서 물통을 내리는 순간 알아차렸다. 물통에 물이 거의 들어 있지 않다는 사실을.

그렇다, 테가 헐거워지고, 나무가 갈라져 있었으며, 칼집이 나 있었다. 모든 물통에…….

* *

"슬슬 제국군이 올 때가 됐네……."

"네, 서신에 덫에 관한 다양한 아이디어를 써놓긴 했지만, 설마 그렇게까지 열심히 설치할 줄이야……. 그래도 이제 슬슬 도착할 것 같네요."

아스컴령 영도가 내려다보이는 작은 언덕에 진을 친 '붉은 피가 좋아!'의 레나와 폴린이 말한 대로, 마일이 쓴 서신의 두 번째 페이지에 폴린이 쓴 '덫을 써서 적의 진군 속도를 늦추는 방안'이 적혀 있었다. 그리고 아스컴 영군은 그 내용을 충실히 실행에 옮겼다.

굶주림과 목마름에 지쳐 피폐해졌고, 불화 때문에 부대 간의 연대가 힘들어졌을 제국군이긴 하지만 그래도 그들과 아군의 병력 차이는 절망적인 수준이었다.

300 대 5,000. 아스컴 영군 병사 한 명 당 제국군 17명. 아무리 약화시켰다 한들 17배나 되는 상대를 이기기란 힘들었다.

또, 아무리 '붉은 피가 좋아!'가 빼어난 전투력을 가졌어도, 4 대 5,000은 너무 무모했다.

아니, 만약 마일이 진지하게 힘 조절 없이 전력을 다 낸다면. 그리고 5,000명의 병사 모두를 살육할 생각이라면 그것도 불가능은 아닐지 모른다.

하지만 그렇게 했다간 마일은 두 번 다시 '평범한 행복'이라는 말 따위 입에 담지 못하게 되리라. 마일의 정신적인 면도 그렇고, 국가 간의 정치적 문제로도.

300 대 5,000.

4 대 5,000

둘 다 도저히 승산 없는 싸움이었다.

그럼 300+4 대 5,000은?

아무리 강해도, 넷이서 5,000명이나 되는 병사들을 휘젓고 전부 쓰러트리기란 어렵다.

하지만 네 명이 휘저어 어수선해진 약병들을 300명의 정예병사가 상대한다면?

그 가능성에 걸고 적을 약하게 만들기 위해 여러 가지 술수를 부린 '붉은 피가 좋아!'의 네 멤버들은 지금, 최후의 결전지에 와 있었다. 아스컴령의 영도를 뒤로한 영군과 대치할 제국군, 그들의 뒤를 치기 위하여.

적군은 영도에 단 한 발자국도 들어올 수 없다!

"……왔어요. 제국군입니다!"

"왔네……."

나무 뒤에 숨어 가도를 감시하던 마일과 레나가 적의 모습을 확인했다.

메비스가 두 사람에게 물었다.

"제국군은 내 눈에도 보이는데. ……그런데 아스컴 영군은 어디 있어?"

""""…….""""

모두 눈치채고 있었으면서도 절대 입에 담지 않았던 것을 마침내 메비스가 묻고 말았다.

“““““““…………….”””””””

그렇다, 영도와 제국군 사이에 아스컴 영군의 모습은 없었다.

……어디에도, 영군의 모습이 보이지 않았던 것이다.

“어, 어어어, 어떻게 해…….”

“어, 어어어, 어떻게 하죠…….”

“지, 지지지, 진정해, 다들…….”

“이상하네요…….”

레나, 마일, 메비스가 당황하는 가운데 혼자만 태연한 폴린.

“영도까지 이어지는 적의 진군 경로상의 마을에서 사람들과 물자를 이동시키고 최종 결전은 영도에서, 라고 서신에 적긴 했는데……. 영도도 어차피 그냥 시골 마을이에요. 여기는 딱히 성곽도시도 아니고, 영주 저택도 그냥 평범한 저택이지 성이나 요새 같은 게 아니니까 농성전이 벌어질 수도 없고……. 그때 모습을 봐선 마일이 보낸 서신을 무시할 거라 생각하기도 어려운 데다가, 지금까지 전부 지시대로 따라주었는데…….”

“““““…………………….”””””

폴린의 말대로였다. 보낸 서신의 내용은 다 함께 몇 번이나 확인했다. 그러니 틀림없었다. 모두 영군의 행방을 알아내려고 머리를 쥐어짜내 보았지만, 짐작 가는 구석이 없었다.

아무리 그래도 영도를 버리고 도망쳤다고는 생각할 수 없었다.

"앗, 제국군이 정찰 부대를 보냈다!"

메비스의 말처럼 제국군 역시 영도가 지나치게 무방비 상태인 것이 이상했는지, 30명쯤 되는 정찰 부대를 보냈다.

그들이 영도에 들어와 몇 걸음 걸었을 때…….

""""""아!""""""

건물 창문과 옥상에서 화살, 투창, 돌이며 기타 등등 온갖 것들이 날아들어 하나둘 쓰러지는 병사들. 그리고 건물에서 달려 나오는, 저마다 손에 무기를 든 남자들.

""""""엥……."""""""

'붉은 피가 좋아!'의 네 멤버가 놀라는 것도 무리가 아니다. 남자들이 손에 쥔 것은 검, 창뿐 아니라 식칼, 괭이, 걸레 자루로 보이는 것, 기타 등등 누가 봐도 병사와는 어울리지 않는 무기류들이었다.

"저 사람들은 대부분 병사가 아니라 그냥 평범한 영도민이나 피난 온 마을 주민들 같아요……."

"아."

폴린의 말에 마일이 뭔가를 떠올린 듯했다.

"시민전이네……. 주노 씨, 『최종 결전은 영도에서』라는 문구를 읽고, 영도를 사수하기 위해 그 전방에서 싸우는 게 아니라 영도 자체를 결전의 장으로 삼은 시민전이라고 생각했나 보네……."

"무, 무슨 소리야!"

이해하지 못하는 레나에게 마일이 설명했다.

"장애물이 아무것도 없는 평지라면 수적으로 강세인 쪽이 압도적으로 유리하죠. 아무리 약체화시킨 적이라도요……. 그래서 주노 씨는 수적 강세를 살리기 어려운 장소를 전쟁터로 고른 거예요. 그래요. 장애물이 많아 시야 확보가 어렵고, 좁은 뒷골목이 있어 많은 인원이 한꺼번에 싸울 수 없고, 자신들이 지형과 건물 상황을 숙지하고 있고, 또, 또, 영민 모두가 싸움에 뛰어들 수 있는 장소를…….”

“어, 어리석은! 전쟁은 병사가 하는 일이야, 일반 영민들을 적병들과 맞서 싸우게 해서 어쩔 셈이야! 병사들이 지면 전쟁이 끝나고, 지배하는 나라와 영주가 바뀌어도 영민은 계속 그곳에서 살아가. 그게 바로 전투, 전쟁인 거잖아! 이렇게 하다간 비전투원, 여자들과 노인, 병자와 부상자들까지 모두 전쟁에 휘말려 죽게 될 거라고!”

메비스가 소리쳤지만 이미 엎질러진 물이었다.

“……전쟁이란, 총력전이란, 그런 겁니다. 전쟁은 일반 국민과는 무관하게, 정부와 군대만으로 치러진다고 말하기가 어려워요. 국민 모두 돈, 노동력, 기타 여러 가지 분야에서 전쟁에 공헌하길 요구받죠. 물론 때로는 목숨까지도…….”

마일은 그렇게 말했지만, 이 세계에서는 아직 그 개념이 일반적이지 않았다.

“약이 너무 잘 들었네요…….”

“네?”

“마일을 여신이 된 마일의 어머니로 착각하게 했기 때문에 무슨 수를 써서라도 반드시 이겨야 한다, 그러기 위해서는 무슨 짓을 해도 상관없다고 생각한 걸지도 몰라요. 그리고 그걸 영민들에게도 퍼트린……."

"그럼, 저 때문에……."

폴린의 말에 낯빛이 변한 마일.

"아니, 그건 아니에요. 원인은 편지를 그렇게 쓰자고 제안한 저에게 있어요. 또 일이 이렇게 될 줄 모르고, 그걸 금지하는 문구를 서신에 써넣지 못한 제게 책임이 있어요. 그러니까……."

"그러니까?"

"제가 책임질게요. 핫 마법을 주위에 분사하면서 적의 중심부로 파고들면 아마도 대혼란이 일어나……."

요컨대 자폭이었다. 적을 혼란스럽게 만들 수는 있어도, 살아 돌아오기란 불가능하다.

"기각합니다!"

마일은 궁지에 몰린 듯한 폴린의 말을 뚝 잘랐다.

"여기는 아스컴 자작령이고, 저의 다른 이름은 아델 폰 아스컴. 이곳은 제 영지이며 그들은 저의 영민입니다. 그러니까 그건 제 역할이에요! 게다가……."

마일이 씨익, 짓궂은 미소를 지었다.

"최종 결전지에 여신님이 나타나지 않으면 주노 씨가 거짓말쟁이 취급을 받게 될지도 몰라요. 그건, 좀 불쌍하잖아요?! 그럼 다녀올게요!"

휴웅!

그리고 다음 순간, 마일의 모습은 이미 사라지고 없었다.

"마일……."

"마일……. 좋아, 그럼 우리도 뒤따라……."

"그럼 달아날 준비를 해두자!"

""엥?""

메비스의 말을 뚝 끊은 레나의 태연한 말에 깜짝 놀라는 두 사람.

하지만 레나는 아랑곳하지 않고 태평하게 말을 이었다.

"마일은 진지하게 임할 거야. 우리가 가봐야 마일한테 방해만 될 뿐이라고. 그리고 뭐 달리 할 일이라도 있어? 어차피 곧 마일이 다 해치워버리고 『하아아아, 저질러버렸어요~!』 하고 돌아올 게 뻔한데!"

"……그건 그래."

"그, 그렇네요……."

그리고 메비스가 먼 곳을 바라보며 중얼거렸다.

"그리고 아무 문제 없을 것 같아……."

"격자력, 배리어어어어!"

몸 주변에 반지름 1미터 정도 되는 격자력 배리어를 친 마일은 몹시 억제한 속도로 제국군의 한복판을 뚫고 들어갔다.

"크헉!"

"으악!"

"우와아아!"

그리고 배리어로 제국군들을 하나둘 튕겨내고 날려버리면서 전방, 그러니까 제국군과 영도 사이로 뛰어들었다.

그곳에 멈춰 서서 방향을 휘익 전환한 마일은 그것을 했다. 그렇다, 그것 말이다.

"변신입니다! 마일 · 갓디스 페노메논(여신화 현상)!! 광선 굴절, 산란! 수분 응결, 냉각하여 결정화, 형성! 중력 중화, 형성 유지……, 합체! 파이널 퓨전!"

마일의 등 뒤로 형성된 번쩍이는 빙정(氷晶) 날개. 그리고 머리 위로 떠오른 빛나는 고리. 그러한 것들이 마일의 몸에 장착되었다.

"케이버라이트(중력 차단)!"

중력을 차단하고 가볍게 땅을 박찬 후 10미터 정도 되는 상공으로 날아오른 마일. 그리고 위를 향해 필사적으로 후후 숨을 불어, 브레이크를 걸었다.

'이렇게 된 거 이제 이판사판이야! 아무리 가면을 썼다고 해도, 신분이 들킬 확률은 제로가 아니야. 만에 하나 내 정체가 들통난다면. 이런 짓을 벌인 사람이 나라는 게 들킨다면, 앞으로는 느긋하고 평범한 인생 따위 보낼 수 없겠지…….'

그렇게 생각한 마일은 자포자기한 상태였다.

마일은 공기를 진동시켜 모든 제국군에게 목소리를 보냈다.

"어리석은 놈들!"

"뭐, 뭐야 저건!"

"새인가?"

"와이번인가?"

"아니, 저, 저것은……."

"여, 여신이라고……."

대혼란에 빠진 제국군.

그때 마일의 목소리가 다시 울려 퍼졌다.

"힘없는 정의는 무의미하다. 또한 정의가 없는 힘은 해악이다. 따라서 나, 여신의 이름으로 이를 주살하노라. 네놈들은 유죄다!"

너무 장황했다. 자포자기하는 심정이 된 마일은 그냥 '언젠가 한번 말해보고 싶었던 대사 시리즈'를 적당히 나열했을 뿐이었다.

"가, 가짜다! 분명 무슨 속임수를……."

사관으로 보이는 자가 그렇게 소리치며 병사들의 동요를 잠재우려고 했지만, 속임수고 뭐고, 그 근처에는 사람을 공중에 매다는 데 쓰일 만한 건물도 커다란 나무도 없고 이 세계에는 크레인이라든지 피아노 줄 같은 것도 없다. 그리고 무엇보다도, 이 세계에서는 일반적으로 신과 악마의 존재를 믿고 있었다. 그래서 사관 역시 '여신 따위 존재할 리 없어'라는 말만은 결코 내뱉을 수 없었다.

그렇다고 '여신님이 타일러주셔서 그만 퇴각했습니다'라고 말해서 무사할 리가 없다. 그런 말을 내뱉는 자는 틀림없이 참수형 아니면 교수형이다.

하지만 일반 병사는 상관없었다. 기대에 부응하지 못한 지휘관이나 사관을 처형하는 지배자는 있어도, 5,000명의 병사들을 전부 처형하는 자는 없으니까. 절대로…….

그래서 병사들은 걸음을 멈추고 더 앞으로 나아가려고 하지 않았다.

"선전 포고도 없이 침입한 자들은 군대도, 병사도 아니다. 그냥 무뢰한들이지. 그런 자들은 죽어서도 발할라(용감한 전사들의 낙원)에 초대받을 수 없느니라. 너희 무뢰한들에게 줄 수 있는 것은 지옥으로 가는 통행권뿐이야. 자, 신이 내리는 벌을 받거라!"

그리고 공중에 붕 떠오르는, 울프 마크(늑대 머리를 본뜬 마법진). 그 입 부분에서 번개가 나와 제국군의 앞쪽에 떨어졌다.

"무뢰 썬더!" (만화 『은하선풍 브라이거』에 나오는 '브라이 썬더'의 패러디)

그렇다, 신이 무뢰한들을 벌주기 위해 울프 마크로 쏜 번개 '무뢰 썬더'였다.

찌지직, 쿠웅!

정적.

주변이 소름 돋을 만큼 무서운 정적에 휩싸였다.

제국군도.

그리고 마일의 공기 진동 마법 때문에 모든 이야기를 들었을 영도 사람들까지.

그저 멍하니, 영도 밖 그리고 영도 내 건물 창문에서.

어떤 자는 공포감에 털썩 주저앉았고. 또 어떤 자는 희망과 경외감에 눈동자를 반짝였고.

그저, 동작을 멈추고 하늘을 올려다볼 뿐이었다.

'……어떻게 한담…….'

마일은 당혹스러웠다.

아무도 움직이지 않고, 아무도 말하지 않았다.

'언제까지 이 상태로 계속 떠 있어야…….'

그렇다, 마일은 제국군이 얼른 물러가기만을 기다리고 있었던 것이다. 아무리 그래도 번개를 연타해서 제국군을 전부 죽일 수는 없으니까. 그런데 아무도 움직이지 않는다니…….

아스컴 영군의 상태가 궁금해 뒤돌아보니, 하늘에 떠 있는 마일의 시야에 '그것'이 들어왔다.

영도 북쪽, 그러니까 제국군이 있는 곳과 반대 방향에서 다가오는, 이제 곧 영도에 도착할 듯한 병사 무리.

그 수는 남쪽에 있는 제국군보다 훨씬 많았다. 5,000명인 제국군의 4~5배, 아니, 그보다 더 많은, 마치 구름 떼와 같은 군사들. 이런 상황에 북쪽에서 온다는 건 제국군일 리 없었다. 그렇다는 건…….

그렇다, 그것은 하늘에 뜬 이후로 뒤쪽을 돌아보지 않았던 마일보다 메비스가 먼저 확인한 브란델 왕국군, 즉 왕도군과 각 영지군의 연합군이었다.

"어, 어째서……. 폴린 씨도 메비스 씨도, 왕도 측은 아직 병사를 보내지 않았을 거라고 말했는데……, 앗, 왕도군이 속도를 올렸나? 제국군의 존재를 알아차렸나……, 안 돼, 야단났네, 야단났어, 제국군은 그렇다 치고, 내 존재를 들키면 안 되는데에에에에~~!!"

소리 내어 중얼거리는 마일이었는데 물론 공기 진동 마법은 쓰지 않았기 때문에 그 목소리가 누군가의 귀에 들어가는 일은 없었다. 마일은 초조한 마음에 그대로 하강해서 다시 제국군들 틈을 뚫고 뒤쪽으로 빠져나가 레나 무리와 합류했다.

"여, 여러분, 지금 당장, 타타타타, 탈출……."

"이탈하자!"

마일의 말을 중간에서 가로채 모두에게 그렇게 지시하는 레나.

""하앗!""

"……하아……."

그리하여 '붉은 피가 좋아!'는 전속력으로 현장을 빠져나와 남쪽으로 멀어져갔고, 남겨진 전쟁터에서는…….

"사령관, 영도 북쪽에서 적군이 나타났습니다!"

전쟁 지역의 전체 상황을 파악하기 위하여, 영도를 훤히 내려다볼 수 있는 살짝 높은 언덕에 배치했던 보초병이 작은 깃발을 흔들어 보낸 보고가 제국군 사령관에게 전달되었다.

"뭐?! 아스컴 영주군은 영도에 틀어박혀 있는 게……."

돌연 등장했다가 돌연 모습을 감춘, 조금 전의 여신인지 뭔지에 대한 놀라움이 아직 가라앉지 않은 사령관이 그렇게 말하자, 보고를 올린 참모가 부정했다.

"그, 그게 아닙니다! 등장한 건 아스컴 영군이 아니라 브란델 왕국 왕도군 아니면 각 영지의 영군인 것 같습니다! 수는 완전히 파악되진 않았습니다만, 못해도 2만이고 아마 그보다 훨씬 많은 듯합니다!"

"뭐, 뭐라고?!"

지금 당장 전속력으로 돌진하면 왕국군보다 먼저 영도에 들어갈 수 있을지도 모른다. 하지만 아스컴 영군 300명이 숨어 있고, 모든 주민이 대항하는 상황에서 영도에 들어가 병력의 몇 배나 되는 왕국군을 맞아 싸운다? 그것은 자살행위였다.

게다가 영도는 성곽도시가 아니어서 도시를 둘러싼 성벽이 있는 것도, 성이 있는 것도 아니었다. 물자를 잃어 화살이 부족한 상황에서 무리해 들어가 봤자 얻는 이점보다 결점이 훨씬 많다. '공격 3배의 법칙', 즉 공격하는 측은 방어하는 측의 3배의 전력이 필요하다는 법칙이 적용될 수 있는 상황이 아니었다.

그리고 아군끼리도 언쟁이 빈번히 발생했고 최근 며칠간은 먹을 것도 변변치 않았으며 강에서 저마다 길어온 물도 동 난 지 오래라, 마술사가 만든 얼마 되지 않는 물을 배급받아 간신히 움직이는 상태에 불과했다. 사기도 체력도, 충성심마저 바닥난 자국군이 몇 배에 달하는 적과 제대로 싸울 수 있을 리 없었다.

"이유가 뭐야! 전문가들은 브란델 왕국의 빠른 대응은 없을 것이다, 국경의 약소한 영지는 일단 내어주고 그 앞에 방위선을 구축해서 차근차근 준비를 마친 후에야 반격에 나설 것이다, 라고 분석하지 않았나! 그래서 우리 연대 이외의 전력은 움직이지 않아, 이것이 왕도를 노리는 본격적인 공세가 아님을 강조하고 그것을 더욱 확실히 하려 했는데! 그런데, 어찌하여……. 설마 왕국의 반격을 노린 제2단계 작전을 간파당한 건가!"

적의 행동 예측 따위, 어디까지나 자신들의 예상에 지나지 않는다. 정확한 정보와 상대의 생각을 완전히 파악했다고 해도 크게 빗나갈 때가 있다. 하물며 정보가 부족하거나 불완전한 정보를 쥐었다거나 상대에게 다른 꿍꿍이가 있다거나 자신들에게 유리한 쪽으로 희망적인 관측을 해버리고 말았을 경우는 더 말할 것도 없다.

"적의 선두를 확인! 브란델 왕국 각 귀족령의 영기(領旗)와 …… 저것은 왕도군의 군기, 그리고 왕족의 문장입니다!"

참모가 외치는 소리에 아연실색하는 사령관.

"어째서……. 어째서 한낱 변방의 약소 귀족령을 위해, 이렇게까지 전력을 쏟는 거야! 왕족이라고? 아무리 그래도 국왕이 이끄는 친정군은 아닐 테고, 설마 제1 왕자? 제2 왕자는 아직 어릴 테니. 하지만 능력이 출중해 왕국의 기대를 한 몸에 받는 왕태자를 이런 싸움터에 보낸단 말인가? 바보 같군! 정말 말도 안 돼!"

사령관의 모습을 보다 못해, 한 참모가 역정을 살 것을 각오하고 큰 목소리로 고했다.

"사령관님, 명령을 내려주십시오! 남은 시간이 얼마 없습니다!"

후퇴하든 돌격하든, 서둘러야 한다. 지시도 없이 가만히 서서 적이 부대를 공격하게 할 수는 없다. 그게 설령 전멸을 각오한 돌격이라 할지언정 지휘관의 명령이라면 기꺼이 따를 것이다. 그런 각오가 담긴 눈빛으로 사령관을 쳐다보는 참모들.

"……철수다! 지금 당장 뒤돌아 전쟁터에서 벗어난다!"

이 사령관이라면 돌격을 명령해도 이상하지 않다고 여긴 참모들은 살짝 의외라는 표정을 지었다. 그리고 그것을 본 사령관은 자책이 담긴 얼굴로 중얼거렸다.

"후세의 역사가들은 나를 『바보』라고 부를지도 몰라. 하지만 『5,000명의 병사를 개죽음 당하게 한 어리석은 사령관』이라는 소리는 듣고 싶지 않군……."

그리고 이번에는 큰 소리로 노성을 내질렀다.

"서두르라니까! 적의 진군 속도보다 빨리 철수하지 않으면 후방에서 공격을 받아 전멸한다고! 돌아갈 때 필요한 것 이외에는 전부 버려도 좋다. 서둘러라!"

참모들이 여기저기 뛰어다녔다. 물자와 장비를 버려도 좋다는 허락이 떨어졌으니 완전 장비를 하고 보급 부대를 거느린 적군으로부터 도망칠 가능성이 전혀 없는 것도 아니다. 지금, 여기서 적에게 붙들리지 않도록 거리를 벌릴 수만 있다면…….

*　*

"거리를 꽤 벌렸네. 슬슬 이동 방향을 바꿔서 동쪽으로 가자. 이대로 남하하면 계속 제국군에게 쫓기는 형태로 제국령에 들어가 버리고 말 거야."

'붉은 피가 좋아!' ……아니, 이제는 용병 임무를 끝냈으니 '붉은 맹세'로 돌아온……는 제국과 왕국 양쪽 군대로부터 멀어지기 위해 일단 남쪽으로 이동했는데, 이제 슬슬 다음 행동 계획을 세워야 할 때였다.

하지만 레나의 제안에 폴린이 반대했다.

"잠깐만요. 그전에 하고 싶은 일이 있어요. 이대로라면 멀리 돌아 강에 들를 여유가 없는 제국군에서 많은 사망자가 나올 가능성이 있어요. 인원수가 적은 데다가 낮은 등급밖에 없는 마술사들이 만드는 물만으로는 5,000명이나 되는 병사와 많은 물이 필요한 말들에게 충분한 양을 공급할 수 없을 테니까……. 말단 병사들은 악당도 범죄자도 아닌 만큼 좀 도와주고 싶은데……."

그렇다, 뛰어난 마술사가 군의 최전선에서 졸병들과 함께 싸우는 사례는 거의 없다.

전투에 쓸 만큼의 마법을 행사할 수 있는 자라면 위험한데 급료는 적은 일반병 따위 되지 않을 것이며, 유사시의 징병도 돈을 써서 면제 신청을 할 수 있다. 만약 군역을 져야 한다고 해도 사관 대우를 받는다. 요컨대 현장에서 종군하는 마술사의 인원은 무척 적은 셈이다.

한편 등급 낮은 마술사가 마법으로 만들어낼 수 있는 물의 양은 얼마 되지 않는다.

인간이 하루에 필요한 물의 양은 대략 2리터. 5,000명이면 10톤에 달한다. 그것도 일상생활을 보낼 때의 이야기이지, 강행군 중인 병사가 2리터로 만족할 수 있을 리 없다.

그리고 말 한 마리당 필요한 물의 양은 30리터 전후. 병사 15명분이다. 또 군에서 높은 위치에 있는 사람들은 아마 졸병 15명보다 한 마리의 군마 쪽을 우선하리라.

얼마 되지 않는 물을 겨우 만드는, 생활마법을 구사하는 수준인 마법사를 모아도 매일 십여 톤의 물밖에 만들 수 없다. 게다가 어차피 같은 장소에서 대량의 물을 만들게 되면 공기 중의 수분이 사라져 생성 효율이 뚝 떨어진다.

또, 마법으로 전투를 할 수 있는 자들은 물 만들기에 마력을 소진할 생각 따위 없을 것이다.

그건 검사에게 '전쟁터에서 검을 버려라' 하고 말하는 것이나 마찬가지여서, 그런 일을 받아들일 마술사는 드물었다. 기껏해야 마력의 절반, 많아야 3분의 2를 물 만들기에 써줄 뿐이다.

요컨대 병사들은 겨우 움직일 수 있을 만큼의 물만 공급받고 무모한 행군을 계속하는 것이기 때문에 많은 사망자가 나오는 것 역시 시간문제였다.

""""흐어어어어억!""""

폴린의 말을 듣고 놀라서 눈을 동그랗게 뜨는 세 사람.

"너, 누구야!"

"적의 마술사가 변장한 건가? 윽, 진짜 폴린은 어디 간 거야!"

"레나 씨, 메비스 씨, 물러나세요!"

"뭐, 뭐어어어라고……."

그리고 그 후, 진짜 열 받은 폴린에게 혼쭐이 나는 세 사람이었다…….

* *

"뭐, 뭐라고?!"

브란델 왕국을 이끄는 왕태자 아델베르트는 경악해서 눈을 동그랗게 떴다.

"네, 방금 말씀 올렸듯이 현현하신 여신님의 보호를 받았습니다. 당 아스컴가의 아가씨께서 영민을 위해, 돌아가신 후에도……, 흐흐흑……."

눈물을 흘리며 보고하는 아스컴 영군 지휘관 주노.

제국군 추격은 왕도군과 다른 영지 영군들에게 맡기고, 아스컴 영군은 아스컴의 방위와 피해 복구, 마을과 밭이 망가진 영민들의 지원 등을 위해 영지에 남아 각 마을에 파견되었다. 그리고 그 지휘는 전부 부하에게 맡긴 주노가 왕태자에게 보고를 올리러 간 것이다.

왕태자 아델베르트는 제국군 추격을 부하 장군에게 맡기고 아스컴령 영도에 머물렀다.

이 군을 아델베르트가 이끌게 된 데에는 여러 가지 이유가 있다.

왕태자가 직접 군을 이끌고 즉시 반격에 나서서, 왕국이 이번 사건을 진지하게 여긴다는 것을 제국에게 어필하기 위해. 그리고 각 영주군의 지휘권을 완전히 장악하기 위하여. 이럴 때 자칫 잘못하면 어느 영지의 후작가가 뻔뻔하게 나올 가능성이 있는데, 아무래도 아델베르트가 지휘관을 맡으면 괜히 나서서 간섭하거나 주도권을 쥐려고 하지 않을 테니까.

그리고 본격적인 침공을 할 의도는 없을 제국군을 그 몇 배의 병력으로 때려 부수는 간단한 임무. 그것도, 침략당한 변방 영지를 구해서 국토를 수호하는 싸움이다. 대의명분도, 지방 영주들의 지지도 얻을 수 있어, 실전 경험이 없는 아델베르트의 가치를 올리기에 안성맞춤인 역할이었다.

그래서 이 임무로 다치면 안 되기 때문에 추격 부대의 선두에 서지 않고, '성공적으로 지켜낸 아스컴령 영도에서 지휘하는 임무'를 맡게 되었던 것인데, 그곳에서 듣게 된 말도 안 되는 이야기.

아니, 전혀 고려해보지 않은 것은 아니다.

만약 여기가 다른 귀족령이었다면 제국 측이 예상한 대로, 엉겁결에 전력을 긁어모아 준비가 부족한 상태에서는 긴급 파병 따위 하지 않았을 것이고 좀 더 느긋하게 준비를 마친 후에 각국에 제국의 침략 행위를 충분히 알리고 공동 전선을 꾸리는 물밑 협의에 들어갔을 것이다.

그런데 제국이 침략했다는 보고를 들었을 때 놀라기는 했어도 아직 여유를 보이던 국왕이, 침략 장소를 듣자마자 평정심을 잃은 것이다.

그리고 회의도 열지 않고 그 자리에서 바로 긴급 파병을 결정. 그것도, 다른 사람의 의견을 물어보지도 않고…….

원래라면 아무리 국왕이라도 그런 독단에 쓴소리를 아끼지 않았을 재상과 대신, 상급 귀족들이 이번에는 무슨 영문인지 아무도 반대하지 않고 일제히 찬성했다. 결국 즉석에서 편성한 왕도군, 즉 국왕 직할군에 긴급 출동 명령과 각 영주군에게 출격 명령이 떨어졌다.

왕국의 위기라면 모를까 외각의 영지 한 줌이라 주민이나 인근 영주들 이외에는 별로 급할 게 없는 상황임에도 불구하고.

물론 그대로 방치하면 적이 야금야금 계속 밀고 들어올 테니, 반격해서 쫓아내고 가능하면 역으로 상대의 영토를 빼앗는 것도 좋지만, 그리 서두를 필요는 없었다. 도리어 전쟁터와 멀리 떨어진 곳의 영주들 입장에서는 가능하면 쓸데없는 지출을 줄이고 허용한도에 아슬아슬하게 최소한의 병력 차출로 끝내고 싶을 터였다.

딱히 영지가 넓어지거나 공적을 쌓아 작위 상승을 기대할 수 있는 것도 아니다. 그래서 왕명에 대한 반응이 뜨뜻미지근, 이런저런 구실을 핑계로 떨떠름……해야 할 터였으나, 무슨 영문인지 유력 귀족들이 전광석화로 상비군을 이끌고 하나둘 급히 출격했다.

그러자 늘 반응이 좋지 않던 다른 귀족들도 허둥지둥 뒤를 따랐다. 이유는 모르겠지만 여기서 병사를 차출하지 않으면 왠지 곤란해질 것 같았다. 그런 것도 눈치채지 못하면 귀족으로 살아남기 힘들다.

그리고 아델베르트 역시 사정을 알고 있었다. 아무리 여신님이 입막음을 했다고는 하나, 목격자가 그렇게 많으니 입을 놀리는 사람도 나타나겠지. 주머니 사정이 나쁜 자라든지, 상관에 대한 충성심이 강한 자, 그리고 여신님이 온화해 보였으니까 신벌도 대수롭지 않을 거라며 안이하게 생각한 자 등등…….

물론 아델베르트가 사정을 알고 있는 것도 그가 군의 지휘를 맡은 이유 중 하나였다. 거리가 좀 있었기 때문에 조금 전 마을의 모습을 제대로 보지 못했고, 공기 진동으로 증폭된 목소리도 들리지는 않았지만, '여신'이라는 단어에 아델베르트는 크게 반응했다.

'여신, 그리고 아스컴가의 딸! 드디어 찾았다, 여신의 총애를 받은 신의 매개자, 무녀 아델!'

영군 지휘관은 아델이 죽었다고 생각하는 모양이었지만, 물론 아델베르트는 그렇게 생각하지 않았다. 여신이 몸에 깃든 소녀가 그리 쉽게 죽을 리 없었다.

'이제 우리나라는 무녀 아델을 매개로 여신의 가호를 받아…….'

"메벨 아가씨는 물론 여신님이 되시기에 적합한 순진무구한 분이셨던 게 사실입니다만, 설마 그렇게까지 저희를 생각해주셨을 줄은……."

"응? 아스컴가의 딸의 이름은 아델로 알고 있는데?"

"네? 그건 행방불명된 메벨 아가씨의 따님이시지 않습니까? 여신으로 나타나신 것은 돌아가신 그 어머니 메벨 아가씨이십니다."

"뭐……. 아, 아아, 모습은 아델 그대로니까 여신이 된 어머니가 아델의 몸에 빙의해서 움직였던 건가……."

그렇게 생각하고 납득한 아델베르트. 하지만.

"아뇨, 모습도 딱 메벨님이셨는데요……."

"뭐라? 그럼 그 딸, 아델은?"

"아델님은 1년 반 전에 왕도 학원에서 종적을 감추신 후 지금까지……."

"무슨…………."

그 후 여신을 목격한 사람 중 4년 반 전까지 오랫동안 아스컴가에서 일한 사람들을 대상으로 조사한 결과, 모두 입을 모아 '그건 틀림없는 메벨 아가씨였어요. 아가씨가 제일 귀여우시던 시절 모습 그대로였지요. 그리고 저희의 상식을 뛰어넘은 그 말과 행동. 그런 분이 메벨 아가씨 말고 또 존재할 리가 없어요!' 하고 증언했다.

그렇다, 8살 때까지의 아델은 가족 이외에는 유모와 전담 메이드 정도밖에 접촉한 사람이 없었고, 어머니와 할아버지가 돌아가신 후로는 유모와 전담 메이드마저 해고됐으며 새로 고용된 자들이 돌본 쪽은 '아스컴가의 딸인 프리시'였기 때문에 아델을 아는 사람이 전혀 없었던 것이다.

이후 아스컴가의 딸의 역할을 한 사람은 프리시였기 때문에 아델은 모두의 기억에서 점점 희미해져 갔다. 프리시가 정통 후계자가 아니라는 걸 알고 있던 사람들마저, 옛날에 멀리서 몇 번 본 게 전부인 소녀의 얼굴 따위 제대로 기억할 리 없었다.

그리고 해고된 유모는 영도를 떠났고 전담 메이드 역시 다른 도시로 시집갔기 때문에 조사 대상에 포함되지 않았다.

하지만 메벨은 달랐다.

'온실 속의 화초 메벨 아가씨', '보고만 있어도 행복해지는 소녀', '말괄량이 메벨', '엉뚱한 생각으로 가득한 아이', '민들레 소녀' 등의 별명, 아니 몇 가지나 되는 이명을 가졌던 메벨은 많은 영민에게 무척 강렬한 인상을 남겼다. 특히 12~13살 시절 '메벨 아가씨의 영지 내 방랑기'라고 불리던 시대의 그 용모와 언동은.

그리고 마일은 8살 때까지는 아니었지만, 그 후에 메벨과 흡사한 외모가 되었다. 물론 아스컴 가문 여성들에게 이따금 나오는 멋진 은발까지 포함해서…….

……즉, 지금의 마일, 그러니까 아델의 모습을 보고 아스컴령의 사람들이 떠올릴 수 있는 인물은 '아스컴가 영애 메벨 폰 아스컴' 단 한 사람이었던 것이다.

성인이 되었다? 결혼했다? 그런 것은 상관없었다.

아스컴령 사람들에게 메벨은 몇 살이 되어도 여전한 '메벨 아가씨'였던 것이다.

그리고 지금은 '여신 메벨 아가씨'.

아스컴령을 지키기 위해 현현한 여신이 메벨 아가씨라는 것을 의심하는 자는 아무도 없었다. 몹시 가까운 거리에서 목격한 자들까지 포함해서.

한편 겨우 여신의 매개자 '아델 폰 아스컴'의 소재를 파악했다고 생각한 아델베르트는 혼란에 빠졌다.

'무슨 소리야, 이게? 여기 등장한 게 아델이 아니라고? 그럼 아델의 몸에 깃든 존재가 메벨이라는 이름의 어머니인가? 아니면 여신이 된 어머니로부터 딸을 지켜달라고 부탁받은 다른 여신인가? 아, 모르겠다! 어떻게 판단해야…….'

*　*

"그런데 메비스 씨. 영도로 달려온 브란델 왕국군의 깃발 중에 왕족의 깃발이 있었다는 건……."

"응. 기사를 꿈꾸는 내가 아무리 이웃 나라라도 왕족 깃발을 잘

못 볼 리는 없지. 폐하가 몸소 군을 이끄는 『친정(親征)』은 아닌 것 같지만, 왕태자라든가 그 아우 등 왕족이 왕도군을 비롯한 전군 지휘관을 맡았을 거야."

마일의 질문에 메비스가 자신 있게 대답했다.

"어, 어째서 그렇게까지……."

"나도 모르지. 나나 폴린도 그건 정말 말도 안 되는 일이라고 말하고 싶긴 한데……. 하지만 틀림없어. 그건 분명 왕가의 문장이야. 이 메비스, 나의 이름을 걸고 단언할 수 있어!"

"엥……."

메비스의 말에 말문이 막힌 마일.

아니, 메비스의 말을 못 믿는 것이 아니다. 마일의 머릿속에서 다른 생각이 요동치고 있었던 것이다.

'와, 왕가의 문장……. 메, 멘비스 님……' (만화 '왕가의 문장'의 등장인물 멤피스의 패러디)

* *

제국군은 필사적으로 행군을 이어갔다.

강행군이라는 단어도 미온적일 만큼 무모한 행군이었다. 하지만 목적지에 도착한 후에 싸울 필요가 없고, 적에게 따라잡히면 그날로 죽는다. 이런 상황에서는 죽을 각오로 행군할 수밖에 없었다.

이제는 싸우고 싶은 생각도 전혀 없고 그저 살아서 귀환할 수만 있으면 그만. 그리고 사령관이 불필요한 물자와 장비 등을 버려도 된다고 허락했기 때문에 애당초 소모품을 대부분 버린 제국군은 몸이 가벼워서, 완전 무장 상태에 보급 부대까지 거느린 왕국군을 따돌리기는 어렵지 않았다. ……제국군들이 평소 상태였다면 말이지만.

이미 며칠이나 전에 식량과 물이 거의 다 동 난 제국군은 소량의 식량과 물, 마술사가 마법으로 만들어낸 물 조금, 그리고 이동 중 채취한 소동물과 산나물에 의지했는데, 일반 병사 대부분은 그조차 제대로 얻지 못했고, 강에 들렀을 때 각자 채워 넣은 물통과 가죽 주머니의 물도 바닥난 지 오래였다.

애초에 쫓겨 돌아가는 판국에 멀리 강까지 돌아갈 여유 따위는 없었다. 그렇게 했다간 추격 중인 왕국군에게 따라잡히고 말리라.

공복과 갈증에 휘청거리면서도 거의 의식 없이 계속해서 다리를 움직이는 병사들.

아스컴 자작령을 빠져나와 제국과의 국경선에 있는 세스도르 백작령까지만 가도 식량을 징발할 수 있는 마을도 있고 우물도 있다. 세스도르 백작령을 계속 점령하기 위해 배치해두었던 병사들과 합류해서 그들에게 식량을 나눠 받으면…….

몽롱한 의식으로 그런 생각을 하며 걷던 선두 부대 병사들이 숙이고 있던 얼굴을 살짝 들어 앞을 보자 그곳에, 그것이 있었다.

……텐트 하나. 그리고 그 앞에 놓인 긴 테이블과 간이 의자에 앉은 세 명의 소녀들. 그리고 그들과 텐트 사이에 있는 물통과 나무상자.

입구가 닫혀 있어 안이 보이지 않는 그 텐트에 간판이 걸려 있었다.

'이동식당 성녀옥'

““““““““““뭐야, 저게에에에에에에에!!””””””””””

"……물은 있어?"

긴 테이블 앞에 멈춰 선 병사가 떨리는 목소리로 묻자, 성인인지 아닌지 애매한 나이인데도 가슴은 몹시 큰 소녀가 생긋 웃으며 대답했다.

"네, 물 한 잔에 은화 5닢. 에일은 소금화 1닢, 와인은 2닢입니다."

““““““““““비싸잖아아아아아!!””””””””””

그렇다, 은화 5닢은 일본 엔으로 환산하면 약 5,000엔. 소금화 1닢은 1만 엔에 상당하는 금액이었다.

"너무 비싸다고!"

그렇게 화내는 병사에게 소녀는 태연하게 대답했다.

"수요와 공급의 균형. 그건 장사의 기본이죠. 비싸다 싶으면 안 사면 그만이에요. 저희는 이 가격에 사도 괜찮다는 손님께 팔면 되니까요. 그리고 어린 여자애가 무거운 물통을 짊어지고 전쟁터를 돌아다니면서 물을 파는 것에 대해 어떻게 생각하시나요? 싸움에 휘말릴 위험, 병사들에게 공격당할 위험, 그 모든 것을 각오하고 며칠이나 걸려서 운반해온 물인데, 길거리에서 쉽게 구할 수 있는 물과 가치가 똑같다는 건가요?"

"윽……."

반론할 수 없었다.

"하, 하지만……."

"물 줘!"

물고 늘어지며 가격을 흥정하려는 병사의 말을 뚝 자르고 옆에서 끼어들었다.

"너는 그렇게 푼돈 아끼다가, 은화를 품에 꼭 껴안고 멋대로 죽든지 말든지 해라. 난 우리를 위해 목숨 걸고 저 여자애가 가져온 물을 기꺼이 사겠다! 은화 5닢, 목숨값치고는 아주 싸다고!"

"네, 감사합니다!"

소녀는 곧바로 물통에서 물을 한 컵 떠서 건넸다.

"맛있어! 정말 꿀맛이야……."

꿀꺽꿀꺽 물을 삼키는 병사. 호쾌하게 들이켰는데 단 한 방울도 흘리지 않았다.

행복한 듯 물을 다 마신 병사는 아쉬운 표정으로 중얼거렸다.

"한 잔 더 마시고 싶지만 양이 한정된 물을 나 혼자 다 마실 수는 없지. 남은 건 다른 녀석들에게 양보해야……."

그때 다른 사람이 긴 테이블 위에 또 은화 5닢을 탁 하고 거칠게 내려놓았다.

"물 줘!"

"나, 나도!"

"에, 에일 줘!"

"걸리적거려, 안 살 거면 비켜!"

값에 불만을 품었던 병사가 옆으로 밀려나고 점점 몰아닥치는 병사들.

"네네, 저 혼자 물을 짊어지고 온 게 아니니까 아직 많아요. 서두르지 말고, 밀지 말고, 차분하게 줄을 서 주세요. 너무 밀면 테이블이 넘어져서 물을 전부 쏟을지도 모릅니다~."

사실 에일에는 이뇨 작용이 있어 오히려 탈수 증상이 일어나기 쉽다. 하지만 폴린 일행은 그런 사실을 몰랐으니 어쩔 수 없다. 절대 악의는 없었던 것이다.

폴린 일행이 바쁘게 음료를 파는 사이, 한 병사가 뭔가를 깨닫고 중얼거렸다.

"이동식당, 성녀옥……."

그리고 그 병사가 폴린에게 물었다.

"저, 저기 말이야, 『식당』이라면, 뭔가 먹을거리도 파는 거 아니야?"

그 말을 들은 주변 병사들이 동작을 멈추고 입을 다물었다.

정적이 감도는 가운데 폴린이 생긋 웃으며 대답했다.

"물론, 있는데요?"

""""""""""…………."""""""""""

"뭐, 뭐가 있는데?"

떨리는 목소리로 묻는 병사.

"음, 잡탕죽이랑 딱딱한 빵이랑 육포, 고형 수프를 뜨거운 물에 녹이고 남은 채소를 넣은 것 등등이요. 전부 소금화 1닢입니다."

“““““““““비싸아아아아!!”””””””””

그러나 음료도 음식도 날개 돋친 듯이 팔려나갔다.

앞이 막히면서 뒤에 있던 병사들이 앞으로 고꾸라지자 뒤에 있던 하사관이 핏대를 세우며 달려왔다가, 이유를 알고는 곧 정리를 시작했다.

“그 자리에 멈춰서지 마! 빨리 사고 그대로 앞으로 이동해! 뒷사람에게 양보해야지! 그리고 왕국군이 몰려오고 있으니 기운 차렸으면 빨리 앞으로 전진해라!”

하사관 덕분에 흐름이 꽤 원활해졌다.

희망자에게는 물을 그 자리에서 바로 마시는 게 아니라 물통에 넣어주는 서비스도 제공하고 있었다. 깔때기를 사용하면 간단하다. 잡탕죽이나 수프는 배급받은 후 텐트 주위를 한 바퀴 크게 돌면서 먹고, 용기를 반납한 다음 앞으로 쭉 전진한다. 매장 앞이 붐비지 않게 하기 위한 방책이었다. 과연 하사관, 머리가 좋다. 물론 자기 컵을 가진 사람은 거기에 물을 받아 곧장 가도로 나갔다.

“……고맙다, 너희 덕분에 많은 병사가 살아서 고향에 돌아갈 수 있게 되었어. 감사한다, 용감한 소녀들이여. 슬슬 물건도 다 떨어져가는 모양이니 왕도군의 눈에 띄기 전에 빨리 몸을 피하는 게 좋을 거야.”

하사관의 말에 폴린이 뒤를 돌아보니 그곳에 쌓여 있던 물통과 나무상자가 거의 다 비어 있었다.

“아. 부탁해.”

""오케이!""

폴린에게 대답한 레나와 메비스가 텐트에 들어가 다른 물통과 나무상자를 들고 나왔다.

"엥……."

그리고 여러 번 텐트와 매장을 왕복하며 새로운 물통과 나무상자를 옮겨 날랐고 빈 통은 다시 텐트 안에 넣는 레나와 메비스.

"괜찮아요, 아직 물이랑 음식은 많이 있으니까요. 배고픈 사람, 목마른 사람이 있는 한, 그곳이 설령 전쟁터가 됐든 지옥의 끝이 됐든, 불러만 주신다면 즉시 갑니다! 그것이 우리……."

레나와 메비스가 폴린의 양쪽으로 달려가 포즈를 취했다.

""""이동식당, 성녀옥!""""

이번에는 색색깔의 연기도 폭발 효과음도 없었다.

한편 텐트 안에 있던 마일은 입구를 살짝 열고 이를 바득바득 갈며 그 모습을 지켜보았다.

아무리 그때 가면을 썼다고는 하나, 많은 사람이 목격했기 때문에 병사들에게 얼굴을 보이면 안 될 것 같다며 텐트 안에 숨어 아이템 박스에서 보충 물품을 꺼내주는 역할에 전념하고 있었는데, 자신도 끼고 싶었던 모양이다.

"……그, 그래……."

그리고 폴린 일행의 옆에는 하사관이 멍하니 서 있었다.

*　*

"그나저나 참 용감한 소녀들이었어……."

하사관이 부하들과 함께 걸으며 중얼거렸다.

어제 '이동식당 성녀옥'이라는 이름으로, 도주 중인 자기 군대 병사들에게 물과 식량을 제공해준 소녀들.

비록 가격은 비쌌지만, 그래도 목숨 걸고 운반해왔을 것을 생각하면 불평할 수 없었다. 소녀들도 말했지만 수요와 공급인 것이다. 같은 물건인데 왕도에서 살 때와 변방의 마을에서 살 때의 가격이 다르다고 불평하는 사람은 아마 없으리라. 그것과 마찬가지이다.

왕국군이 쫓아오는 가운데, 목숨 걸고 자기 군대 병사들을 위해 물과 식량을 가져와 주었다. 그야말로, '이동식당 성녀옥'이라는 간판에 걸맞은 성녀들이었다.

우리나라에서 군대를 따라온 소녀들인가? 아니면 우리나라에서 장사하는 자들의 딸들인가? 어쨌든 우리 군의 편이 되어준 고마운 동포들이다.

그렇게 생각하며 걷고 있는데 앞에 있던 부대가 멈춰서는 바람에 길이 막혀버렸다.

"뭐하는 거야, 뒤가 막히잖아……."

그렇게 소리치려는데 두 눈에 믿을 수 없는 광경이 비쳤다.

눈에 익은 텐트, 눈에 익은 긴 테이블, 눈에 익은 소녀들, 그리고 눈에 익은 간판…….

'이동식당 성녀옥 2호점'

"진짜냐고……."

그리고 판매 물품 중에 에일과 와인은 보이지 않았다.
아무래도 어제 별로 재미를 못 봤던 모양이다.

"어이, 묻고 싶은 게 있다만."
텐트 앞으로 달려가, 긴 테이블에 물과 먹거리를 늘어놓고 있는 소녀들에게 말을 걸었다.
"어라, 어제 도와준 사람이네? 무슨 일로?"
붉은 머리 소녀가 그렇게 말하자, 하사관은 궁금하던 점을 질문했다.
"어제 우리에게 어디까지 물과 식량을 공급했지? 가능하면 똑같이 선두에 있는 병사들 말고 어제 못 샀던 사람들부터 팔아줬으면 좋겠는데……."
"어라, 끝까지 팔았는데?"
소녀가 동문서답을 했다. 그렇게 여긴 하사관이 다시 물었다.
"아니, 그런 의미가 아니라 재고가 다 소진될 때까지 전체 병사들 중 몇 할이 샀는가를 묻는 거다."
병사가 텐트 부근에 머무르지 않고 효율적으로 돌아가도록 지시한 후, 자신의 부대로 돌아가 행군했기 때문에 그런 부분을 제대로 확인하지 못했던 것이다.
"그러니까 전부라고. 제국군 마지막 한 명까지 다 팔았는데?"
"뭐……."
고작 소녀 몇 명이서 운반한 양인데 충분할 리가 없다.

만약 그런 식으로 조달 가능하다면 군의 모든 병참 부대는 소녀 몇 명만으로 편성되겠지. 틀림없이 말이다.

"…………."

여러 가지로 하고 싶은 말, 듣고 싶은 말이 많았다. 하지만 하사관은 그보다 먼저 묻고 싶은 또 하나의 질문을 던지기로 했다.

"……그런데, 저건 뭐야?"

하사관이 손가락으로 가리킨 끝에는, 긴 테이블에서 물과 음식을 팔고 있는 세 사람 이외에 또 다른 소녀(?)가 있었다.

왜 의문형인가 하면, 그 사람이 당나귀인지 뭔지 알 수 없는 엉성한 탈을 뒤집어쓰고 있었기 때문이다. 더구나 머리 위에 개, 고양이, 닭 인형을 올리고는 음이 이상한 노래를 부르고 있었다. 한 번도 본 적 없는 악기를 퉁기며…….

스, 스, 스쿠, 이쿠트에~이! (영화『사구(dune)』에 나오는 물장수의 노래)

"아아……. 무슨 생각인지,『물을 팔 때는 반드시 이 노래를 불러야 한다고요!』하면서 버티는 바람에……."

붉은 머리 소녀가 영문을 모르겠다는 표정으로 그렇게 설명해 주었다.

"그럼 저 너덜너덜한 복장은?"

다른 소녀들은 멀쩡하게 옷을 입고 있었다. 그러니 돈이 없어서라는 이유는 아닐 것이었다.

하지만 붉은 머리 소녀는 곤란하다는 표정으로 이렇게 대답했다.

"야외에서 물을 팔 때는 반드시 저 복장이어야 한다잖아. 아니, 저 애가 고집하는 거지 우리랑은 딱히 상관없는걸? 잘 모르겠지만, 버릴 예정인 옷인 『스틸수트』(영화 『사구(dune)』의 패러디로 '버릴 옷'의 일본어 발음와 비슷하다)라나……?"

도통 무슨 소린지 알 수 없었다.

"그, 그럼 저 탈이랑 머리 위에 있는 인형은……."

"그게, 『프레멘 음악대』인가 뭔가라던데…….(『브레멘 음악대』와 영화 『사구』에 등장하는 원주민 '프레멘'의 패러디) 아, 묻지 마! 아무것도 묻지 말라고! 우리도 잘 모르니까……."

상대해주던 붉은 머리 소녀도, 계속해서 물품을 판매 중인 두 소녀도 곤혹스러운 표정을 지었다.

더 이상은 물어봐야 판매에 방해만 될 뿐이다. 그리고 그것은 군의 철수 속도가 떨어지게 됨을 의미했다.

또 오늘은 처음부터 병사들의 흐름이 원활해서 자신이 개입할 필요도 없어 보였다. 자신의 흥미에서 비롯한 질문 때문에 더 이상 방해해서는 안 된다. 그렇게 생각한 하사관은 의문과 호기심을 억지로 억눌렀다.

"그럼 잘 부탁한다. 이 은혜는 절대 잊지 않으마!"

그렇게 말하고 고개 숙인 하사관은 자기 부대가 있는 곳으로 달려갔다.

"""""…………."""""

그리고 수상한 눈빛으로 당나귀 소녀를 쳐다보는 세 소녀였다…….

*　*

다음 날.

묵묵히 걸음을 옮기던 하사관 앞에 그것이 등장했다.

눈에 익은 텐트, 눈에 익은 긴 테이블, 눈에 익은 소녀들, 그리고 눈에 익은 간판, 눈에 익은 당나귀 소녀…….

'이동식당 성녀옥 3호점'

"…………응, 그럴 줄 알았어."

그 하사관은 어깨를 축 늘어뜨린 채 그렇게 중얼거렸다.

"자, 없어서 못 팔아요! 손님께 드리는 단가가 소금화 1닢이면, 5,000명에 금화 500닢이에요!"

그것은 일본 엔으로 환산했을 때 거의 5,000만 엔에 달하는 가치였다.

"남을 돕는 수준이에요, 봉사활동이에요!"

""""""…………….""""""

레나 일행은 폴린의 그 말을 전혀 믿지 않았다.

그리고 어제와 마찬가지로 당나귀 탈을 쓴 마일은 늘 그렇듯이 멍하니 딴생각에 잠겼다.

'이곳은 이세계. 그리고 이 텐트는 당나귀인 나의 임시 거처. 당나귀에게, 임시 거처가 있다? ……『로바 알 칼리예』?'(『제로의 사역마』 패러디. 일본어 발음 '로바, 아루 카리이에(ロバ, ある借り家)'와 발음이 유사하다)

회심의 말장난인데 이해하는 사람은 한 명도 없었다.

"마일, 땅 짚고 엎드려서 뭘 그렇게 멍 때리고 있어?"
마일에게 있어서 그 사실은, 그것은그것은그것은그것은그것은그것은그것은그것은, 몹시 슬픈 일이었다…….

*　*

아스컴령을 빠져나와 제국과 국경선이 접한 세스도르 백작령에 진입한 제국군은 가도 주변 마을들에 사람도 식량도 없고, 말 그대로 마법이라도 썼는지 우물마저 감쪽같이 사라진 것을 알고는 절망에 휩싸였다.
물 한 모금 쌀 한 톨도 없어서 이대로 죽음만 기다리고 있을 뿐이라면, 결국 병사들이 하나둘 탈주하고 도적으로 전락해 왕국의 치안을 어지럽히게 되리라.
하지만 아주 조금이나마 배급받은, 마법으로 만든 물. 그리고 하루 한 번, 은화와 소금화를 들여 구할 수 있는 물과 음식. 이렇게 해서 어떻게든 살아 돌아갈 목표를 세운 지금, 가족을 버리고 타국에서 도적이 되는 길을 고를 필요는 없었다. 괴롭지만 무사히, 나라를 위해 싸우고 생환한 병사로 귀환할 수 있을 테니까.
또 물과 음식을 팔아준 소녀들에게 나쁜 짓을 하거나 물자를 빼앗으려는 자 따위가 있을 리 없었다.
빼앗는 것 말고 물과 음식물을 얻을 방법이 없으면 모르겠지만 외지에서 용돈으로 쓰려고 가져온 은화와 소금화를 내면 쉽게 구할 수 있는데, 굳이 동료와 상관들의 눈앞에서 물건을 강탈할 사람이 어디 있으랴. 심지어 상대는 자신들을 위해 위험을 무릅쓰고 전쟁터까지 많은 물자를 가져다준 용감한 소녀들이다. 그런 짓을 했다간 평생 손가락질받는 것은 당연하고 귀국 후에 군법회의, 아니 그걸 기다리기도 전에 그 자리에서 당장 다른 병사들에게 맞아 죽을 게 뻔하다.

가진 돈이 없는 자는 동료나 상관에게 빌리면 그만이다. 돈을 많이 가진 사람이나 만약에 대비해 옷소매 안에 금화를 숨겨둔 자 등은 드물지 않았다.

이리하여 제국군은 아슬아슬하게 군대의 질서와 위용을 계속 지킬 수 있었다.

그리하여 '이동식당 성녀옥'은 제국군이 국경을 넘어 제국령에 들어갈 때까지 매일 물과 식량을 팔았다.

"남을 돕는 것과 봉사활동, 최고네요!"

"……역시, 폴린이라니까……."

"폴린이었지……."

"폴린 씨였네요……."

제64장 다시 왕도

"“실례합니다…….”"

그렇게 말하며, 자기 방 의자를 들고 마르셀라의 방으로 들어오는 모니카와 올리아나.

마르셀라도 책상 앞에 있던 의자를 끌고 와 모두와 마주 보고 앉았다.

“아르반 제국과의 전쟁은 어떻게 되어가고 있을까요……?”

“압도적인 병력으로 맞섰다고 하니 괜찮을 거예요.”

걱정스러운 모니카의 말에 마르셀라가 그렇게 말하며 안심시키려고 했다.

딱히 거짓말도 아니었다. 마르셀라는 여러 가지 경로로 왕궁과 연결되어 있어서 꽤 정확한 정보를 입수할 수 있었다. 물론 하나부터 열까지 전부 가르쳐주지는 않겠지만, 이번에는 '아스컴 자작령에 관한 중대 사건'이기 때문에 별 탈 없이 정보를 얻을 수 있었다. 게다가 딱히 비밀 정보도 아니니 괜찮았다.

대규모 파병은 감춘다고 감춰질 일도 아닐뿐더러 감출 일도 아니다. 적의 침략으로부터 변방 귀족령을 지키기 위한 출격이니, 오히려 소문이 널리 퍼져서 국가가 변방 영지와 그 영민까지 두루 살핀다는 사실을 알리는 것은 민심 장악 그리고 지휘관으로 임명된 제1 왕자의 명예를 드높일 절호의 기회였다.

"그 이야기를 하기 전에……."

마르셀라가 일단 말을 멈추고 주위를 두리번거렸다. 그러더니 갑자기 침대를 향해 오른팔을 쑥 내밀었다.

"거기군욧!"

"꺄아아악!"

""히이이익!""

침대 위에 서서히 등장한 그림자.

그리고 비명을 지르는 그 그림자와 모니카, 올리아나.

"있을 줄 알았어요……."

"어, 어어어, 어떻게……."

마르셀라에게 멱살을 붙잡혀 몹시 당황한 마일.

"전에 말했잖아요?"

마르셀라는 당연하다는 표정으로 마일에게 말했다. 예전과 똑같은 그 말을.

"아델 씨, 어째서 제가 당신을 못 찾아낼 거라고 생각하는 거죠?"

"아하……. 아하, 하하……."

울음 섞인 웃음을 짓는 마일, 아니 아델.

그리고 마르셀라는 속으로 몰래 중얼거렸다.

'그야 전에도 그렇고 이번에도, 침대 쿠션이 부자연스럽게 엉덩이 모양으로 푹 들어갔으니까 그렇죠…….'

그리하여 서로 그간 있었던 일을 보고하는 아델과 마르셀라 일행.

하지만 학원 생활을 보냈을 뿐인 마르셀라 일행에게는 이렇다 할 화젯거리가 있는 것도 아니었다. 그래서 이야기는 자연스레 아델 쪽으로 흘러갔다.

"……그래서, 영군 지휘관 주노 씨에게 그 말을……."

""""악마인가요오옷?!""""

갓디스 페노메논 부분은 생략했다.

"물 한 잔을 은화 5닢에 팔고……."

""""악귀인가요오오옷!""""

"그렇게 벌어들인 금화 4,000닢 분의 돈 중에 절반은 큰 피해를 입은 백작령에, 나머지 2,000닢의 절반은 아스컴령 영민에게 나눠주자 폴린 씨가 반쯤 광란 상태가……."

""""아하하하하!""""

같은 상인 딸이라도 모니카는 돈에 별로 집착하지 않았다. 만약 폴린이었다면 자기 돈이 아니라도 금화를 뿌렸다는 이야기만 듣고도 격노할 것이다.

"……그래서, 남은 금화 1,000닢은?"

"…………."

모니카의 물음에 시선을 회피하는 아델.

"""""…………."""""

"그래서 탈주병이 도적으로 전락해 국내가 혼란에 빠지거나 큰 약탈 행위 없이, 제국군은 무사히 물러갔어요. 만약 다시 침략하려고 든대도, 그땐 적어도 아스컴령은 피할 거라고 생각해요."

아델은 변신 장면은 '그냥 변장', 아이템 박스에 물자를 수납한 것은 '몰래 운반했다'는 식으로 돌려서 설명했지만, 물론 마르셀라 일행은 진실을 짐작했다. 하지만 그 부분은 굳이 언급하지 않는 게 친구인 법.

"그건 그렇겠네요. 물자가 감쪽같이 사라지고, 여신님이 수호하고, 게다가 성녀님이 자비를 베풀어서 겨우 살아 돌아갔으니까……. 다음에는 여신님이 진짜 힘을 살짝 보여 주신다거나, 성녀님이 보고도 못 본 척하신다면, 싸워보지도 못하고 전멸할 게 뻔하니까요."

"그럴까요……."

마르셀라는 최선의 결과라고 생각하는 모양이었지만, 올리아나는 아닌 듯했다.

"후환을 남기지 않으려면 거기서 약해진 제국군을 몽땅 괴멸시켰어야 하는 게 아닌지……. 무사히 돌아간 제국군은 언젠가 다시 우리나라의 어떤 곳을 침공할 거예요. 그리고 다음에도 큰 피해 없이 끝날 거란 보장은 없어요. 그때는 많은 병사와 농민이 죽을 수도……."

"그럼 장차 발생할지도 모를 사망자를 줄이기 위해 지금 5,000명에 달하는 병사를 전부 죽이라고?"

"그, 그렇게 말하지는 않았어요!"

마르셀라는 올리아나의 생각에 찬성하지 않는 것 같았지만 애국자로서는, 그리고 논리적으로 생각해보면 올리아나의 말이 옳으리라. 마르셀라 역시 그 사실을 잘 알고 있었다. 하지만 아무리 적군이라도 패배해 달아나는 사람들까지 학살하는 것은 용납할 수 없었다.

"……저에게는 적군 5,000명의 목숨보다 우리나라 병사와 농민들 1,000명의 목숨이 더 소중해요."

모니카가 불쑥 중얼거렸다.

"하지만 우리 가게에서 물건을 사준다면 그 사람이 적군이든 자국민이든 모두 소중해요!"

아하하, 하고 웃는 모니카에게 이끌려 모두 웃음을 터트렸다.

'고지식한 마르셀라 씨와 올리아나 씨, 그리고 중간에서 훌륭하게 중재해주는 모니카 씨……. 여전하네. 일 년 반이 지났는데도 다들, 변하지 않았어……. 아, 그러고 보니 이제 곧 모두 졸업하겠구나…….'

다음에 만나면 다들 더는 학생이 아닌 것이다.

그렇게 생각하자 조금 쓸쓸한 생각이 드는 아델이었다.

네 사람은 밤늦은 시간까지 이야기꽃을 피웠는데, 슬슬 자리를 파하지 않으면 아델은 그렇다고 쳐도 나머지 세 사람은 내일 수업에 차질이 생긴다. 아쉽지만 조만간 다시 만날 수 있으리라. 그런 생각에 재회를 약속하고 마르셀라의 방을 뒤로한 아델. 아델 혼자라면 마법으로 모습을 지우고 담장을 넘으면 그만이어서 늦은 밤에 드나드는 것도 문제없었다.

뭐, 아델이 광학 마법을 걸어 안고 뛰면 다른 멤버들을 데리고 가는 것도 가능하지만, 레나 일행은 아델이 옛 친구와 회포를 푸는 데 방해꾼이 될 생각이 전혀 없었다.

그렇게 학원 담장을 넘어 '아델'에서 '마일'로 돌아온 소녀는 여인숙으로 향했다. 만일의 사태에 대비해 광학 마법은 숙소에 들어간 후에 해제하기로 했다.

아델은 학원 친구들과 함께 있을 때만 쓰는 이름.

그 이외에 자신의 이름은 마일.

전생을 떠나 다시 태어난 생에서 얻은 이름, 아델. 그리고 그 이름을 버린 지금의 자신은 마일. 이 새로운 이름으로 새로운 세계를 살아간다.

마일은 두 팔 벌려 점프했다.

'빠삐, 요오옹!'(만화 『무장연금』에 등장하는 나비 가면 캐릭터)

……도저히 진지해질 수는 없는 마일이었다.

그건 마일이 원래 그런 성격이어서일까.

아니면…….

마일이 방문을 조심조심 열자 램프 등불을 켜놓고 레나 일행이 이야기를 나누고 있었다.

"어라, 아직 안 자고 있었어요?"

"네가 돌아왔을 때 우리가 자고 있으면 쓸쓸할 거 아냐?"

"………….."

여기에 안식처가 있다. '마일'이라는 이름의 소녀가 돌아올 안

식처가…….

"아, 야, 껴안지 마, 숨 막혀!"

얼굴이 살짝 빨개지면서 마일을 밀어내려고 하는 레나. 하지만 힘이 전혀 실려 있지 않았다.

"레나 씨가 쑥스러워하네요……."

그렇게 중얼거리며 미소 짓는 폴린.

한편 양손을 오므렸다 폈다 하면서, 왜 늘 마일이 껴안는 대상은 레나이고 자신이 아닌지 불만을 표출하는 메비스.

……사실 메비스를 껴안게 되면 얼굴이나 목이 메비스의 가슴 사이에 껴버리기 때문에 마일이 본능적으로 피했던 것이다. 그래서 웬만한 일이 아닌 이상, 마일이 메비스를 껴안는 것은 기대할 수 없었다. 그리고 메비스가 그 사실을 안 것은 훨씬 나중의 일이었다…….

"이만 자자……."

"넷!"

* *

"일단 길드 지부에 들러서 의뢰를 하나 받자. 마일, 네 수납에 든 것 중에서 상시 의뢰 약초나 식재료를 꺼내. 그걸 납입하자."

국경을 넘어 마일의 모국인 브란델 왕국에서 메비스 일행의 모국인 티루스 왕국으로 들어오자마자 레나가 모두에게 말했다.

"엥……."

"뭘 그렇게 놀라? 우리는 양성 학교에 무료로 입학한 대신 이 나라에서 최소한 몇 년간 활동해야 하는 조건이 있어. 그러니 일단 간단한 일 하나를 맡아서 『이 나라에 돌아왔어요』 하는 실적을 남기고 『국내에 있어요 카운터』를 조금이라도 빨리 세우기 시작하는 게 좋아."

""""아……."""

과연 레나였다. 다른 멤버들도 국내 활동 의무 기간은 당연히 알고 있었지만, 거기까지 생각이 미치지 못했다.

"그리고 토벌 의뢰는, 다른 데서 잡은 마물의 토벌 증명 부위를 내면 사기에 해당하잖아. 그러니까 약초랑 소재, 식용 고기 같은 걸 내자는 거지."

"호, 혹시 레나 씨, 사실은 의외로 머리가 좋았던 거예요?"

"누굴 바보로 보는 거야?!"

레나, 격노.

"마일, 말투!"

폴린의 지도가 들어왔다.

하긴 지금은 마일이 잘못했다. 그래서 허둥지둥 사과하는 마일이었다.

그렇게 처음 들른 헌터 길드 지부가 있는 도시에서, 마일의 수납에 있던 식용 뿔토끼 다섯 마리를 납입해 무사히 '국내에 있어요 카운터'를 기록하기 시작한 '붉은 맹세'였다.

……참고로 외국으로 가는 호위 의뢰를 받으면, 출국 후에도

그 의뢰가 끝날 때까지는 '국내 임무를 수행하는 중'으로 처리되었다. 또 그 종료 일시를 속여 기록의 양을 늘리기도 했다.

편법이지만, 티끌 모아 태산이라고 했으니. 쓸데없는 속박은 하루라도 더 빨리 풀고 자유가 되고 싶은 게 헌터로서의 당연한 희망이었다.

뭐, 메비스와 폴린의 모국이고 둘 다 사랑하는 가족이 여기에 있으니 적어도 두 사람이 있는 한 이 나라를 근거지로 삼고 행동하는 것은 당연해서, 그렇게 할 생각은 없었지만 말이다.

어쨌든 일단 국내 활동 실적을 만들었으니 느긋하게 왕도로 향할 일만 남은 '붉은 맹세'.

도중에 사냥과 채취는 하지만 왕도에 가야 더 좋은 값을 쳐주기 때문에 근처 길드에 일일이 납입할 필요도 없었다. 그리고 계속 이동할 계획이어서 토벌 쪽 의뢰는 받지 않았다. 토벌 의뢰는 일부 '국내 어디에 가도 토벌 의뢰가 유효한 마물' 이외에는 지정 구역 내에서 잡은 것이 아니면 의미가 없었기 때문이다.

마일의 수납(인 것으로 되어 있는 아이템 박스)에 넣어두면 신선도는 최고 수준을 유지하니 대충 둘러대는 거야 쉬웠지만, 그걸 순순히 받아들일 네 사람이 아니었다. 폴린도 포함해서.

폴린으로 말할 것 같으면, 그녀는 요 며칠 심기가 불편했다. 아니, 그렇다기보다는 상태가 좀 이상했다.

모처럼 제국병을 상대로 벌어들인 돈을 대부분 백작령과 아스컴령에 뿌렸기 때문이다.

"3,000닢……. 금화 3,000닢……."

또, 어느샌가 무의식중에 잠꼬대 같은 소리를 중얼거렸다.

“아, 진짜! 폴린도 받아들였잖아, 그 돈을 몽땅 우리가 가지는 건 아무래도 남들 보기에 체면이 서지 않는다고. 우리 몫은 금화 1,000닢이면 충분하잖아!”

금화 1,000닢. 일본인에게는 1억 엔 정도 되는 금액이었다. 충분하다 못해 차고 넘쳤다. 그리고 표면상으로 ‘벌어들인 돈은 몽땅 뿌린 것’으로 되어 있었다. 어차피 들키지 않을 거라면서.

그래도 폴린은 창자가 끊어지는 심정이었던 모양이다.

“이제 그만 포기해, 폴린. 어차피 이미 나눠준 돈을 회수할 수도 없으니까 말이야. 마일의 『보관한 것이 상하지 않는 특제 수납 마법』 덕분에 다른 헌터들과는 비교도 안 될 만큼 벌어들이고 있으니 그 정도는 금방 만회할 수 있어, 떳떳한 방법으로 벌자고.”

“하, 하지만……. 그 돈이면 제 야망에 한 걸음 더 가까이 다가갈 수 있었는데…….”

그러한 폴린의 말에 레나가 인상을 찌푸렸다.

“……『제』? 『우리』가 아니라?”

“““아…….”””

두 사람 모두 무심코 소리를 내뱉었다. 메비스는 어리둥절한 표정으로. 그리고 폴린은 아뿔싸, 하는 얼굴로.

“폴린, 너…….”

“………….”

입을 꾹 다문 채 시선을 회피하는 폴린.

“헉…….”

그 옆에서 마일 역시 손으로 입을 가리고 굳어 있었다. '일부러 시치미 떼는 아이 포즈'가 아니라 정말, 어안이 벙벙한 표정이었다.

"메, 메메메, 메비스 씨, 그건 지극히 평범한 수납마법인데, 안에 얼음마법을 걸어둔 것일 뿐인……."

입에 거품을 물고 필사적으로 둘러대는 마일에게 레나가 어이없다는 표정을 지었다.

"마일, 너, 아직도 그 설정 계속하고 있는 거야? 이미 옛날에 다 들켰는데. 얼음마법을 걸어 상하지 않게 했다고 했으면서, 정작 네가 수납에서 꺼낸 고기는 얼어 있지도 않았고 차갑지도 않았잖아. 채소 맛도 좋고 약초도 싱싱하고. 그래놓고 '얼음으로 식혔다'고 말하면 누가 믿어?"

"어, 언제부터……."

"바위도마뱀 사냥했을 때부터였나?"

"나도 그때 알았어."

"저도……."

레나에 이은 메비스와 폴린의 말.

"거의 초반부터였다고요오오오오?!"

지금까지 필사적으로 계속 둘러대는 데 성공한 줄 알았던 마일이 털썩 주저앉았다.

"제, 제가 지금까지 한 노력은 도대체 무엇……."

'……그나저나 이제 멤버들에게 비밀은 거의 없어. 아무한테도 말할 생각 없는 전생 이야기랑 나노들을 비롯한 마법의 본질 이야기를 제외하면……. 이미 마법의 본질에 대해서는 살짝 알려줬지만 아이템 박스에 대해서는 모르는 마르셀라 씨 일행이랑, 나에 대해 알고 있는 레벨로는 거의 어깨를 나란히 하는…….'

왠지 일이 잘못되어가는 느낌이 드는 마일.

하지만 한편으로는 왠지 기쁘기도 했다.

'뭐, 괜찮겠지…….'

세세한 건 신경 쓰지 않는다.

그리고 몹시 큰일이라도 신경 쓰지 않는 것이 바로 마일 퀄리티였다.

'다음엔 이번과는 반대 방향인 동쪽으로 가게 되는 걸까. 동쪽이라면, 그때 파릴을 유괴한 종교단체 사람들이 말했던…….'

그렇다, 동쪽에 있는 나라. 그곳은 그들이 말했던 수상한 종교, 그리고 베일에 가려진 전승 발상지였다.

서두르는 건 아니지만, 나노머신이 걱정하는 사태가 일어날지도 모를 그 일에는 흥미가 있었다.

……아니, 인간 개개인의 운명과 생사에는 관심을 드러내지 않는 나노머신이 그 정도로 불안해한다는 것은 다시 말해 세계 수준의 문제이리라. 실제로 '이 세계는 멸망과 재생을 반복한다'라든지, '문명을 파괴하는 원인' 같은 엄청난 단어가 있었다. 그건 마일이 여행을 떠나자고 생각한 이유인, 그 고룡들의 불가사의한 행동과 관련이 있는 걸까.

마일은 깊은 생각에 잠겼다. 그리고…….

"『마일이 아직 아델이던 시절, 티루스 왕국의 동쪽에 수상한 종교가 유행했다……』라니, 금목교인가요! 아니면 소용돌이 당이

유리종이라도 찾고 있는 건가요오옷!"(특촬물 '가면의 닌자 아카카게')

그리고 마일이 혼자 주고받는 만담을, 깬다는 눈빛으로 쳐다보는 레나 삼인방이었다…….

* *

"왕도여! 내가 돌아왔다!" ('기동전사 건담0083 스타더스트 메모리' 등장인물 아나벨 가토의 대사 패러디)

왕도에 들어가자마자 그렇게 외치는 마일을 보며 어차피 또 무슨 허풍동화 같은 데서 인용한 거겠지 하고 한 귀로 흘리는 레나 일행.

우선 향한 곳은 여인숙이었다. 다른 곳이야 나중에 가도 상관없지만, 묵을 방부터 잡아놓지 않았다가 밤늦은 시간에 만실을 보게 될 위험이 있다. 게다가 역시 제일 먼저 얼굴을 내밀어야 하리라, 그 여인숙에는.

"우리 돌아왔어~!"

"어서 오세……, 아, 아아앗, 언니들!"

접수 카운터에서 레니가 달려 나왔다.

여전히 활기찬, 머리를 땋아 내린 열 살배기……, 아니, 생일이 지났으니 지금은 열한 살이 된, 이 여인숙의 '자칭 간판 아가씨' 레니는 왠지 눈동자가 조금 촉촉해진 것처럼 보였다.

"무, 무사하셨군요, 다행이에요……."

헌터는 언제 어디서 죽어도 이상하지 않다. 레니는 수행 여행을 떠났다가 두 번 다시 돌아오지 않은 숙박객들을 수두룩하게 보아왔다. 그래서 숙박객들이 여행을 떠날 때면, 늘 각오와 함께 환송했다.

그런 만큼 무사히 돌아와 다시 이 여인숙을 선택한 손님을 맞이하는 기쁨은 몹시 컸다. 특히 여인숙에 큰 이익을 안겨주는 손님은 더더욱…….

과연 '수전노 레니'였다.

레니는 새삼 환한 미소로 네 사람을 맞이했다.

"다녀오셨어요?!"

그리하여 방을 잡은 네 사람은 이번에는 헌터 길드 왕도 지부로 발걸음을 돌렸다. 뭐, 당연한 행동이리라.

"지금 막 돌아왔습니다!"

길드에 들어가자마자 메비스가 그렇게 말하자 접수원 아가씨와 길드 직원들이 무심코 자리에서 일어나 소리쳤다.

"""""""""『수납 소녀대』애앳!"""""""""

""""""『붉은 맹세』예요오오옷!""""""

아무래도 뒤에서 이상한 이름으로 불리고 있었던 모양이다.

아니, 물론 '붉은 맹세'의 최대 특징은 마일의 수납마법, 및 그렇게 겉으로 꾸민 아이템 박스였다.

전투력도 뛰어나긴 하지만 길드 사람들이 아는 범위에서는 A등급이나 S등급 헌터 수준까지는 아니다. 그래서 'B등급에 버금가는 실력이 있는 C등급 헌터 파티'가 바로 '붉은 맹세'에 대한 길드 지부 사람들의 평가였고, 그들의 강한 힘은 그리 극단적으로 드문 케이스라고 생각하지 않았다. '미스릴의 포효'가 진심으로 실력 발휘를 해서 싸우면 질 리 없다, 정도의 인식이었다.

……고룡전이라든지 마일의 진짜 실력, 메비스의 도핑, 그리고 폴린의 핫 마법 등을 모르는 자들로서는 그런 평가를 내려도 어쩔 수 없다고 할까, 그것이 당연했다.

물론 그게 젊고 귀여운 소녀라는 건, 또 이야기가 다르다. 그만큼의 능력을 지닌 존재가 쉰내 나는 아저씨라든지 아줌마가 아니라 미소녀이면 그 희소가치는 이루 헤아릴 수 없을 정도다. 그리고 앞으로 더욱 경험을 쌓아나가면서 더욱 자라날 그 장래성도.

하지만 역시 왕도의 헌터들과 길드 관계자들이 '붉은 맹세'에 주목하는 부분은 그 수납마법(인 척하는 아이템 박스)이었다.

사냥에 채취에 운송까지 수익을 몇 배, 아니 몇십 배나 올려주는 경이로운 용량.

가슴둘레의 용량은 별로지만, 그 정도는 눈감아줄 수 있을 만큼의 이점.

그래서 어느새인가 이상한 별명이 퍼진 것이다.

"그, 그거, 마일의 별명이겠지? 나, 나랑은 상관없겠지?"

"뭐예요, 그 반응으은!"

자신은 이상한 별명으로 불리고 싶지 않다는 메비스의 배신에 격노하는 마일.

"워워……."

"오오, 잘 돌아왔다!"

폴린이 마일을 진정시키고 있는데 2층에서 길드 마스터가 내려왔다.

"생각보다 빨리 귀환했구나. 무사해서 다행이다. 그래, 당분간은 또 이 나라에서 활동해주는 거겠지? 아니, 대답은 안 해도 돼. 젊었을 때는 여기저기 쏘다니고 싶은 법이니까 그건 충분히 알고 있다. 무사히, 그리고 반드시 돌아와만 준다면 이따금 멀리 나가는 것도 어쩔 수 없지. 헌터란 원래 그런 존재니까 말이야."

왠지, 지난번에 봤을 때보다 융통성 있는 소리를 하는 길드 마스터. 레나와 폴린은 조금 수상쩍다는 눈빛으로 길드 마스터를 쳐다보는 반면, 메비스와 마일은 자신들의 소망을 이해해주었다는 생각에 단순히 기뻐했다.

생각해보면 길드 마스터도 소싯적에는 같은 길을 걸었을 테니, 이해하는 것도 당연했다. 이런 상태라면 다음 원정 때는 문제없이 출발할 수 있으리라고 생각하며.

"뭐, 다음에 다시 여행을 떠나고 싶어질 때까지 천천히 단련하고 자금을 모으고, 승격 포인트를 쌓는 것에 집중하면 좋을 거다."

그렇게 말한 길드 마스터는 기분 좋은 모습으로 2층 자기 방에 돌아갔다.

""""""……………""""""

그리고 네 사람은 생각했다.

길드 마스터는 '붉은 맹세'가 금화 1,000닢 이상의 자금을 모아둔 사실도, 이미 충분한 포인트가 쌓여 승격에 필요한 C등급으로서 최소한의 년수가 되기만을 기다리고 있는 상태라는 것도, 그리고 B등급에 버금가는 실력은 이미 옛날에 다 갖추었다는 사실까지도 아마 모르는 것 같다고…….

뭐, 다른 나라에서 쌓은 업적은 길드편으로 조만간 소식이 들어오겠지만, 길드편이 나오는 것은 한 달에 한 번이고 운송 시간까지 포함하면 빨라도 몇 주, 늦으면 한 달 넘게 걸리기 때문에 '붉은 맹세'가 다른 나라에서 쌓은 업적 정보가 헌터로서 적을 둔 이 지부까지 도달하는 것은 좀 더 나중 일이 될 것이었다.

여하튼 길드 직원과 그 자리에 있던 헌터들에게 인사한 '붉은 맹세'는 여인숙으로 돌아갔다.

"……『붉은 맹세』 녀석들은 돌아갔나?"

"아, 네, 마스터가 2층으로 올라가시고 얼마 안 되어……."

"좋아, 좀 나갔다 오겠다. 크리스토퍼 백작 저택에 들른 다음 왕궁에 갔다 올 예정이니까 좀 늦을지도 몰라."

홍차를 내어온 여자 직원에게 그렇게 말한 길드 마스터는 외출 준비에 나섰다. 드물게도 싱글벙글 기쁜 표정으로.

"무슨 일인지 길드 마스터의 기분이 아주 좋아 보이던데요. 게다가 왠지 우리가 당분간 이 도시에 머물 거라고 생각하는 듯 말하던데……."

"그러고 보니 그런 느낌이었네. 우리는 단순히 이동 경로에 있어서 잠시 들른 것뿐인데. 수행 여행이 이렇게 빨리 끝날 리 없잖아. 뭐, 그래도 일주일 정도는 머물까."

마일과 레나의 대화를 들으며 길드 마스터의 모습에 짐작 가는 바라도 있었는지 히죽 검은 미소를 흘리는 폴린 그리고 그 얼굴을 목격해버려 무심코 멈칫하는 메비스였다…….

＊　＊

“오오, 『붉은 맹세』 멤버들이 돌아왔다고? 음, 역시 우리나라가 제일 살기 편하고 좋은 곳이라는 걸 느낀 모양이구나.”

“예상보다 훨씬 빠른 귀국입니다. 역시 낯선 나라에서 소녀 넷으로 구성된 파티가 활동하는 게 여러 가지 면에서 힘들었던 걸까요? 소녀들만 있으면 남자와 달리 온갖 애로사항이 있는 걸까…….”

‘붉은 맹세’가 자국이야말로 가장 살기 좋다고 판단해서 빨리 돌아왔다는 생각에 만족해서 기뻐하는 국왕 폐하. 그리고 젊었을 때 자주 장기간 수행 여행에 나섰던 헌터 출신 귀족, 성검 크리스토퍼 백작.

“그래도 다른 나라에 흡수되거나 이상한 남자한테 낚이지 않고 무사히 돌아와 준 것은 고맙구나. 이제 당분간은 원정 욕구도 일지 않을 테니, 그 틈을 이용해 어떻게든 이 나라에 발을 묶어 좋은 배우자를 짝지어 준다면…….”

미소 지으며 그렇게 말하는 국왕 폐하와 크리스토퍼 백작을 보자, 보고하러 온 길드 마스터의 표정도 부드러워졌다.

이제 크리스토퍼 백작의 주도로 진행되는 헌터 양성 학교의 대규모 개편과 승격 기준 재검토가 시행된다면 헌터 길드, 아니 헌터들의 앞날은 창창하다.

또, 그녀들의 영향 때문인지 헌터를 꿈꾸는 소녀들이 늘어나는 추세였기 때문에, 결혼할 여자가 울고 매달려서 유망한 신인 헌터가 일을 그만두는 경우가 줄어드는 것도 기대해볼 만했다. 그렇다, 헌터끼리 결혼하면 결혼 후에도 부부가 함께 헌터 일을 할 수 있기 때문에 여자 쪽에서 '헌터 따위 그만두고 안전한 직업을 가져!' 하고 나오는 일이 별로 없기 때문이다.

"으하하……."

"하하하!"

""""아하하하하하하!""""

각자의 기대 그리고 꿈에 그리던 계획의 실현 가능성에 국왕의 집무실은 세 남자의 기쁜 웃음소리로 가득 찼다.

*　*

"자, 그럼 일주일간 머무는 거지?"

"네."

"그래요."

"알았어."

그렇다, 이 도시에서 할 일을 대략 끝낸 후 서쪽 나라로 떠난 여행이었고 그 후에 우연히 이웃 나라 브란델 왕국까지 돌아온 김에 이곳에 잠시 들른 것에 지나지 않았다. 그리고 다시 서쪽으로 떠나면 시시하니까 이번에는 이대로 쭉 동쪽으로 가려는 것이었다.

레나가 모두에게 그렇게 말했을 때, 마일이 동쪽으로 가자는 제안에 대찬성해서 그대로 결정되었다. 그때 마일은 무슨 영문인지 "동쪽으로 진출할 계획입니다, 동방 프로젝트예요!" 하는 엉뚱한 소리를 하며 혼자 흥분했다.

"왕도 체류는 내일부터 6일간. 동쪽으로 향하는 상단의 호위 의뢰를 받아 7일째 되는 아침에 출발. 만약 우리 일정에 딱 맞는 의뢰가 없으면 출발은 며칠 전후로 달라질 가능성도 있음. 이렇게 하면 되겠지?"

""""이의 없음!""""

이 부분은 딱히 특별한 사정없는 네 사람에게는 아무래도 상관없는…… 그러니까, 별로 구애받는 점이 없어서 갈등이 일어날 만한 일이 아니었다.

"그럼 내일부터 출발일까지 파티 임무는 없어! 각자 개인적인 볼일을 보면서 느긋하게 쉬길 바라."

그리고 모두 그리웠던 여인숙에서 잠을 청했다.

* *

아무런 예정 없는 일주일이란 긴 것 같으면서도 실제로는 짧다.

폴린이 집에 돌아가 어머니와 남동생을 만나기에는 시간이 모자라다. 마차로도 왕복 8일, 그것도 마차가 떠나는 날이 잘 맞아 떨어졌을 때의 이야기여서, 일주일 가지고는 턱도 없었다.

그건 메비스도 마찬가지였는데, 혼자 집에 돌아가면 선을 강요받거나 왕도로 다시 돌아오지 못하게 방해받을 염려가 있었다.

한편 가족과 동료 모두 잃고 부모님의 출신지가 어디인지조차 모르는 레나는 애당초 돌아갈 고향도 만날 가족, 친척, 친구들도 없었다.

그래서 결국 세 사람은 여인숙에서 뒹굴뒹굴하거나 왕도에서 몇 안 되는 지인, 즉 친분이 쌓인 가게 주인이라든지 헌터 양성학교 동기생들과 만나 대화를 나누기도 하고 후배 헌터들의 부탁으로 상담해주기도 하는 등 여유로운 시간을 보냈다. 밤이 되면 메비스와 폴린은 가족에게 보낼 편지를 쓰기도 했다.

물론 '붉은 맹세' 멤버들이 다 같이 외출할 때도 있었다. 꼭 일주일 동안 개별행동을 해야만 한다고 정해놓은 건 아니니까.

그리고 그런 그녀들의 모습을 수상하게 생각하는 사람은 없었다.

헌터란 매일 쉬지 않고 일만 하는 직업이 아니다. 지나치게 힘든 의뢰를 받으면 몸이 몹시 피폐해지고 부상당하거나 병을 앓을 때도 있다. 최고의 컨디션이 아닌데 무리하는 건 자기 목숨뿐 아니라 파티 멤버 모두의 목숨까지 위험에 빠트리는 어리석은 짓이다. 그래서 임무를 수행할 때도 중간에 휴일을 넣고, 이따금 장기 휴식을 취하는 게 당연했다.

그런 면에서 봤을 때 일주일이라는 시간은, 장기 원정을 마치고 돌아온 파티의 휴식치고 지나치게 짧은 감이 있을 정도였다. 원래 '붉은 맹세'는 일을 너무 많이 하는 경향이 있었다. 다른 파티의 몇 배나 벌어들이는데도 말이다.

……그리고, 마일로 말할 것 같으면.

"오랜만이에요~!"

"오오, 사토데일 선생님, 여행에서 돌아오셨습니까! 취재 여행 중에도 원고를 보내주셔서 덕분에 살았습니다! 선생님은 저희의 핵심 작가님이시니까요!"

"아니, 별말씀을……."

그렇다, 이곳은 올피스 출판사이고, 인기 작가 미아마 사토데일 선생의 오락책을 독점 출판하는 출판업자이자 능력 있는 젊은 사장 멜사크스는 아직 삼십 대 초반이었다.

"그럼 당분간은 왕도에 머물며 집필 활동에 전념하시는 겁니까?"

"아니요, 6일 후에 다시 여행을 떠나려고……."

"네에에에엣?!"

멜사크스는 무심코 경악했지만, 이내 안정을 되찾았다.

옛날부터 익숙했다. 작가의 기고(起稿)에도, 기고(寄稿)에도, 기행(奇行)에도, 기행(紀行)에도, 그리고 기행(騎行)에도…….

"원고는?"

"늘 그랬듯 길드편으로."

"인세는?"

"5 대 5로. 지금까지의 몫은 전부 상업 길드 계좌에 입금했습니다. 확인해보십시오."

"후후후, 올피스 출판사 주인도 참 악덕이라니까……."

"사토데일 님이야말로!"
""푸하하하!""
멜사크스는 마일, 아니 사토데일 선생의 '허풍동화 놀이'에 합을 잘 맞춰줄 수 있는 귀한 인재였다. ……사토데일 선생의 작품을 전부 읽고 함께 기획을 고민하는 사이이니 당연하지만 말이다.
마일은 자신을 잘 이해하는 사람을 얻어 행복했다.

그리고 익숙한 식당, 고아원, 슬럼가 아이들이 사는 폐가 등을 돌며 선물로 식재료를 나눠준 마일은 광학 마법을 써서 모습을 감추고 학원에 숨어들었다.
아우구스트 학원.
그곳은 마일의 모국 브란델 왕국 왕도에 있는 두 학원, 아들레이 학원과 애클랜드 학원처럼 이곳 티루스 왕국 왕도에 있는 두 학원 중 하나였다.
그중에서도 마일, 아니 아델이 다녔던 애클랜드 학원과 마찬가지로 후계자가 될 수 없는 하급 귀족 자녀와 유복한 평민 자제가 다니는 요컨대 '등급이 낮은 쪽'에 해당했다.
전체 기숙사 제도인 그 학원에는 마일이 예전에 단독 의뢰로 가정교사를 맡아 가르쳤던 소녀, 마리에트가 다니고 있었다. 마일은 그녀가 어찌 지내고 있는지 확인하고 싶었다.
"씩씩하게 잘하고 있을까, 마리에트……."

"……보는 게 아니었어……."

몇 시간 후, 모습을 감춘 채 아우구스트 학원을 빠져나온 마일은 어깨를 축 늘어뜨렸다.

세상만사 '지나쳐서' 좋을 일은 없다.

그 사실을 뼈저리게 느낀 마일이었다.

* *

"그녀들은 어쩌고 있느냐?"

"네, 원정 후 휴식을 취하는 것인지, 의뢰는 받지 않고 길드에 가면 정보 보드만 확인할 뿐, 이곳 지인들과 친목을 다지고 도서관에 다니고, 놀기도 하고 숙소에서 뒹굴뒹굴 태만한 생활을 즐기고 있는 것 같습니다."

"하하하, 하긴, 사람이란 그런 시간도 필요한 법이니까."

국왕의 집무실에서 국왕 폐하와 크리스토퍼 백작이 유쾌하게 대화를 나누고 있었다.

"그래, 메비스 양을 아내로 맞이할 자의 선정 상황은 어떠한가?"

"네, 백작가 후계자나 후작가 차남, 삼남 중에서 물색 중입니다. 좋은 인물이 나타나면 바로 소개할 예정입니다."

"그래, 억지로 만나게 하지 말고 자연스럽게 이어주게나. 메비스 양 같은 사람은 운명이라든지 낭만 따위를 동경하니까 강제로 소개시키면 반발할 게야."

"분부대로 하겠습니다."

본인의 의향은 무시하고 멋대로 메비스의 반려자를 정하려는 국왕과 크리스토퍼 백작.

"그래, 언제 한 번 그녀들을 왕궁에 초대하는 것은 어떠한가? 메비스 양의 반려자 후보들을 적당한 구실을 달아 한자리에 불러 인사시킨다면 다음에 우연을 가장해 만나게 했을 때 『아, 그때 그……』 하면서 대화의 물꼬를 트기 쉽겠지? 그리고 짐도 한번 만나보고 싶구나. 국왕을 만났다고 하면 우리나라에 대한 친근감이 다른 나라보다 대폭 올라갈 것 같지 않느냐?"

"그러하겠군요……. 그녀들은 예전에 범죄 행위를 저지른 영주 적발에 공헌한 바 있으니, 그것을 이유 삼아 초대한다면 전혀 부자연스럽지 않을 것입니다. 그때는 꼭 저도 참석할 수 있도록."

"그렇지. 백작은 헌터들의 대선배이자 동경하는 『귀족이 된 헌터, 살아 있는 전설, 검성 크리스토퍼 백작』이니 말이야, 효과가 클 것이야. 그렇지, 자제들도 함께 오도록 하라! 『붉은 맹세』 중 두 명은 12, 13살짜리 어린애라고 했지? 왕자와 왕녀는 그들과 나이도 비슷하니 친해지면 왕가에 대한 친근감과 충성심이 크게 상승할 게 틀림없느니라!"

"오오, 명안이십니다! 그럼 얼른 후보를 간추린 다음, 며칠 후 그녀들에게 초대장을 보내겠습니다."

그리하여 국왕과 백작은 즐겁게 계획을 짜기 시작했다.

낚시란 나가는 날보다 낚시 도구를 정비하면서 이것저것 상상하는 전날이 더 즐거운 법이다. 그래서 이 두 사람도 지금이 가장 즐겁고 행복한 시간이었다.

당일의 성과와는 상관없이…….

*　*

"엥, 언니들, 또 가버리는 거예요?"

이번에는 일주일밖에 머무르지 않는다는 사실을 알리자 레니가 눈을 커다랗게 떴다.

하지만 그녀는 날 때부터 여인숙 딸이다. 아무리 친해진 숙박객이라도 이별에는 익숙했다.

"그, 그그그, 그런가요. 음, 우물을 만들어주신 덕분에 목욕탕 쪽도 괜찮고, 뭐, 뭐어, 어차피 금방 또 돌아오실 테니까……."

다만, 익숙한 것과 아무렇지 않을 수 있는가는 전혀 별개의 문제였다.

지난번에는 언젠가 올 이별의 날이 마침내 왔다는 각오가 되어 있었다. 그래서 마일 일행 앞에서 태연한 척할 수 있었다.

하지만 이번에는 겨우 돌아와 당분간 함께 있을 수 있다고 생각하자마자 받은 기습 통보였다. 그리고 아무리 야무지다고는 하나 레니는 아직 열 살짜리……, 아니, 생일이 지난 지 얼마 되지 않은 열한 살짜리 어린애이다.

"응, 이 나라는 메비스 씨와 폴린 씨의 모국이고 두 사람의 가족도 살고 있고 우리의 국내 활동 의무 기간도 아직 4년 넘게 남아 있으니까. 때때로 외국에 나가더라도 결국은 이곳을 활동 거점으로 삼을 거고……. 헌터 등록도, 왕도에서 옮기지 않을 거고 말이야. 이번에는 돌아온 지 얼마 되지 않아 다시 수행 여행을 떠나는 게 아니라 첫 여행 도중에 잠시 들른 느낌이랄까? 수행 여행을 이렇게 빨리 끝내면 다른 헌터들이 비웃지 않겠어……?"

의무 기간은 돈을 내면 면제된다. 지금의 '붉은 맹세'라면 간단히 낼 수 있는 금액이었지만, 어쩔 수 없는 경우라면 모를까 지금은 그냥 평범하게 의무를 다할 작정이었다. 은의와 의리를 돈으로 갚는 것은 모두의 방침에 어긋났으니까.

게다가 "어차피 5년 이내에 타국으로 거점을 옮길 이유도, 그럴 예정도 없잖아요. 헛돈 쓰는 거예요, 죽은 돈이라고요, 절대 반대예요!" 하고 강경하게 주장하는 사람이 한 명 있었다.

또 돈을 내고 면제 수속을 밟으면 '외국으로 거점을 옮기려는 것'이라는 괜한 의심을 사서 여러 가지로 성가신 일이 벌어질지도 모른다. 그러한 일들을 피하기 위해서라도 현상 유지가 가장 좋은 선택지였다.

마일의 설명에 조금 안심한 듯한 레니.

하긴 지금까지 '수행 여행에 나선다'고 말하고 떠난 헌터 손님들이 다시 돌아온 건 빨라야 반년, 늦으면 몇 년이 지난 후였다. 그리고 물론 그대로 영영 돌아오지 않은 사람들도 많다. 아직 수행 여행 중인 것일까, 아니면 어느 곳에 그대로 정착해버린 것일까, 그것도 아니면…….

아니, 어느 곳에서 결혼 상대를 만나, 아내의 고향에 정착한 건 하나도 이상할 게 없다. 분명 그렇게 된 것이리라. 혹은 큰 공을 세워 지위를 얻었거나 마을을 구하고 촌장 딸과 결혼해 데릴사위가 되었다는 둥 이곳으로 돌아오지 않는 이유야 얼마든지 있었다. 분명, 그럴 것이었다.

그렇게 생각하고, 사실은 자신도 믿지 않는 가능성에 기대보는 레니. 그렇게라도 생각하지 않으면 열한 살 소녀에게 현실은 너무도 가혹했다.

"그럼 다시 돌아오시면 또 우리 여인숙에 묵어 주세요!"

"으~음, 그건 생각을 좀……."

"엥……."

당연히 '물론이지!' 하는 대답이 돌아올 줄 알았던 레니는 마일의 예상치 못한 대답에 그대로 얼어붙었다.

"아, 그게, 이곳이 불만이라는 게 아니라. 그때는 어쩌면 아예 『집』을 구할지도 모른다는 생각에……."

"아……."

그렇다, 외박이 잦은 헌터들은 왕도에 머물 때도 여인숙에서 묵는다. 방 혹은 집을 빌려도 거기서 자는 날이 적어 다른 곳에 숙박비를 지불하거나 야영하게 된다면 헛돈만 쓰는 셈이니까 말이다.

……다만 그것은 '독신이고 형편이 썩 좋지 않은 헌터'의 경우였다.

아내가 있는 헌터는 당연히 집을 빌린다. 그리고 독신이라도 주머니 사정이 여유로운 사람 역시.

집이 있으면 짐을 보관할 수 있고 매번 여인숙을 잡을 필요도 없어서, 밤늦게 왕도로 돌아와도 잘 곳 걱정을 하지 않아도 된다.

그래서 홀몸이면 방을 빌리지만, 동료들이 있으면 집을 빌려서 그곳을 파티의 '홈'으로 삼는 게 일반적이었다.

"……언니들, 돈 좀 벌어요?"
"뭐, 입에 풀칠할 정도는……."
"큭, 수납마법인가요……."
역시 레니, 마일이 대충 둘러대려고 했지만 제대로 간파했다. 항상 선물로 수렵물을 받았으니 마일의 수납과 그 용량이 어마어마하다는 사실을 잘 알고 있었다. 그리고 레니만큼 총명한 아이라면 그 압도적 우위는 쉽게 상상할 수 있으리라.
"하, 하지만, 그렇게 되면 호객 효과가……."
레니가 말은 그렇게 했지만 사실 그 부분은 별로 곤란하지 않았다. '붉은 맹세'가 여행을 떠난 후, 다른 여성 파티가 '『붉은 맹세』가 머물렀던 여인숙'이니 길하다면서 이 여인숙을 이용하기 시작했다.
그리하여 필연적으로 '여성 손님이 안심하고 머무를 수 있는 여인숙'이라는 평판이 일어나면서 헌터 이외의 여성들도 이곳을 찾게 되었다. 그러자 '여성 손님이 많은 여인숙', '여성 파티와 가까워질 수 있는 여인숙'이라는 점 때문에 남자 손님도 오게 되던 것이다. 레니의 원래 목표대로 된 셈이다.
……'여성 손님이 안심하고 묵을 수 있다'는 점과 '여성 손님 때문에 남성 손님이 모이는' 점은 모순되는 느낌도 들지만, 어디까지나 남자 쪽은 그저 순수하게 '여성과 사귀고 싶다'는 생각으로

찾는 것이어서 난폭하게 군다거나 억지로 밀어붙인다거나 여성을 불쾌하게 만드는 태도 등을 취하지는 않았다. 또 만약 그런 짓을 하는 자가 있다면, 그거다.

절호의 기회.

여성에게 점수를 딸 기회를 다른 남자들이 놓칠 리 없다.

정의의 사도, 여성을 구하는 영웅 역할을 원하던 남자들이 눈빛을 바꾸고 모여들 것이다. 기회는 이때다 하고 달려들 게 뻔하다.

잠깐 여성을 희롱했는데 눈 깜짝할 사이에 남자 열대엿 명이 눈을 반짝이며 기뻐하는 투로 자신을 둘러싸고 있다면. ……얼마나 무섭겠는가. 그래서 이 여인숙에는 남자들 모두 몹시 신사적이었다.

그 사실은 돌아온 첫날 이미 알아차린 '붉은 맹세' 멤버들이었다.

다만 '붉은 맹세'를 아는 이 도시 남자 헌터들은 마일 일행의 일에 쓸데없이 간섭하지 않았지만, 다른 여성 헌터들이 졸졸 따라다니거나 '운이 좋아진다'면서 몸을 자꾸 접촉해오는 것에는 두 손 두 발 다 들었다.

"……역시 얼른 홈을 만드는 게 좋을까……."

완전히 어린애 취급받아 마일과 함께 주물림 당한 레나가 살짝 언짢은 표정으로 그렇게 말하자 레니가 당황했다.

"그, 그런……. 언니들, 아직 신인이잖아요? 홈 같은 걸 만들기엔 아직 너무 일러요."

"맞아요."

"포, 폴린 씨!"

생각지도 못한 부분에서 지원군이 등장했다.

“홈 같은 사치는 금화를 8만 개 정도는 모은 다음에 생각할 일이라고요!”

“마, 맞아요! 그렇죠!”

아군을 얻어 기세등등한 레니.

……하지만 홈을 만드는 데 금화 8만 개를 모아야 한다면, 홈을 가질 수 있는 헌터는 단 한 사람도 존재하지 않으리라.

“아직 오지도 않은 미래에 대해 말해봐야 아무 소용없다고. 그때가 되면 그때 상황에 맞게 생각하면 돼. 상황이 어떻게 변해 있을지 알 수 없으니까 말이야.”

“마, 맞아요!”

이번에는 마일이 레나의 말에 맞장구쳤다. 천하의 마일도 자기가 한 말 때문에 레니가 동요해버린 걸 깨달았기 때문이다.

“그리고 설령 홈을 만든다고 해도 레니랑은 앞으로도 쭉 친구니까…….”

“……아, 알았다고욧!”

그렇게 말하자 레니가 볼을 붉히며 조리장 안으로 숨어버렸다.

그 모습을 본 마일이 속으로 중얼거렸다.

‘츠, 츤데레니…….’

어느덧 날이 지나 ‘붉은 맹세’는 짧은 휴식을 끝마치고 의뢰 하나를 수주했다. 이곳 티루스 왕국의 동쪽에 인접한 나라, 마레인 왕국으로 가는 상단의 호위 의뢰였다.

티루스 왕국은 서쪽에 인접한, 마일, 아니 아델의 모국 브란델 왕국과는 '평범하게, 정치적 우호 관계를 유지한 나라'였지만, 동쪽 마레인 왕국과는 상당히 친밀한 관계였다.

국민의 사랑을 한 몸에 받던 왕녀님이 시집오기도 했고, 기근 때는 국내의 식량을 줄여가면서까지 구호물자를 보내고, 다른 나라와 전쟁 때문에 위기에 처한 경우에는 많은 병사를 국경선에 집결시켜 '우리나라의 우호국을 공격하면 즉시 참전한다'라며 위압하는 등 그야말로 친척이나 다름없는 관계였던 것이다.

그래서 당연히 교역을 통한 물자 이동도 많아, 그것을 노린 도적도 많았다. 또 호위 의뢰를 받아 상대국에 가면 역방향 호위 의뢰도 많아 왕복으로 헛수고 없이 돈을 벌 수 있었기 때문에 대인전이 능숙한 파티, 수익을 운에 맡겨야 하는 불안정한 사냥이나 토벌이 아닌 안정적인 수입을 원하는 파티에게는 인기 있는 루트였다.

그렇다, 조금 자신감이 붙은 C등급 파티가 받기에 딱 좋은, 받아도 아무런 이상함이 없는 의뢰. 그래서 그 수주 처리를 해준 접수원 아가씨도 아무 의문을 가지지 않았다.

"국외 원정 허가도 받았고, 도중에 잠시 들른 것뿐이니까 굳이 다시 출발 인사를 할 필요는 없겠지?"

"네, 물론이에요. 길드 마스터께 괜한 수고를 끼치는 것도 죄송하니까요."

생글거리며 그렇게 말하는 레나와 폴린을 보며 메비스가 쓴웃음을 지었다.

"괜찮으려나……. 뭐, 이랬든 저랬든 말 안 하고 출발할 거지만."

"아하하……."

*　*

그리고 출발하는 날.

"간식으로 푸딩이랑 파이를 구워봤어요. 가지고 가세요……."

여인숙 사람들에게 인사하고 있는데 레니가 꾸러미 두 개를 내밀었다.

"……이거, 레니가?"

푸딩이라고 했지만 일본의 푸딩과는 다르다. 현대 지구에서도 외국의 크리스마스 푸딩 등은 꽤 오래 보존할 수 있다. 또 파이 역시 민스파이 같은 것은 유효기간이 길다. ……마일의 아이템 박스가 있는 '붉은 맹세'는 어차피 유효기간 따위 전혀 상관없었지만.

"고마워! 그럼, 다녀올게!"

마일 일행은 상단과 만나기로 한 장소로 향했다.

그때 마일의 머릿속에는 이별에 대한 감상이 아니라 다른 생각이 자리 잡고 있었다.

'푸딩과 파이…….' (미국의 밴드 TOTO가 1978년 발표한 앨범 수록곡 'Georgy Porgy'의 가사)

그리고 무의식중에 마일의 입에서 흘러나온 한 문장.

"Kissed the girls and made them cry(여자아이에게 키스해 보이)."

그 소리를 듣고 깜짝 놀라는 레나 삼인방.

"마, 마일, 너……."

“엥? 아, 아니 그게, 방금 그건 이야기에 나오는 노래 구절인데…….”

“마일, 너, 역시 어린 여자아이를…….”

“아, 아아아, 아니에요! 그런 거 아니라고요!”

“마일, 너………….”

“아니라니까요! 억울해요! wet clothing이라고요!”(‘누명’을 뜻하는 일본어 ‘濡れ衣’는 ‘젖은 옷’이라는 의미의 한자)

그렇게 오늘도 ‘붉은 맹세’는 평소와 다름없는 모습이었다…….

*　*

“『붉은 맹세』 있는가?”

“누구시죠?”

“『붉은 맹세』의 동료다.”

“아니, 제가 묻는 건 당신이 누구시냐는 거예요.”

갑자기 나타난 낯선 남자에게 여성 숙박객에 관한 질문을 받았는데 순순히 정보를 제공할 여인숙 종업원은 없다. 물론 레니도 포함해서.

“……이곳의 헌터 길드 지부 길드 마스터다. 『붉은 맹세』 녀석들은…….”

“당신이 길드 마스터라는 증거가 있나요? 젊은 여성들의 정보를 처음 보는 남자에게 쉽게 알려드릴 수는…….”

그렇다, 아무리 헌터들 사이에 모르는 사람이 없다고 해도, 길드 마스터는 여인숙을 지키는 어린 소녀에게까지 이름과 얼굴이 알려진 건 아니었다.

"윽……."

무심코 인상을 찡그리는 길드 마스터였지만, 소녀의 말은 정론이었다. 도시의 모든 아이들이 자신을 알고 있을 리도 없고, 직업윤리를 따졌을 때 소녀의 주장이 옳았다. 길드 직원이나 젊은 헌터들도 좀 본받았으면 싶을 정도였다.

"부탁 좀 하자."

길드 마스터가 그렇게 말하자 뒤에 물러서 있던 남자가 길드 마스터 옆으로 걸어왔다.

"저는 헌터 길드의 서브 마스터입니다. 이분은 분명 헌터 길드 티루스 왕국 왕도 지부의 길드 마스터가 틀림없습니다. 제가 보장합니다."

이제 문제없겠지, 하는 표정을 짓는 길드 마스터에게 레니는 생긋 웃으며 대답했다.

"그런데 이분이 서브 마스터라는 증거는 있나요?"

"""헉……."""

당연했다. 길드 마스터의 얼굴도 헌터 이외의 일반인 사이에서는 별로 알려지지 않았는데, 하물며 서브 마스터는 오죽하겠는가.

"그, 그럼, 여기 묵고 있는 헌터가 증명을……."

"그럼 누굴 부르면 될까요? 물론『아무나 대충』같은 조건을 내

셔봤자 저희는 숙박 중인 손님의 이름을 절대 발설하지 않을 것이며, 설령 당신들이 정말 길드 분들이라는 것을 증명하신다고 해도 그렇다고 하여 직업상 알아낸 여성 숙박객이 있는 곳이나 행동 예정을 본인의 허락도 구하지 않고 마음대로 아무 상관도 없는 사람에게 알려드릴 수 있을 리는 없습니다만?"

"윽……."

또 또 정론이었다.

여인숙을 지키는 열 살 남짓한 소녀에게 호통 쳐서 정보를 토하게 할 수도 없는 노릇이다. 그런 짓을 했다간 길드의 명예가 땅에 떨어진다. 심지어 이번에는 누가 봐도 소녀 쪽이 옳다. 본인에게 전언을 부탁받기라도 한 게 아닌 이상 이 여인숙 사람이 손님의 정보를 발설할 일은 없으리라. 그리고 아직 어린 소녀도 이 정도인데 주인 부부가 말할 리는 더더욱 없겠지.

그래도 '붉은 맹세'가 부재중이라는 사실은 알아냈다. 이 소녀의 말투를 봐서는, 만나고 싶은 상대를 지명하면 손님이 왔다고 알려주는 것 정도는 해줄 것 같았다. 그런데 그렇게 하지 않는다는 건 요컨대 '붉은 맹세'가 여인숙에 없다는 뜻이다.

"……그럼 대신 전언을 부탁해도 될까?"

"구두로 하면 잘못 전달할지도 모르니 중요한 일이면 편지로."

"그렇게 부탁한다. 자리를 잠깐 빌리마."

그렇게 말한 길드 마스터 일행은 식사용 테이블을 빌려 편지를 쓰기 시작했다.

빌린 필기구는 무료였지만, 종이 값은 받았다. 종이도 무료가 아니다. 이 대륙에는 양피지까지는 아니지만 종이가 꽤 비쌌던 것이다.

"그럼 그녀들이 돌아오면 전해주길 바란다."

"네, 알겠습니다. 『붉은 맹세』 분들이 이 여인숙으로 돌아오시면 전달해드리겠습니다."

……그것이 몇 개월 뒤가 될지는 알 수 없지만, 이라는 말은 덧붙이지 않았다.

그리하여 길드 마스터 일행이 돌아갔다.

장기간 원정에서 돌아와 휴식을 취하는 중이니 아직 당분간은 일을 받지 않을 터.

일을 재개할 때는 오랜만에 찾은 왕도이니 먼 곳이 아니라 가까운 곳의 일을 받아 주변 상황을 재확인할 터. 그런 생각에, 왕도를 배회하던 '붉은 맹세'가 몇 번인가 길드에 들러 호위 의뢰를 받은 것을 확인하지 않은 길드 마스터.

길드 마스터 일행의 생각을 모르는 접수원 아가씨가, 아무리 명물 파티라지만 일개 C등급 파티의 흔해빠진 호위 의뢰 수주 사실을 일일이 길드 마스터에게 보고할 리도 없었다.

그리고 그 결과…….

"어째서 『붉은 맹세』가 오지 않는 것이냐!"

다음 날 저녁, 길드 마스터가 다시 여인숙에 나타났다. 이번에는 혼자였다.

"아니, 저한테 그렇게 물어보셔도……. 그리고 지금은 식사 시간이라 바쁘니……."

곤란한 표정인 레니와, 무슨 일인가 싶어 쳐다보는 숙박객과 식사 손님들.

기분이 몹시 언짢은 듯한 길드 마스터는 주위 시선에도 아랑곳하지 않고 말을 이었다.

"편지는 분명히 전달했겠지?! 왜 아무도 오지 않는 거야……."

"아직 전달 안 했는데요?"

"뭐라고?"

순간 레니의 말을 이해하지 못해 어리둥절한 표정을 짓는 길드 마스터.

하지만 곧 그 말을 두뇌가 받아들였는지 안색을 바꾸었다.

"뭐, 뭐라고?! 내가 분명히 전달하라고 말했을 텐데!"

"아, 네, 『붉은 맹세』 분들이 이 여인숙에 돌아오시면, 이라고 말씀드렸죠. 그래서 아직 전달하지 않았는데요?"

"뭐?"

"무슨 문제라도?"

"뭐어어어어? 그럼 녀석들은……."

"네, 아직 돌아오지 않으셨는데요?"

초조해하는 길드 마스터.

"어, 언제 돌아오나!"

"저도 모릅니다. 그리고 설령 안다고 해도 손님의 정보를 발설할 수는 없습니다. 저를 고문하신다면 말하기 전에 혀를 깨물 거예요!"

""""""""""오오오오오오!!""""""""""

우락부락한 길드 마스터를 똑바로 쳐다보며 큰소리치는 레니의 모습에 손님들로부터 감탄사가 터져 나왔다. 그리고 딸의 쩌렁쩌렁한 목소리를 듣고 허둥지둥 주방에서 달려 나온 주인. 고기를 썰다 나왔는지 손에 부엌칼이 들려 있었다.

곤란하다.

과연 몹시 곤란한 상황이라는 사실만은 이해한 길드 마스터.

악의는 전혀 없었는데 왠지 극악무도한 포지션이 되고 말았다. 헌터와 여행 중인 상인들 앞에서. ……이래서는 곤란하다. 몹시 곤란하다.

"……방해해서 미안하다."

그렇게 말하고 서둘러 돌아가는 것이 최선이었다.

길드 마스터가 돌아간 후, 평소에는 거만한 길드 마스터의 쓸쓸한 모습을 보았다는 것과 어린아이조차 몸을 던져 손님을 지키는 이 여인숙에 반한 손님들이 술과 요리를 마구 주문했다.

"레니, 이쪽으로 잠깐 와 봐! 기특한 아이한테 이 언니가 맛있는 거 사줄 테니까!"

"아니지, 여기로! 제일 비싼 주스 쏠게!"

그것은 손님이 아니면 절대 마실 수 없는 것이었다. 레니의 마음이 흔들렸다.

"이쪽 이쪽, 내 무릎 위에…… 케헥!"

누군가가 여자 손님에게 맞아 날아갔다.

“카운터는 이제 괜찮으니까 손님의 호의를 받아들여주렴.”

어느새 어머니가 와서 레니에게 그렇게 권했다. 그리고 귀에다 대고 살짝 속삭였다.

“최대한 비싼 걸로 주문해라. 그러는 만큼 우리 집이 돈을 버는 거야.”

역시 레니의 어머니였다…….

“어이, 『붉은 맹세』가 지금 뭔가 의뢰를 수주한 상태냐!”

길드로 돌아오자마자 야근조 직원에게 성내는 길드 마스터. 허둥지둥 서류를 확인한 직원이 보고했다.

“네, 마레인 왕국으로 가는 상단의 호의 의뢰를 받아 이미 출발했습니다.”

“뭐시라……. 젠장, 괜히 헛걸음만 했잖아! 그 꼬맹이도 처음부터 그렇게 말해줬으면 됐을 것을!”

마레인 왕국으로 가는 상단 호위는 이곳의 고정 의뢰였다. 기다리고 있으면 그쪽에서 이곳, 티루스 왕국행 상단의 호위 의뢰를 받아 곧 돌아온다. 즉, 괜히 창피만 당하고 온 셈이었다.

하지만 그것도 여인숙에 가기 전에 직원에게 확인만 했으면 됐을 일. 자신이 ‘아직 쉬는 중이겠지’ 하고 멋대로 단정 짓고, 확인을 위한 사소한 수고를 아끼는 바람에 생긴 일이니 자업자득이었다. 아무에게도 불평할 수 없다.

“제기랄…….”

벌레 씹은 얼굴을 한 길드 마스터는 2층 자기 방으로 올라갔다.
이렇게 해서 길드 마스터와 국왕 일행이 진실을 알게 되는 날은 더 늦어지고 말았던 것이다.

*　*

"『붉은 맹세』는 어디 있나요!"
그리고 며칠 후, 한 소녀가 여인숙을 찾아왔다.
'또 왔냐…….'
살짝 지겨워진 레니였다.
그리고 되풀이된, 익숙한 대화.
"그, 그런……. 일부러 서쪽 바노라크 왕국까지 갔는데 행방을 몰라 찾아 돌아다니다가, 아무래도 다시 브란델 왕국에 간 것 같다는 소식을 입수하고, 침략 소동의 어수선한 분위기에 휘말렸다가 다음으로 이곳으로 돌아와 있는 듯하다는 정보를 얻어 겨우 찾아왔건만……. 그래서, 언제 돌아오는데요?"
그리고 다시 거듭되는, 익숙한 대화.
"알려줘도 괜찮잖아요! 치사해!"
지난번에 어른들도 무색할 만한 레니의 훌륭한 대응에 감동받아 자신도 어른스럽게 대했던 것도 잊어버리고 이번에는 그냥 어린애같이 구는 크레레이아 박사였다. 정신적으로 꽤 지쳤던 것이리라.
그리고 또 되풀이되는, 익숙한 대화.

이래서는 결론이 나지 않는다며, 이번에도 다시 헌터 길드를 찾는 크레레이아 박사였다.

* *

“이야, 소문으로 듣긴 했지만 이 정도일 줄이야…….”

야영 저녁 시간, 이동 중인 상단치고는 엄청나게 호화로운 식사를 만끽할 수 있어서 기분이 날아갈 듯한 상인.

물론 마부와 다른 호위들도 같은 음식을 먹고 있었다. 현대 지구의 군대도 선진국 같은 경우 전쟁터에서는 사관이든 일반 병사든 모두 같은 것을 먹는다. 이것이 연대감을 높이는 데 가장 큰 도움이 된다.

그런데 이동 중에는 보통 딱딱한 빵과 육포, 말린 채소를 물에 불린 것 등 보존식 위주인데, 어째서 식사가 이렇게 호화로운 것일까.

“아니아니, 호위 임무에서 일시적으로 벗어나 사냥할 수 있도록 허락받은 덕분이거든요. 그 덕에 저희도 보존식이 아니라 제대로 된 식사를 할 수 있는 거니까요…….”

그렇다, 마일의 말대로 고용주인 상인이 일시적으로 마일의 이탈을 허락해주었기 때문에 종종 사냥과 채취를 했던 것이다. 탐지 마법을 써서.

그렇게 단시간에 마일이 구해온 사슴과 산나물, 과일, 덤으로 계곡에서 잡은 계류어. 계류어란 지구로 치면 산천어나 곤들매기와 같은 물고기이다.

그러한 것들을 마일과 메비스가 손질한 다음 마일과 폴린이 조리하고 레나가 그 모습을 지켜보았다. 그렇게 하여 완성된 요리였는데 상단 일행 사이에 대호평이었다.

어쨌든 헌터식의 호쾌한 조리법이면서도 거기서 더 나아가 일본식으로 섬세하게 고민해 만든 것이다. 조미료도 넉넉히 썼고 조리도구와 식기도 일반적으로 쓰는 것들이었다. 그냥 잎 접시에 나뭇가지 포크 따위가 아니라 말이다.

상인은 의뢰비와는 별개로 돈을 더 지불하겠다고 말했지만, 늘 그랬듯 사양했다.

이것이 마일이 원래 가지고 있던 식재료로 제공한 음식이라면 모르겠지만, 호위로 고용되어 있는 시간에 사냥한 것이기 때문에 의뢰비를 이중으로 받을 수 없다는 것이었다. 폴린조차 그렇게 주장했다. 아무래도 이번 일과 돈에 사족을 못 쓰는 건 별개의 문제인 모양이었다.

늘 있는 일이라 상인도 그 사실은 알고 있었으리라. 그래도 별도 요금을 내겠다고 자청할 수밖에 없었다. 그것 또한 상인으로서의 '계약 외 별도 요금'이라는 방침이라고 해야 할까, 자존심 같은 것이리라.

조금 전 상인의 말로도 알 수 있듯 '붉은 맹세'를 호위에 고용하면 이동 중에도 맛있는 밥을 먹을 수 있다는 건 상인들 사이에 소문이 널리 퍼졌던 모양이어서, 마일 일행이 호위 의뢰에 응모하자마자 바로 채용되었다.

또 마일의 수납마법에 대해서도 당연히 알고 있어서, 비싼 물품이나 파손되기 쉬운 것은 수납에 맡겨 두었다.

이번에는 여러 개의 상단이 모인 게 아니라 한 상인이 이끄는 26대의 마차로 구성된 중간 규모 상단이었다.

물론 그 상인이 상회주인 것은 아니고, 그는 그저 운송 담당에 지나지 않았다. 그와 그의 부하 몇 명, 마부, 그리고 '붉은 맹세'를 포함해 16명의 호위가 상단의 총 멤버였다.

왕도의 상단이었기에 '붉은 맹세'를 모르는 호위 헌터는 없었다. 그래서 얕보거나 생트집을 잡기는커녕 모두 지나칠 정도로 말을 걸어왔기 때문에 조금 성가셨다.

레나와 폴린은 너무 집요하게 달라붙는 상대에게 노골적으로 싫다는 눈빛을 보내서 피해가 적었던 반면, 착한 메비스와 원래 말하는 것을 좋아하는 마일은 계속 쉬지 않고 누군가가 말을 걸었다.

아니, 딱히 시비 거는 것이 아니라 우호적이긴 했지만 메비스는 조금 난처한 모습. 그리고 마일은, 몹시 기뻐했다.

그 모습을 보고 어이없어하는 레나.

'뭐, 즐거우면 됐지만…….'

이런 규모의 상단을 덮칠 마물이나 도적은 많지 않다. ……제대로, 충분한 인원의 호위를 고용하면 말이다. 그리고 16명은 충분한 숫자였다.

상단은 한 번도 공격받지 않고 며칠 후에 무사히 마레인 왕국의 왕도에 입성했다.

*　*

“왕도여! 내가 돌아왔다!”

“……마일, 이 도시는 처음이잖아?”

약속된 대사를 내뱉은 마일에게 진지한 표정으로 묻는 메비스.

“이 도시는 고사하고 이 나라 자체가 처음이잖아, 너는…….”

“그거, 마일의 정형구(定型句)죠?”

레나 일행도 황당하다는 표정을 지었다.

“여하튼 당분간은 여기 머무르는 거야. 우선 길드 지부를 찾아가 정보 보드랑 재미있을 것 같은 의뢰가 없는지 확인부터 하자.”

그렇다, 숙소를 잡기 전에 일단 확인부터다. 확률이 그다지 높지는 않지만, 흥미로운 의뢰가 있을 경우에는 바로 받아 그대로 출발할 수도 있으니 말이다. 도시에 도착하면 우선 길드부터. 헌터의 상식이었다.

딸랑

힐끔……

늘 그렇듯 처음 얼굴을 내민 길드에서는 그 지역 헌터들의 품평하는 듯한 시선이 집중된다. 그리고 모두의 시선이 원래 있던 곳으로 돌아가……지는 않았다.

힐끔힐끔……

흘깃흘깃……

결코 악의에 찬 시선은 아니다. 뭐랄까, 희귀한 것을 보는 듯하달까, 약간의 놀라움이 포함된 당혹스러운 시선들.

레나 일행도 가시방석에 앉은 느낌을 받았지만 화낼 수도 없는 노릇이라 마찬가지로 당혹스러워하며 보드 앞으로 이동했다.

정보 보드에 눈에 띄는 정보는 없었다.

아르반 제국의 브란델 왕국 침략 건은 이제 정리되었다는 정보가 도는 모양이었고, 중요도 E에 해당하는, '아르반 제국의 국내 사정이 혼란스러운 관계로, 제국으로 향하는 사람은 상세한 정보를 확인할 것. 서쪽으로 이동하는 사람은 브란델 왕국 경유를 추천한다'라는 정보가 게시된 정도였다.

그리고 의뢰 보드 쪽도, 자신들이 온 티루스 왕국 왕도보다 별로 나을 바 없는 것들뿐이었다.

"……크게 다르지 않네. 국경선 하나만 넘은 거라 마물 분포도 비슷하고……. 그냥 바로 이동할까?"

"으~음, 그러게. 그편이 나으려나?"

"소녀의 시간은 짧은 법이니까요. 허투루 쓰는 건 용납할 수 없어요!"

"아하하……."

레나 일행이 그런 대화를 나누고 있는데, 길드 마스터로 보이는 초로의 남자가 등장했다. 아무래도 누군가가 부르러 갔던 모양이다.

"오오, 정말로, 진짜 『붉은 맹세』가 아닌가!"

""""엥?""""

일제히 의문스러워하는 '붉은 맹세' 멤버들.

"어째서 처음 만난 우리를 아는 거지?"

"진짜, 라는 건 그럼 가짜도 있었다는 뜻인가요?"

레나와 폴린이 핵심 질문을 던졌다.

그러고 보니 이곳에 왔을 때 모두의 반응은 자신들을 이미 알고 있는 듯한 느낌이었던 것이다.

"아, 그게, 내가 너희 얼굴을 아는 건, 그러니까, 졸업 검정 때 봤기 때문이야. 할 일이 없으면 거기 졸업 검정을 보러 가곤 하거든, 이웃 나라 길드와의 용무도 겸해서 말이지."

"그럼 다른 사람들도 모두 우리를 아는 것 같았던 반응은?"

"아아, 그건 말이야, ……잠깐 좀 따라와 주겠나? 2층의 자료실을 보여주고 싶은데."

의문스러웠지만, 길드 마스터가 '말로 설명하는 것보다 직접 보여주는 게 빠르다'고 판단했다면 그 말에 따르는 게 가장 나으리라. 그런 생각에 얌전히 따라 올라가는 레나 일행.

그리고 자료실에 들어간 네 사람은 한순간 모든 것을 이해했다.

그곳에 전시된, 익히 알고 있는 것을 보고서.

""""『붉은 맹세』 피규어, 네 개 세트에 소금화 한 니이이이잎!""""

"그걸 보여주면서 내가 그 대결에 대해 모두에게 귀에 못이 박히도록 들려줬으니까 말이지……."

""""쓸데없는 짓을!""""

신인 헌터는 이름을 알리는 것 또한 해야 할 일에 속한다. 그걸

도와줬으니 원래라면 감사해야 마땅한 일이었다. 심지어 다른 나라의 길드 마스터가 도와주었으니 고개 숙여 예를 표해도 모자랄 일이었던 것이다.

그런데 왜 화내는 것일까?

미소녀 4인조가 고마워할 줄 알았던 길드 마스터는 멍한 표정으로 그 자리에 서 있었다.

"어, 어째서 화를 내는 거지……."

듣고 보니 과연, 왜 불만을 터트린 것인가.

처음으로 자금을 벌기 위해 스스로 생각하고 스스로 만들고 스스로 팔았다. 그리고 파티의 이름이 유명해지는 것은 헌터로서 몹시 큰 목표다. 그러니 고마워하는 마음으로 길드 마스터에게 약간의 서비스를…….

""""누가 해줄 것 같냐아아아아아~!!""""

"흐억!"

레나 일행이 하는 사고의 흐름을 도저히 읽을 수 없는 길드 마스터는 갑작스러운 노성에 깜짝 놀랐다.

도무지 영문을 알 수 없었다.

길드 마스터를 비난할 수도 없어서 뚱한 표정으로 자료실을 나와 1층으로 내려간 '붉은 맹세'의 네 멤버.

그리고 그대로 길드 지부를 빠져나왔다.

"왜 저러는 거지, 도대체……."

레나 일행이 불쾌해하는 이유를 알지 못하는 길드 마스터.

"뭐, 화려한 데뷔를 장식한 그 기대의 신인 파티 『붉은 맹세』가 와주었으니, 최대한 길게 머무르게 해서 모두에게 좋은 자극이 된다면……. 그리고 잘 되어 이 도시에 그대로 정착해준다면……. 곧바로 티루스 왕국으로 돌아가는 호위 의뢰를 확인하지 않았다는 건, 당분간 이곳에 머무를 계획인 거겠지. 아마도 이 나라를 방문한 게 처음일 테니 말이야. 좋았어, 좋은 남자들로 구성된 파티를 부추겨서, 적어도 정기적으로 이 도시를 찾아오도록……. 흐흐. 흐히히히!"

자신이 관리하는 길드를 위해서라면 규칙 위반이 아닌 범위에서 전력을 다한다.

……이웃 나라 길드에 대한 무례?

아무리 양국이 우호적 관계라고는 하나, 그리고 이 길드 마스터가 좋은 사람이라고는 하나, 그건 그거고 이건 이거였다. 내가 하면 로맨스, 남이 하면 불륜, 인 것이다.

""""""…………""""""

침묵한 채 길을 걷는 '붉은 맹세'의 네 멤버.

다들 뭔가 말하고 싶은 표정이었지만, 아무도 입을 열지 않았다.

그리고 마침내 마일이 말문을 열었다.

"그, 그 피규어……."

"마, 말하지 말아줘……."

메비스가 얼굴을 붉히며 고개를 푹 숙였다.

"설마, 이렇게 창피할 줄이야……. 그때는 멋지다고 생각했는데…….”

“아아아, 왜 나는 그런 부끄러운 모습을 지정한 걸까! 바보 바보, 좋다고 신났던 그때의 나, 바보오옷!”

“저기, 마일. 내 피규어, 그 정도로 가슴을 강조했었나……?”

괴로워하며 몸부림치는 세 사람.

그리고 그 모습을 본 마일은…….

‘지, 지금이에요! 그, 『언젠가 말해보고 싶었던 대사집』에 나와 있는 그걸 말하기에!’

그리고 자아낸, 마일의 말.

“훗, 인정하고 싶지 않겠지. 스스로 범한 젊은 날의 과오를 말이야.” (‘기동전사 건담’에 나오는 대사)

“““““………….”””””

다들, 크나큰 타격을 입고 의기소침해졌다. 말한 마일 본인까지 포함해서.

“그나저나 그거, 몇 개 만들었더라……?”

메비스가 불쑥 흘린 말에 폴린이 대답했다.

“1,000개요…….”

““““““………….””””””

*　*

그리고 사흘 후.

“『붉은 맹세』가 슬슬 왕도 구경을 마치고 의뢰를 받으러 올 때가 됐는데.”

휴식 겸 구경은 사흘이면 충분하고도 남으리라. 그렇게 생각해서 히죽거리는 길드 마스터.

“일부러 젊은 사람들이 호기심을 가질 법한, 좀 희귀하면서 어려워 보이는 그런 재미있는 의뢰를 준비해두었지. 그 아이들이 무사히 그 의뢰를 받을 수 있도록 직원들과도 미리 짜두었고. 후후후, 충분히 즐거워해주겠지…….”

그리고 나흘 후.

“아직도 오지 않다니……. 뭐, 젊은 사람들은 노는 시간도 인생의 소중한 양식이니까…….”

그리고 닷새 후.

“아무리 그래도 그렇지, 너무 심하게 노는 것 아니냐! 어이, 상황을 좀 살피고 오너라!”

길드 마스터의 명령에 직원 중 한 사람이 왕도 내 헌터가 머물 법한 여인숙을 알아보며 돌아다녔다.

그리고…….

“뭐라? 어디에도 없다고? 『붉은 맹세』가 숙박한 흔적이 전혀 없어? 이게 도대체 어떻게 된 일이야! 아직 티루스 왕국행 호위 의뢰는커녕, 아무 의뢰도 받지 않았는데! 상시 의뢰인 소재 채취 때문에 계속 야영이라도 하고 있다는 건가!”

하지만 아무리 그렇게 말해도 숙박한 흔적이 없는 건 어쩔 수 없다. 직원은 고개를 갸우뚱거리는 일밖에 할 수 없었다.

* *

"왕도에서 꽤 많이 멀어졌네요. 이제 슬슬 괜찮지 않을까요?"

"그래. 이 정도쯤 멀어졌으면 그 자료실 같은 데 출입하던 자도 길드 마스터의 이야기를 들은 자도 없겠지. 다음 도시에 잠깐 머물자."

폴린과 레나의 말에 마일과 메비스도 고개를 끄덕였다.

일행은 그 후 숙박하지 않고 마레인 왕국 왕도를 출발해 완전히 어두워지기 직전까지 가도를 나아갔다. 그리고 야영을 계속하면서 도시나 작은 마을을 들르지 않고 계속해서 전진했던 것이다.

……이유는 단 하나.

그 피규어와 들뜬 길드 마스터의 졸업 검정 이야기를 들은 녀석들이 있는 곳에 어떻게 머무를 수 있겠는가, 하는 생각 때문이었다.

하지만 왕도에서 이 정도나 멀어졌으니 더는 그 걱정을 안 해도 된다.

왕도 그리고 왕도 길드 지부에 가본 사람은 있을지 몰라도, 굳이 자료실을 보러 갔거나 길드 마스터의 이야기를 들으러 가진 않았을 테니…….

왕도에 꼭 머물러야 하는 것도 아니었고, 모든 나라에 빠짐없이 머물러야 하는 것도 아니었다. 흥미 없는 도시, 마음에 안 드는 나라는 그대로 패스하고 다음 도시, 다음 나라로 가면 그만이다. 설령 그 도시나 나라에는 아무 책임도 없고, 자신들의 자업자득인 이유 때문이라 할지라도 말이다.

"다른 나라의 신입 헌터 양성 학교 졸업 검정 따위, 웬만큼 한가한 사람이 아니면 굳이 왕복으로 며칠이나 걸려가며 보러 오지 않을 테고, 피규어는 대부분 왕도 주민이 샀으니 다른 나라로 흘러 들어간 건 얼마 없을 거예요."

폴린이 모두를 안심시키기 위해 그렇게 말했지만…….

"즉, 티루스 왕국 왕도에 그 대부분이 나돌고 있다는……."

""""말하지 마아아!""""

마일의 눈치 없는 발언을 모두 일제히 꼬집었다.

*　*

딸랑

길드 지부의 도어벨은 통일된 규격이라도 있는지 어딜 가나 같은 소리가 났다.

그리고 새로 간 도시의 길드 지부에 들어간 '붉은 맹세'에게, 늘 그렇듯 실내 사람들의 시선이 쏟아졌다. 품평이라도 하는 듯한 눈, 노려보는 듯한 눈, 엉큼한 눈, 무시하는 듯한 눈, 몹시 흥미로운 듯한 눈, 그리고 뭔가 못된 짓을 꾸미려는 듯한 눈…….

그 시선들 중 절반은 곧 원래 자리를 찾았다. 그리고 나머지 절반은 카운터를 향하는 '붉은 맹세'에 계속해서 쏠렸다. 그렇다, 처음 길드 지부에 얼굴을 내밀 때마다 늘 있는 일었다.

"티루스 왕국 왕도 지부 소속, 『붉은 맹세』입니다. 지금 수행 여행 중인데 당분간 이 도시에 머물 예정입니다."

카운터 접수원 아가씨에게 체류 보고를 하는 건 늘 메비스의 역할이었다. 물론 파티 리더여서이기도 했지만, 메비스가 보고하면 접수원 아가씨의 대응이 좋아지기 때문이었다.

미성년자로 보이는 건방진 이미지의 꼬맹이라든지, 역시 미성년자로 보이는 어딘지 얼빠진 이미지의 꼬맹이라든지, 자신보다 가슴 큰 여자가 오면 걱정이 되어 괜히 참견하게 되거나 기분이 언짢아지는 건 어쩔 수 없는 일이었다. 그래서 어느 정도 친근감이 생길 때까지는 메비스가 보고하는 것이 가장 무난하고 안전했다.

이번에도 안내원 아가씨가 생글생글 웃으며 응대에 나섰다.

"먼 이곳까지 잘 왔어! 환영해. ……미안, 이곳은 젊은 여성들로만 구성된 파티가 거의 없어서 모두들 신기하게 힐끔힐끔 쳐다보는 거야. 여성이 오면 늘 이런 식이지. 저 사람들한테는 저게 일반적인 반응이야……. 악의는 없으니 그러려니 해."

""""저언혀! 하나도 신경 안 쓰니까!""""

"으, 으응?"

기뻐하는 네 사람을 의아한 표정으로 쳐다보는 접수원 아가씨.

그렇다, 낯선 여성 파티가 들어왔을 때 늘 보이는 반응.

평범. 평범한 반응…….

""""평범한 거, 참 좋네!""""

마일의 입버릇이 옮아버린 레나 일행이었다…….

제65장 변경 도시

이곳은 마레인 왕국의 동부, 이웃 나라 국경과 몹시 가까운 변경 소도시이다.

작다고는 하지만 헌터 길드 지부와 상업 길드도 있었다. 왕도나 그에 준하는 대도시보다 2~3등급 정도 낮은, '시골 사람들에게는 도회지'인 수준이다.

그렇다, 시골 할아버지 할머니가 '오늘은 아들 부부랑 손자랑 같이 일 년 만에 시내에 나갈겨' 하고 말하는, 그런 곳 말이다.

애당초, 상인도 아니고 고향을 버리고 달아날 리도 없는 변경의 일반 평민들에게 왕도행은 일생에 한 번 있을까 말까 한 일이었다. 그런 그들에게 현실적인 '도회지'. 그것이 이 변경 소도시, 마판이었다.

너무 시골도 너무 도시도 아니고, 가뭄이 계속 이어져도 물이 마르지 않는 강이 흐르는, 평온한 삶을 꾸려나가기에 썩 나쁘지 않은 도시.

국경이 가깝긴 하지만, 이웃 나라와의 관계는 사이가 막 좋지도 그렇다고 금방 전쟁이 일어날 만큼 나쁜 것도 아니어서 별로 큰 문제가 되지는 않았다. 오히려 이웃 나라와의 교역 중계지로서의 이점이 있어서, 이 소도시에 유리하게 작용했다.

"왠지 느긋하게 지낼 수 있을 듯한 도시네요."

"수행 여행 중인데 느긋하면 어쩌자는 거얏!"

태평한 발언을 했다가 레나한테 야단맞은 마일.

지금 이곳은 '붉은 맹세'가 잡은 숙소 방이었다.

늘 그러하듯 도시의 여인숙들을 꼼꼼히 관찰하고 얻어들은 정보를 모아 결정한 숙소였다. ……뭐, 마음에 안 들면 바로 여인숙을 바꾸면 될 일이지만.

가격, 방안의 시설과 청결도, 요리 등은 문제없었다.

……다만, 고양이 귀가 없었다.

그곳에 고양이 귀는 없었던 것이다…….

여인숙 주인 부부에 서른 전후인 요리사와 17~18살쯤으로 보이는 웨이트리스 겸 잡일 담당 여성 한 명. 자녀는 모두 결혼했거나 출세를 꿈꾸며 왕도로 갔기 때문에 요리사와 웨이트리스는 그냥 단순히 고용한 종업원인 듯했다.

마일이 주인 부부는 요리하지 않느냐고 묻자 시선을 피했다.

사람은 누구나, 남에게 말하고 싶지 않은 것 한두 개 쯤은 있는 법이다. 그래서 더 이상은 아무것도 묻지 않은 마일이었다.

마일이 보살펴주고 싶어 하는 어린이는 없었지만, 대신 웨이트리스 미테라가 보통내기가 아니었다.

붉은 머리에 주근깨가 있는 귀여운 외모와 달리, 입이 험하고 활기 넘치고 기가 셌다. ……그렇다, 이상적인 '싸구려 주점의 웨이트리스' 느낌인 소녀였던 것이다.

나이는, 생일이 지나 18살이 된 메비스와 또래여서인지 너무 심하게 메비스에게 들러붙었다. 아니, 물론 악의는 없어 보였지만, 쉬는 날 같이 쇼핑을 가자고 하는 둥 과하게 엉겨 붙어서 메비스가 조금 당혹스러워했다.

"……왜 나한테만 관심을 보이는 걸까……."

"그야, 연인 대신 데리고 돌아다니고 싶어서인 게 뻔하잖아?"

메비스가 중얼거리자 레니가 무자비한 대답을 내놓았다.

"야……."

그 말을 듣고 질색하는 메비스.

"빨간 머리에 입이 험하고 기가 센 여자애는 하나로 충분하다고!"

"뭐, 뭐뭐뭐뭐뭐?! 누구 말하는 거야?! 그거, 누구 말하는 거냐고오오오!"

천하의 메비스도 욱했는지 독설을 퍼붓자, 자기는 태연하게 무슨 말이든 다 내뱉으면서 남한테 그런 소리를 듣자 너무 쉽게 욱한 레나가 격노 모드에 들어갔다.

"으아, 으아아! 레나 씨도 메비스 씨도 지, 진정하세요!"

당황한 마일.

폴린은 포기하고 어깨만 으쓱할 뿐이었다…….

* *

"그럼 이 도시의 첫 의뢰는 이거면 되겠지?"

끄덕끄덕

헌터 길드 지부에서, 이 나라에서의 첫 의뢰를 받으려 하는 '붉은 맹세' 멤버들.

"그럼 접수 카운터로……."

"잠깐만요!"

레나가 의뢰를 고르고 메비스와 폴린이 고개를 끄덕여 결정, 되려던 찰나 마일이 소리 높여 제지했다.

"저걸 좀 보세요!"

""""엥…….""""

레나를 비롯한 세 사람이 마일이 가리키는 방향을 보니, 의뢰 보드 옆에 따로 종이 한 장이 붙어 있었다.

'긴급 의뢰: 숲에서 쏟아지는 마물 토벌. 일 인당 금화 한 닢.'

"……뭐야, 이거?"

레나가 의문스러워하는 것도 당연했다.

숲에서 마물이 쏟아진다? 그건 아주 드문 일이었다. 웬만한 이유가 아닌 이상.

그리고 그런 큰일이라면 이렇게 태평한 내용의 의뢰가 아니라 비상 소집해서 C등급 이상의 헌터를 강제 동원해야 타당하다. 영문을 알 수 없다…….

"일단, 물어보는 수밖에 없어."

다 함께 카운터로 가서 설명을 요구하자 안내원 아가씨가 곤혹스러운 표정으로 말해주었다.

"다른 지방에서 오신 분들이죠? 사실 그 의뢰에는 사정이 있는데……."

그녀의 말에 의하면 이 도시는 이웃 나라와의 국경과 가까운데 그 국경의 일부가 깊은 숲을 이루고 있다고 했다.

그런데 그 국경 너머, 그러니까 이웃 나라에서 정기적으로 숲 속 마물을 내쫓는 모양이라는 것이다. ……'토벌'이나 '솎아내기'가 아니라 '내쫓기'.

쫓겨난 마물은 당연히 반대, 그러니까 이 나라 쪽으로 도망치게 된다. 그러다 보니 원래 이쪽에 있었던 마물과 영역 싸움이 일어나고, 진 마물들이 또 이쪽으로 더 이동해 숲에서 나오고, 약한 마물이 달아나는 과정에서 주변 주민들이 공격당하거나 가축과 농작물에 피해가 생기게 되는 것이다.

그래서 그 마물들을 토벌해야 하는데, 매번 그런 의뢰를 내면 의뢰비가 너무 많이 들어 농민들이 파산해버리고 만다. 문제를 해결하기 위해 영주님이 영군을 보냈지만, 원래 영군은 다른 나라의 침략 방지를 가장 큰 목적으로 하는 군대여서 대인전투를 중심으로 훈련하고 있었다. 그렇기 때문에 마물을 상대로는 본업과 달리 제대로 싸우지 못했던 것이다.

또 나라를 지키기 위해 목숨을 걸었는데, 적군과의 싸움이라면 모를까 고작 마물 따위 때문에 죽거나 다쳐서 군인의 임무를 다하지 못할 몸이 되는 것은 싫다며 병사들의 사기가 썩 높지 않았다.

게다가 한 번 나갈 때의 사상자 수는 적을지 몰라도, 횟수를 거듭하는 사이에 점점 병사 소모가 늘어나 영군 입장에서 꽤 타격이켰다.

그래서 영주님은 마물을 상대하는 싸움에 익숙한 헌터들을 고용하려고 했던 모양인데…….

"하지만 영군 병사와 헌터들의 사이가 나쁘면 다툼이 잦아지고, 또 위험한 부분을 전부 떠안기면 수주하는 헌터가 줄어들겠지……."

레나의 말에 안내원 아가씨가 고개를 끄덕였다.

"맞아요. 영군 병사들이 본인은 그 임무를 꺼려하면서, 헌터가 들어오니까 자존심이 다쳤다는 식으로 계속 불평만 하고, 헌터를 위험한 역할에만 돌리면서 적극적으로 지원해주려고는 하지 않아요. 그러니 헌터 입장에서 목숨이 몇 개나 되어도 모자라는 일이고, 일부러 기분 상해가면서까지 그 의뢰를 받는 사람은 없겠죠. 웬만큼 돈이 궁하거나 한도를 초월해 착한 사람이나, 바보가 아닌 이상……. 그리고,"

접수원 아가씨가 인상을 찌푸리며 말을 계속 토했다.

"이건, 완전히, 이웃 나라가 괴롭히는 거예요. 일부러 마물을 우리 쪽으로 보내는 거라고요!"

""""아~……."""""

있을 법한 상황에, 있을 법한 결과였다.

그리고 물론 그에 대한 '붉은 맹세'의 대답은.

"그럼 그것, 수주할게요."

"……네?"

굳어버린 접수원 아가씨.

"아, 아니, 지금까지 뭘 들은 건가요! 그런 의뢰를 받을 정도로 돈이 궁해요?!"

"아닌데."

무심코 버럭 화내버린 접수원 아가씨의 말을 레나가 부정했다.

"그게 아니라, 세 번째 때문이야."

"네?"

씨익 웃은 레나가 말을 이었다.

"그러니까, 세 번째 이유 때문이라고. 『바보여서』. 자, 이 의뢰를 받기에 충분한 이유 맞지?"

"…………."

접수원 아가씨 그리고 그들의 대화에 귀 기울이고 있던 다른 길드 직원, 헌터들 모두 입을 꾹 다물어 길드 안이 정적에 휩싸였다…….

*　*

"너희가 의뢰를 받은 헌터들인가……."

이틀 후, 그 의뢰를 받은 '붉은 맹세'는 집합 장소인 영군 주둔지를 찾아갔다. 그리고 우선 지휘관인 소대장에게 인사하러 갔다.

이번 참가 병력은 영군이 1개 소대 40명, 헌터가 세 파티 15명으로 총 55명. 그렇다, '붉은 맹세' 이외에도 두 파티가 더 참가했다.

사실 접수원 아가씨가 살짝 귀띔해준 이야기에 따르면 그 두 파티는 원래 수주할 생각이 없었는데, 다른 나라에서 온 젊은 여성 파티가 전멸하거나 병사들이 난폭하게 대할 것을 염려해 일부러 위험을 무릅쓰고 함께 하기로 한 모양이었다.

'그러니 무슨 일이 생기면 그들을 의지하세요. 둘 다 신뢰할 수 있는 파티니까요.'

접수원 아가씨에게 그 말을 들은 '붉은 맹세'는 다른 파티에 민폐를 끼치고 말았다는 점, 그리고 그것이 원인이 되어 그들이 죽거나 다치기라도 하면 큰일이기 때문에 태도가 살짝 진지해졌다.

"이번에는 많은 사람이 참가해주어 정말 고맙게 생각한다. 여러 가지로 힘든 일이 생길지도 모르지만 농민들을 위한, 그리고 그 농민들이 피땀 흘려 길러낸 농작물과 가축의 은혜를 입을 많은 영민을 위한 일이니, 꾹 참고 부디 잘 부탁한다!"

의외로, 토벌대 지휘관은 말이 통하는 인물 같았다.

역시 깡패든 군인이든, 윗사람은 상식을 갖춘 자가 많은 걸까…….

"티루스 왕국에서 수행 여행을 떠나 여기까지 온『붉은 맹세』입니다. 잘 부탁드립니다!"

지휘관과의 첫 대면을 마친 후 다른 파티들에 인사하는 '붉은 맹세'.

접수원 아가씨의 말대로라면 아무래도 좋은 사람들인 모양이니 처음에 제대로 감사 인사를 해야 하리라. 그래서 무려 레나까지, 얌전한 척 예를 갖추어 인사했다. 심지어 생긋 미소까지 지어가며. ……아무래도 레나 역시 조금은 '서비스'라는 것을 배운 모양이었다.

"미소와 립 서비스는 무료니까요."

하지만 불쑥 내뱉은 폴린의 쓸데없는 한마디에 그 노력도 전부 헛수고로 돌아갔다…….

"『사신의 이상향』 리더 울프다. 저쪽은 『불꽃 우정』이고, 리더는 베가스."

울프의 소개에 또 다른 남성이 오른손을 가볍게 들어 인사했다. 레나 일행도 고개를 가볍게 꾸벅 숙였다.

"우리는 헌터, 마물을 상대하는 전문가다. 그러니 영군 녀석들한테 지면 안 돼. 녀석들보다 두세 배 움직이지 않으면 헌터 전체의 명예를 실추시키게 될 거야. 우리 『사신의 이상향』과 『불꽃 우정』이 녀석들보다 세 배 더 많이 움직일 테니, 너희는 두 배 정도를 목표로 노력해주길 바란다. 뭐, 녀석들은 대인전이 아닌 이런 임무에는 몸을 사릴 테니 C등급 헌터가 평소대로 한다면 그 정도쯤이야 낙승이야, 걱정할 필요도 없어!"

두 파티는 모두 30대 초반에서 40대 전후로 보이는 장년층 남자들로, 젊은 여성을 어떻게 해보려 하는 연령대가 아니었다. 아마도 '붉은 맹세'는 자신들의 딸 정도 나이에 해당하리라. 그것도, 그들이 일부러 이 의뢰를 받아들인 이유 중 하나일지도 몰랐다.

보호할 가족이 있을 텐데 굳이 잘 알지도 못하는 남을 위해 수지가 안 맞는 의뢰를 받아들이다니.

……바보였다.

하지만 '붉은 맹세'는 바보 같은 점에 관해서는 남에게 뭐라 말할 처지가 못 되었고, 그런 바보를 싫어하지도 않았다. 다만 자기들 때문에 다치는 사람이 나오면 안 된다고 생각할 뿐이었다.

『불꽃 우정』……. 뭔가, 한 사람 정도는 마물에게 맞아 죽을 것 같은 이름이야. 신경 써야겠어…….'(영화 『록키 IV』의 패러디)

그리고 마일은 늘 그러하듯 혼자만 아는 것을 생각하고 있었다.

'그나저나, 『사신의 이상향』이라고 이름을 짓게 된 이유가 궁금하네…….'

* *

첫 대면을 한 그다음 날. '마물 제자리 되돌려놓기'를 결행하는 날이었다.

사실 이웃 나라가 마물 내쫓기를 하는 날짜가 언젠지는 알고 있었다.

이웃 나라도 증원 헌터를 고용하기 때문에 그쪽에서 정보가 들어오는 것이었다. 헌터 길드 지부끼리 정보가 나돌고, 이곳 영주도 바보가 아니다. 상대 헌터 길드 지부에 소속된 사람을 고용해서 정보를 얻고 있는 모양이었다.

그래서 상대가 마물 내쫓기를 시작한 이틀 후 출발하기로 했다. 그렇게 하면 상대가 내쫓은 마물이 숲에서 나오기 전에 도로 돌려보낼 수 있을 것이었는데…….

"상대랑 동시에 시작하면 국경에서 바로 돌려보낼 수 있는 것 아닌가요?"

마일이 그렇게 묻자, 이번 지휘관인 소대장이 대답했다.

"예전에 그렇게 한 적이 있지. 그 결과, 이웃 나라에서 오는 마물과 그들을 뒤쫓는 병사들 때문에 앞이 가로막힌 마물이 다시 방향을 트는 바람에, 우리 병사들이 상당한 피해를 봤어……. 그건 상대편도 마찬가지여서 그쪽도 상당한 피해를 입은 모양이었고. 그 이후로 동시 개시는 하지 않아."

그 말을 듣고 어이없다는 듯 입을 연 폴린.

"그럼 애초에 그 짓을 하질 말지……."

소대장이 어깨를 움츠렸다. 그 말은 상대 쪽한테 해라, 하는 의미이리라. 하긴, 이쪽에 말해봐야 무슨 소용이겠는가.

전체에게 하는 소대장의 주의사항을 듣고 드디어 출발했다.

지시받은 주의사항은 총 세 가지였다.

첫째, 최우선은 자신들의 안전이다. 마물 토벌과 내쫓기보다 자신과 동료의 안전을 우선할 것.

둘째, 사냥꾼들의 사냥감인 동물과 마물은 최대한 건들지 말 것. 내쫓는 것은 오거와 고블린 등을 중심으로 한다.

셋째, 국경선은 절대 넘지 말 것!

이상이었다.

헌터라면 마물을 상대하는 의뢰 때문에 국경을 넘어도 문제될 게 없지만, 영군 병사가 임무 수행 중 다른 영지 혹은 타국에 침입하는 것은 바람직하지 않았다.

……그것도 그러하리라. 아무리 상대측의 도발이라 할지라도 그건 썩 좋지 않다. 천하의 마일 일행도 그 정도는 알았다.

팀은 총 네 개로 편성되었다.

소대의 네 개 분대가 각각 그대로 제1분대에서 제4분대가 되었는데, 제1분대에 '사신의 이상향'이, 제2분대에 '붉은 맹세' 그리고 제4분대에 '불꽃 우정'이 합류했고, 제3분대에는 소대장과 부관, 상급 하사관 두 명까지 더해 지휘 기능을 갖추었다.

각 분대는 9명의 병사로 이루어져 있어서, 총 병력은 제1분대부터 순서대로 14, 13, 13, 15로 총 55명이었다.

아군들끼리는 아무나 편성되어도 원활하게 연대해 싸우도록 훈련된 병사와 달리 헌터 파티를 나누는 것은 몹시 어리석은 짓이었다. 그렇다고 병사 피해를 줄이기 위해 고용한 헌터들을 독립적으로 행동하게 해서야 의미가 없었다. 그래서 앞뒤를 베테랑 헌터가 지키게 하고, 중앙에 지휘 기능을 갖춘 분대를 배치한 것이다. ……누가 봐도 납득할 수 있는 편성이었다.

전투 시에는 가로로 전개해 싸우지만, 이동 시에는 2열 종대로 나아갔다. 1열이면 앞뒤로 줄이 너무 길어져서 기습 공격을 당했을 때 위험하고 임기응변으로 대형을 변경하기가 불가능해지기 때문이다.

이동할 때 '붉은 맹세'는 앞에는 같은 팀이 된 제2분대 병사들, 뒤로는 제3분대와 한 팀이 된 소대장 이하 지휘 팀 사이에 끼인 형국이 되었다.

"……쳇, 큰돈 주고 고용한 게 고작 어린 계집애들이라니. 이래서야 방패로도 못 쓰잖아……."

'붉은 맹세'의 앞을 걷던 남자가 내뱉듯이 그렇게 중얼거렸다.

'붉은 맹세' 앞, 즉 제2분대 병사들의 마지막 줄에 선 사람은 당연히 '붉은 맹세'가 배치된 제2분대 분대장을 맡은 하사관이었다. 지구의 군대로 말하면 중사 정도에 해당하려나…….

전투 시에는 기본적으로 헌터들은 각각의 파티 리더의 지휘에 따라 싸우지만, 만약 영군 병사의 지시가 있었을 경우에는 소대장과 부관, 상급 하사관, 그리고 자신이 들어간 분대 분대장이라는 우선순위에 따르게 되어 있었다.

물론 지나치게 부당한 지시, 그러니까 '시간을 벌기 위해 죽을 때까지 이곳에서 적을 막아라' 같은 명령은 계약사항이 아니라 무효이지만, '오른쪽 적을 때려라' 라든가, '정찰하러 가라' 같은 지시는 의뢰주의 업무 지시로 받아들일 수밖에 없다.

……즉, 분대장에게 그럴 생각이 있다면 헌터를 '죽을 위험이 높은 방향으로 유도하는 것'이 가능했던 것이다.

물론 헌터가 죽었다고 해서 보수를 지급하지 않아도 되는 것은 아니다. 이미 보수는 길드에 공탁한 상태였고, 그것은 살아남은 파티 멤버 아니면 유족에게 지급된다. 만약 받을 사람이 없을 경우에는 보수는 길드의 것이 되어 헌터 전체를 위해 쓰인다.

그래서 분대장이 적시했다고 해서 수상한 일을 당할 것이라는 생각은 별로 들지 않았지만, 그래도 '사신의 이상향'과 '불꽃 우정' 두 파티가 걱정해서 함께 이 의뢰를 받을 만큼의 위험성은 있다는 것이리라.

그렇게 생각하고 다시 한번 정신을 바짝 차리는 '붉은 맹세' 멤버들이었는데…….

"젠장, 반대로 우리가 보호해줘야 한다니, 짐짝이 따로 없구만…….”

아무래도 걱정되어 보호해줄 모양인 듯했다.

“““““아하하…….”””””

맥이 탁 풀려 쓴웃음밖에 지을 수 없는 ‘붉은 맹세’였다…….

숲에 들어간 지 몇 시간. 두 번의 중휴식과 몇 번인가의 소휴식을 취하는 사이에 슬슬 오늘의 여정이 끝나가고 있었다. 점심은 시간을 잡아먹는 관계로 생략했다. 그런 만큼 아침을 든든히 먹었다.

이 부근은 아직 이웃 나라의 마물 내쫓기의 영향이 없었기 때문에 지금까지는 아무 일도 하지 않고 그저 전진할 뿐이었다. 이웃 나라 쪽의 보금자리에서 쫓겨난 마물들을 맞닥뜨리는 것은 내일부터이리라.

통상적인 상태라면 굳이 이 인원수의 병사와 헌터 집단을 공격할 마물과 짐승은 없다. 아무리 마물과 짐승이라도 그 정도로 바보는 아니다.

오늘은 이대로 야영에 들어가고 본격적인 임무는 내일부터 시작이었다.

“슬슬 야영하자. 그리 서두를 필요는 없으니, 어두워지기 전에 야영 준비를 마치고 편안히 쉬면서 내일에 대비하는 게 좋아.”

소대장의 말대로였다. 이미 충분히 숲 깊숙이 들어온 만큼 이웃 나라 쪽에서 쫓겨온 마물과 언제 만나든 시간적인 부분은 별로 상관없었다. 만나는 시기보다는 그 장소의 지형과 모두의 컨디션 쪽이 훨씬 중요하다. 그리고 지금 있는 장소는 마침 나무가 드문드문 있는 초원이어서 야영하기에 딱 좋았다.

"전원, 정지~! 이 부근에서 야영하기로 한다!"

상급 하사관이 앞뒤를 둘러보며 소리치자 모두 한곳에 모여들었다.

큰 소리를 내도 괜찮았다. 어차피 이 정도로 대규모 인원이 이동하고 있으니 짐승이나 마물에게 다 들켰을 것이고, 50명이 넘는 전투 집단을 향해 달려들 바보도 없으리라. 게다가 식사 준비를 시작하면 사방에 냄새가 퍼지게 된다. 애당초, 자신들의 존재를 감추려고 해봐야 헛수고다.

야영이라지만 전투 요원으로만 이루어진 집단이 숲 깊숙이 들어오는데, 텐트 따위를 짊어졌을 리 없다. 다들 대충 풀을 베어 바닥에 깔고 그 위에 망토를 깔거나 아니면 망토로 몸을 돌돌 말고 잠을 청하는 게 전부였다. 잘하면 3박 4일, 운 나쁘면 4박 5일 뒤에 돌아갈 수 있으니, 그것이면 충분했다.

병사들이 저마다 자리를 확보해 풀을 베기 시작했다. 몇몇 사람 주변은 부자연스럽게 공간이 띄워져 있었는데 아마도 잠버릇이 고약하거나 코를 심하게 골거나 이갈이를 하는 등 악명 높은 자들이겠지.

헌터들도 잠자리 준비를 시작했다.

……병사들과 두 헌터 파티의 움직임이 멈췄다.

그리고 퍼지는 정적.

"""""""""…………."""""""""

"그, 그그그, 그게 뭐야?"

자신의 잠자리 준비는 부하들에게 맡기고 작업을 방관하던 소대장이 메비스에게 물었다.

"네? 보시다시피 그냥 텐트인데요?"

소대장이 무엇에 놀랐는지 몰랐기 때문에 메비스는 입구 부분을 살짝 말아 올려 보여주었다. 그 안에서 보인 것은 네 개의 침대, 간이 테이블, 의자 네 개, 갈아입을 옷이 들어 있는 소형 옷장이었다. 그래도 침대는 커튼 달린 공주용은 아니고 간이 침대였지만…….

"지, 지금, 한순간에……."

"아, 네, 일일이 분해했다가 다시 조립하는 건 귀찮으니까 늘 이 상태로 수납을……."

""""""""**그런 말도 안 되느으으으으은!!!**""""""""

주위에서 일제히 소리쳤다. 듣고 있던 병사들이 지른 목소리였다. 그리고 당연히, 그중에는 소대장의 목소리도 포함되어 있었다.

"수, 수납마법은, 분명 수납물의 무게와 부피의 상관관계에 따라 들어가는 양이 정해져 있는 걸로 아는데?"

수납마법을 구사하는 사람은 많지 않다.

하지만 적성에 크게 의존하는 수납마법은 나이를 먹으면 자연스레 쓸 수 있게 되는 그런 마법이 아니었다. 그래서 어려도 적성과 재능을 갖춘 사람이면 구사해도 별로 이상하지 않았다. 귀족이나 상인들 사이에 인기 많은 이 수납마법 구사자가 굳이 위험하고 수입 적은 밑바닥 직업 헌터 따위를 하는 게 이상하기는 했지만 그건 개인의 자유였다. 그런데…….

"그렇게 용량이 남아돌면 텐트를 접고 대신 이것저것 더 많이 넣으란 말이야!!"

주변 병사들이 소대장의 외침에 고개를 끄덕거렸다.

이렇게 용량을 마구 쓸 거였으면, 미리 대용량 수납마법 구사자라는 사실만 알려줬더라면, 좀 더 다양한 것을……, 그렇다, 모포라든지 고기라든지 채소 같은 것들을 가지고 올 수 있었는데.

물도, 생활마법 수준의 물마법을 쓸 수 있는 게 전부인 두 병사에게 의지해 최소한으로 먹을 양만 제한하는 게 아니라, 요리용으로도 쓸 수 있었을 것이다. 그렇게 생각하자 화가 올라오는 것을 참을 수 없는 소대장.

딱히 '붉은 맹세'에게 잘못은 없다. 그건 충분히 알고 있지만, 병사들이 먹을 음식의 조건이 크게 개선될 기회를 허무하게 놓친 게 지휘관으로서 아쉬웠던 것이다.

"……들어있는데요?"

"엥?"

옆에서 끼어든 마일의 말에 얼빠진 소리를 내뱉고 만 소대장.

"아니, 그러니까, 들어있다고요. 저거 말고도 이것저것……."

마일은 그렇게 말하며 조리대, 아궁이, 대형 냄비, 조리기구, 그리고 고기와 채소 등을 하나하나 수납에서 꺼냈다.

"영, 차!"

쿵!

그리고 마지막으로 꺼낸 것은 커다란 물탱크.

너무 놀라 할 말을 잃은 모두에게 폴린이 말했다.

"물, 한 잔에 동화 5닢. 빵 1개, 동화 5닢. 고기 채소 조림국, 한 그릇에 소은화 5닢입니다!"

사실 병사들의 태도가 나쁘면 자신들과 헌터들의 몫만 만들거나, 병사들에게는 폭리를 취해볼까 생각하고 있었는데, 예상보다 병사들 모두 좋은 사람들이었기 때문에 양심 가격을 불렀다.

동화 5닢은 약 50엔, 소은화 5닢은 약 500엔에 해당하는 느낌이어서, 물은 몰라도 나머지는 별로 비싼 편이 아니었다. 도시의 일반 식당에 가도 그 정도는 받으리라.

"……진짜냐……."

소대장은 그렇게 말하는 게 고작이었다.

그리고 몇십 분 후.

아궁이가 설치된 '붉은 맹세' 텐트 앞은 많은 병사로 인산인해를 이루었다.

조리할 때부터 이미 구경꾼들이 몰려들었던 것이다.

마법으로 대형 냄비에 물을 채우고, 거기에 레나가 파이어 볼을 담가 눈 깜짝할 사이에 물을 끓였다.

메비스는 쓰러져 있는 나무를 한순간에 검으로 베어 장작을 만들었다.

그리고 다시 레나가 불마법을 써서 장작에 불을 붙였다. 남은 것은 마일이 다듬은 재료를 넣고 수납에서 꺼낸 조미료로 간 보는 것뿐. 향신료 등도 듬뿍 넣었기 때문에 조림이 소은화 5닢인 것은 어쩔 수 없었다. 오히려 서비스해주는 셈인 것이다.

"""""""""…………."""""""""

폴린이 문득 알아차렸을 땐 병사와 헌터들 모두 자신을 쳐다보고 있었다.

마일, 레나, 메비스가 각자 뭔가를 보여주고 있었기 때문에 자신에게도 개인기를 요구하는 눈빛이었다. 그걸 알아차린 폴린이었지만 요리 쪽은 이미 더 손댈 게 없었다.

하지만 자신만 돈벌이에 공헌하지 않는 것도 뭔가 재미없었다.

으으음, 하고 고민한 끝에 폴린이 생각해낸 것은…….

"치유마법, 1회에 소은화 5닢입니다! 이동 중에 풀이나 나무에 베인 상처, 다리 통증, 훈련하다가 다친 부위, 어디든 가능합니다!"

말도 안 되게 저렴했다.

자기 쪽에 치유 마술사가 있으면 모르겠지만, 은퇴한 전 헌터 치유 마술사가 하는 도시의 치료원은 그보다 훨씬 비쌌다. 그야 마력량에 한계가 있는 만큼, 매일 많은 사람을 치유하기란 불가능하니까 당연한 이치였다.

그리고 야외에서 마력 잔량은 마술사에게는 생명줄이나 다름없었다. 그러니 쓸데없이 마법을 쓰고 싶어 하는 마술사 따위 있을 리 없었다. 큰 부상이 아니면 도시에 돌아갈 때까지 그대로 두는 게 일반적이었고, 원래 치유 마술사가 소대마다 배치될 리도 없는 지방의 영군은 돌아간 후에도 자연 치유에 맡기는 곳이 태반이었다.

“““““““……정말이냐!”””””””

폴린에게로 몰려드는 병사들.

헌터들은 한발 늦어서 멍하니 그 모습을 바라보았다.

원래 재능이 있었던 데다가, 마법의 진수는 배우지 못했어도 마일로부터 효율적인 방식을 배운 폴린은 가벼운 치유마법 정도라면 아주 약간의 마력만 소모하고도 연속으로 사용할 수 있었다. 게다가 이후에는 밥 먹고 자는 일정만 남았기 때문에 다소 소모한다고 해서 특별히 문제될 것 없었다.

애당초 이 인원수, 그리고 ‘붉은 맹세’ 동료들이 있으니 무슨 일이 일어날 것 같지도 않았다. 이 숲은 넓긴 하지만 사람의 발길이 전혀 미치지 않은 비경 같은 숲은 아니었고, 기껏해야 오거 정도의 마물밖에 없다는 사실도 이미 알고 있었으니까.

원정에 나서는 거면 모를까, 숲의 깊은 곳까지 들어갔다가 나오는 것이 전부였기에, 돈을 쓸 일은 없을 것이다. 그렇게 생각하고 이번에는 돈주머니를 차지 않은 사람도 많았는데, 그런 자들은 숙소 옷장에 돈을 넣어두기 불안해 항상 몸에 돈주머니를 차고 다니는 동료나 상관에게 돈을 빌렸다.

여기서 돈 몇 푼 아낀다고, 제대로 된 식사를 하고 컨디션을 원상회복할 기회를 놓칠 바보가 어디 있겠는가.

그러는 사이 마일이 맡은 고기 채소 조림국도 완성되어 병사와 헌터들은 생각지도 못한 ‘수송 부대도 동반하지 않은 야영에 제대로 된 식사’를 할 수 있게 되었다.

"뭐야, 그거……."

"이야, 깜짝 놀랐네……."

호화로운 식사가 끝나고 '붉은 맹세' 멤버들이 텐트로 돌아간 후 '사신의 이상향'과 '불꽃 우정' 멤버들이 한데 모여 대화를 나누었다.

"애당초, 그 말도 안 되는 용량의 수납은 도대체 뭐란 말이야! 귀족이나 대상인은 물론이고 왕궁에서도 부를 것 같은데! 왜 헌터 따위를 하고 있는 거냐고!"

"뭐, 백번 양보해서, 벼슬살이가 적성에 맞지 않아 헌터가 되었다고 하면 뭐, 이해가 안 되는 바도 아니야. 우리도 남 말할 처지가 못 되고……. 하지만 그 정도면 B등급은 당연지사, A등급 파티로부터도 러브콜이 있었을 텐데! 왜 여태 C등급 파티냐고!"

가진 보물 썩히기. 돼지 목에 진주 목걸이. 고양이한테 금화. 그러한 속담에 해당하는 말이 이 세계에도 있었다.

"여하튼 이제 다른 멤버가 놀라운 실력의 소유자들인 이유를 알겠군……."

"응. 그, 한순간에 나무를 검으로 베어버린 검사. 절묘한 불마법 제어를 하는 공격 마술사. 그리고 식은 죽 먹기라는 듯 치유마법을 연발하는 치유 마술사. 그녀들은 전부 그 수납마법을 구사하는 소녀를 보호하고, 만일의 사태가 일어나면 치유마법을 써서 그녀의 목숨을 구하려고 누군가가 붙여준 호위들인 거야. 그게 아니라면 어린 미소녀들로만 구성됐는데 그렇게 놀라운 실력을 갖춘 녀석들이 우연히 다 모였을 리가 없어."
"어디 첩자인 것 아니야?"
"그건 아니야. 첩자로 쓰다 버리기에는 너무 아깝고, 만약 그렇다고 해도 이런 의뢰를 받을 리가 없지. 애당초 저 멍청한 얼…… 쿨럭쿨럭, 소박하고 순진한 외모를 봤을 때 도저히 그렇다는 생각은 안 들어."
""""""""하긴……."""""""""
무례한 사람들이었다.
하지만 수납마법 이외에는 별로 화려한 행동을 하지 않았는데도 불구하고 메비스의 검기와 레나, 폴린의 마법 기량을 제대로 알아본 점은 과연 베테랑 헌터들다웠다.

그리고 물론 영군 역시 바보들만 있는 게 아니었다.
"뭐야, 그 괴물 같은 수납마법 용량은……."
부관은 마일의 수납 능력에만 놀란 모양이었지만, 지휘관인 소대장은 그렇지 않았다.
"그것도 그런데, 그 검사의 솜씨를 봤는가! 공중에 던져 올린 나무를 검을 딱 세 번만 휘둘러 장작으로 만들다니……. 너희, 공중에서 움직이는 나무를 정확히 세로로 벨 수 있나?"
그 말에 주위 병사들이 고개를 절레절레 흔들었다.
"그리고 파이어 볼을 완전히 정지한 상태에서 발동시키고, 그것도 모자라 물이 딱 끓을 만큼으로만 위력을 조절해서 냄비 물 속에 담그는 그 제어 능력. 여기 누구, 그런 마법을 쓰는 마술사를 본 적 있는 사람?"

다시 고개를 가로젓는 병사들.

"그리고 더 말할 것도 없는 그 치유마법……. 아무리 사소한 부상들만 있다지만, 거의 모두가 줄을 서 있는데도 낯빛 하나 바꾸지 않고 모두에게 치유마법을 걸어주었지……. 밖에서 그렇게 마력을 고갈시키는 마술사는 듣도 보도 못했어. 심지어 전투라든지 긴급 사태도 아니고, 고작 긁힌 상처 따위 때문에……. 그러니까 그건 그녀가 가진 마력량의 절반, 아니 아마도 3분의 1조차 쓰지 않았다는 얘기지, 상식적으로 생각해서. 아니, 내가 말하고도『상식』이란 단어의 의미를 이제는 잘 모르겠지만……."

소대장은 조금 혼란스러워하고 있었다.

하지만 어쨌든 짐짝이라고만 여겼던 소녀들의 예상외의 능력에 헌터들에 대한 인식이 새로워졌다…….

*　*

그리고 다음 날.

병사와 헌터들이 잠에서 깨자 좋은 향기가 콧구멍을 간지럽혔다.

"이것은……."

병사들이 몸을 일으키니 김이 모락모락 피어오르는 대형 냄비와 산더미처럼 쌓인 빵, 그리고 채소 샐러드가 기다리고 있었다.

"조식 세트, 일 인당 소은화 5닢입니다."

오늘은 본격적인 싸움이 시작되는 날이다. 그래서 점심을 먹을 여유가 없다.

딱딱한 빵과 육포 한 조각, 물이 전부인 조식 그리고 이렇게 따끈따끈하고 영양가 있으며 속이 든든할 듯한 조식. 여러분이라면 둘 중에 무엇을 고르겠는가.

그 선택을 망설이는 자는 당연히 없었다.

소은화 5닢을 아끼기 위해 중요한 하루 컨디션을 경시할 병사는 아무도 없었기 때문이다.

"그, 그거 줘!"

"나도!"

"이 인분 주문해도 돼?"

쇄도하는 병사들.

"네네, 충분히 있으니까 서두르지 마세요! 특별히, 리필은 서비스로 해드릴게요!"

""""""""오오오오오!!""""""""

사실은 전투 전에 배가 빵빵하게 부르거나 배에 음식물이 들어 있는 상태는 그다지 바람직하지 않지만, 대인전이면 모를까 마물이 상대라면 검이나 창, 화살 등이 배에 꽂힐 일이 없다. 게다가 이번 임무는 장기전이 될 가능성이 높은 만큼 피로와 공복에 대비하는 것이 훨씬 중요하다고 판단했으리라.

그럼에도 80%만 배를 채운 병사들은 충분히 만족해서 의기양양하게 출발에 나섰다.

'이번 임무에서 이렇게 사기가 올라간 건 처음이야. 고맙구나, 『붉은 맹세』 녀석들…….'

소대장은 '붉은 맹세'의 뒷모습을 향해 살짝 고개를 숙였다.

야영지를 출발한 지 약 두 시간.

소대장이 큰 목소리로 전군에게 지시를 내렸다.

"요격 지점이다. 흩어져서 초계선을 쳐라!"

그렇다, 이곳은 숲의 중앙인 국경선 그리고 숲의 자국 쪽 외곽부와의 정확히 중간 지점으로, 좌우가 산에 휩싸여 있어 숲의 폭이 가장 좁아지는 부분이었는데, 몰려오는 마물을 맞이해 다시 쫓아내기에 가장 적합한 장소였다.

여기서 막아 뒤로 통과하지 못하게 하는 것. 그것이 이 부대의 임무였다.

지휘관인 소대장은 네 개로 나눈 팀을 각각 간격을 두고 좌우로 길게 포진시켰다. 이렇게 해서 양쪽이 산에 막힌 숲의 협소부에 저지 라인이 형성되었다.

일단 길목을 차단하고 내쫓기 시작하면, 넓은 곳으로 나가더라도 마물은 그대로 반대편으로 쫓겨나기 때문에 분대 사이를 통과하는 짓은 하지 않을 것이다. 이 장소에서, 일단 마물의 이동 방향을 반전시키는 것만 성공한 후에는 몰이꾼이라고 할까, 추격꾼이라고 할까, 여하튼 큰 소리를 내며 국경까지 몰기만 하면 된다.

그때는 원래 자국의 국경에 있던 오거와 고블린 등도 같이 내쫓을 계획이었다. 어차피 건너편에서 온 마물인지 원래 여기 있던 마물인지 구분할 수도 없을뿐더러 상대가 자국으로 성가신 마물을 내몰았으니 이쪽도 같은 짓을 한다고 해서 뭐가 잘못이겠는가.

뭐, 그런 것이었다.

이때 오크나 뿔토끼, 사슴, 멧돼지 등 사냥꾼의 사냥감이 될 만한 것은 최대한 그대로 내버려둔다. 이 근방에 있는 식용 마물과 짐승의 숫자를 줄이는 것은 자국 사냥꾼의 삶 그리고 그런 사냥감에 의존해 살아가는 이웃 도시의 식생활에 영향을 미치기 때문이었다.

이웃 나라는 그런 부분은 별로 배려하지 않는 모양인지 사냥꾼이 비교적 쉽게 잡을 수 있는 식용 마물과 짐승까지 가차 없이 내쫓았다. 그래서 그런 식용 생물은 도로 내쫓지 않고, 막을 때도 그것들은 그대로 뒤까지 통과시킬 것이었다.

모두 넓게 퍼져 각자의 자리에 배치된 지 두 시간 조금 더 지났을 무렵. 인간의 영역을 초월한 마일의 청각과 기색 탐지 능력이 그것을 탐지했다.

"……와요, 대량의 마물과 짐승 집단입니다! 그런데 뭉쳐 있는 게 아니라 분산되어 있어요."

그 말을 듣고 아무 말 없이 고개를 끄덕이는 '붉은 맹세'의 세 사람과 어리둥절한 표정인 병사들.

"마일은 귀랑 감이 좋아요. 마일이 『온다』고 하면 진짜 옵니다. 준비를!"

메비스의 말에 반신반의하긴 했지만 어제부터 숱하게 보여주었던 인간의 영역에서 벗어난 기량을 떠올리고 묵묵히 고개를 끄덕이며 검을 뽑아 드는 병사들. 아무래도 나름대로 신뢰가 싹튼 모양이었다.

"……왔다!"

잠시 후 병사들도 마물이 접근하는 소리와 기색을 느낀 듯했다.

레나가 송곳니를 드러내며 씨익 웃었다.

"시작하자!"

""""하앗!""""

"2시 방향 200미터, 오크 3. 목표, 대상 제외!"

"오케이, 목표, 패스!"

"1시 방향 300미터, 고블린 4."

"메비스, 위협해서 쫓아버려!"

"오케이!"

"11시 방향 150미터, 코볼트 6!"

"폴린, 물마법으로 쫓아내!"

"오케이!"

""""""""………….""""""""

레이더(마일)의 탐지 보고에 따른 레나의 지시로 잇달아 달려 나가 마물을 내쫓고 돌아오는 '붉은 맹세' 멤버들. 때로는 레나와 마일도 출격했고, 복수의 멤버가 같이 대처하기도 했다.

그리고 그저 멍하니 그 모습을 바라보는 제2분대 병사들.

"부, 분대장……."

"왜?"
"하, 한가하네요……."
"……그래, 한가하군……."
"""""""""………………."""""""""

그리고 조금은 괜찮다고 했기 때문에 오크와 뿔토끼, 사슴, 멧돼지 등을 몇 마리씩 사냥해 아이템 박스에 넣는 마일. 이것들은 길드 납입용이 아니라 자신들이 먹을 분량이었다.

자기들이 사냥할 수 있는데 굳이 식육점에 가서 비싼 고기를 살 필요는 없다. 병사들도 오늘밤과 내일 식사용이라며 먹을 것을 사냥했다.

다만, 2~3마리만이었다. 많아야 50명 정도인 인원이 그렇게 많이 먹을 수 있는 것도 아니고, 가지고 돌아가기도 힘들고, 군인이 사냥꾼 흉내를 내는 것도 보기 흉하다. 게다가 임무 중인데 대량의 고기를 가지고 돌아갔다는 식의 소문이 나돌면 곤란하다.

고기는 돼지에서 얻을 수 있는 지육이 체중의 7할 정도이고 거기서 얻을 수 있는 식용 부위가 또 7할. 즉, 무게 100킬로그램짜리 돼지에서는 49킬로그램의 고기를 얻을 수 있는 셈이다. 그리고 오크의 무게는 고작 100킬로그램이 아니다. 따라서 한 마리만 잡아도 충분했는데, 초보자가 아무렇게나 손질해서 쓸 수 없는 부위가 많고 또 좋은 부분만 취하고 나머지는 그대로 버려버리기 때문에 넉넉하게 두세 마리 정도는 사냥하는 것이다.

……참고로 소의 경우는 먹을 수 있는 부위가 총 무게의 27퍼센트 정도밖에 되지 않는다.

병사들의 부탁에 사냥물은 마일이 수납에 넣었다. 마일이 없었으면 야영 직전에 사냥했겠지만, 마물들을 국경 너머로 내쫓고 나면 아무래도 딱 원하는 대로 사냥하기 힘들 테니 병사들로서는 큰 도움이 되었다.

이웃 나라 병사들에게 쫓긴 마물들의 선두를 맞닥뜨린 뒤 두세 시간 정도 지나자 이미 고비는 지나갔다.

아직 후속 마물들이 있었지만 선두가 발길을 되돌렸기 때문에 그들은 선두 부분과 충돌하며 정지하고, 그대로 돌아가는 흐름에 따랐기 때문이다. 그래서 국경을 넘어오는 마물의 수가 극히 줄었다. 이대로 국경까지 몰아야 하기 때문에 내쫓기 작업 자체는 아직 계속 이어질 예정이었지만, 이후로는 사상자가 나올 가능성이 거의 제로에 가까워서, 방심은 금물이라도 병사들이 마음을 놓는 것은 어쩔 수 없었다.

"분대장님, 폴린과 마일을 다른 분대에 순회하게 하고 싶은데 허락해주실 수 있는지?"

메비스가 그렇게 진언하자 분대장이 뜨끔한 표정으로 고개를 크게 끄덕였다.

"음, 꼭 좀 부탁한다."

이 분대에는 사상자가 한 사람도 나오지 않았다. 하지만 다른 분대도 똑같다는 보장은 없었다. 아니, 똑같을 확률이 몹시 낮았다. 다른 분대에는 '붉은 맹세'가 없었으니까.

그래서 한 명밖에 없는 놀라운 실력의 치유 마술사를 다른 분대로 돌리는 것은 당연한 배려였고, 말이 나오기 전에 자신이 먼저 지시했어야 마땅했다. 그것을 하지 않은 건 나중에 다른 분대와 소대장으로부터 비난과 질책을 받아도 어쩔 수 없을 만큼 큰 판단 실수였다.

풋내기 헌터 따위에게 자신의 뒤늦은 판단을 들킨 입장이었지만, 메비스의 악의 없는 진지한 태도와, 허락해준 데에 대한 감사 인사에 분대장은 고맙기만 할 뿐 기분이 상하지는 않았다.

분대장은 마일이 치유 마술사인 폴린의 호위 역할인가 보다 하고 생각했지만 사실은 그게 아니었다.

'붉은 맹세'는 다들 말로 하진 않았어도, 사실 잘 알고 있었다. 마일이 메비스보다 검 솜씨가 좋고, 레나보다 공격마법이 뛰어나고, 그리고 폴린보다 치유마법을 잘쓴다는 사실을. 전부 마일이 모두에게 가르쳐준 것이니까 당연했다.

이번에는 병사 중 누군가가 폴린도 손 쓸 도리 없을 만큼 생사의 갈림길에 놓인 심각한 부상을 입었을지도 몰랐다. 그래서 마일까지 출동하는 것이었다.

한편 마일 일행이 소속된 분대는 중앙부여서, 폴린과 마일이 따로 움직이는 편이 나았다. 만약 폴린이 간 쪽에 중상자가 있을 경우에는 마일이 갈 때까지 폴린이 어떻게든 시간을 벌어주면 그만이다.

그렇게 해서 폴린과 마일은 각각 다른 방향으로 달려 나갔다.

*　*

"오늘은 다들 고생 많았다. 한 사람의 사망자도 내지 않고, 후유증이 남을 만큼 심각한 다친 자도 나오지 않은 건 몹시 고무적이야. 아무리 그래도 술은 허락할 수 없지만, 오늘은 실컷 먹도록 해라. 단, 내일 귀환에 지장이 갈 정도는 안 된다. 그럼 남은 시간 동안 각자, 보초병만 제외하고 자유행동에 들어가도록. 서로 도와서 고기 구울 준비를 하는 게 좋겠지."

모두를 불러 모은 소대장의 훈시에 함성이 터져 나왔다.

피해, 없음.

부상자는 여럿 있었지만, 두 마술사가 말끔히 치유해주었다. 자기 힘으로 귀환하기 어려운 사람, 이틀간의 이동을 견딜 수 있을지 없을지 불투명한 자도 있었는데, 믿기 힘들게도 그들조차 다 나았던 것이다.

가벼운 타박상이나 베인 상처라면 모를까 골절, 내장파열, 꽤 두꺼운 혈관과 힘줄 등 원래라면 후유증이 남을 법한 부상까지도 거의 완치. 원래라면 한두 명의 순직자와 부상병으로 퇴역할 사람이 여럿 나왔어야 할 전투인데, 결과적으로 피해 없음.

치유마법이라도 만능은 아니다. 치유마법을 걸기 전까지 시간이 너무 지체되면, 어느 정도 자연 치유되고 몸이 그것을 정상 상태로 인식해버려 '그 정도 낫는 선'에서 그치게 되고, 결손 부분과 괴사한 부분도 완전히 낫지 않는다. 다 죽어가던 중상자가 마법 하나로 팔팔하던 원래 몸으로 돌아올 리 없다는 이야기이다. '오래된 상처는 치유마법으로 낫지 않는다'는 것도 그런 부분과 관련

있다.

그런데 이번에는 신전의 대사관들인가 싶을 정도로 놀라운 실력을 지닌 치유 마술사가 무려 두 명씩이나!

그리고 한 명당 고작 금화 한 닢밖에 되지 않는 보수인데 위험한 임무에 선뜻 참가해 주었다.

게다가 전투에서 입은 부상의 치유는 의뢰 임무에 속해서 무료였다.

……말도 안 된다. 무슨 자선사업가라도 되나! 성직자조차 그따위 보수에는 받지 않는 일이었다.

병사들은 모두 자신들의 행운과 헌터들의 따뜻한 마음에 감사했다.

그리고 마침내, 손꼽아 기다리던 불고기 파티가 시작되었다.

주변 풀을 베어 불이 번질 위험을 없애고, 쓰러지고 썩은 나뭇가지를 모아 모닥불 준비.

조금 떨어진 곳에서는 내장 등을 버리기 위해 구덩이를 파고, 그 옆에서 오크를 손질했다.

병사들은 예전 임무에서도 오크를 손질한 적은 있지만, 마물 해체에 능숙하지 못했고 뼈를 바르는 전용칼도 고기용 칼도 없는 상태였기 때문에 약간 버거운 일이었다. 쇼트 소드는 싸울 때나 유용하지 요리에는 적합하지 않았고, 아무도 애검의 이가 나갈 수 있는 위험을 무릅쓰며 오크 뼈를 절단하고 싶어 하지 않았다. 그래서 다들 오크 근처에 가려고 하지 않고 멀뚱멀뚱 서로의 얼굴만 쳐다볼 뿐이었다.

그 모습을 보고 메비스가 걸음을 뗐다.

"제가 할게요."

그렇게 말하고는 검을 휘익 휘둘렀다.

늘어서 있던 오크 세 마리의 목과 팔다리를 절단하고, 배를 가른 다음 피를 털어내고 도로 검집에 넣었다.

"내장을 꺼내 처리하는 건 알아서 부탁드립니다."

""""""""…………."""""""""

말을 잇지 못하는 병사들.

서 있는 오크라면 모를까, 땅에 눕힌 상태인데 아무런 주저 없이 검을 휘두르다니. 그리고 검을 멈추지 않고, 마치 뜨겁게 달군 나이프로 버터를 자르기라도 하듯 뼈째 간단히 절단된 목과 팔다리. 오크의 뼈와 살점이 그렇게 말랑할 리 없는데.

게다가 대충 휘둘러 배를 가른 것처럼 보였지만, 내장은 전혀 손상을 입지 않았고 소화기관의 내용물이 터져 나와 고기에 묻거나 하지도 않았다.

"……차원이 달라……."

마법이라면 그러려니 했을지도 모른다. 자신들은 마술사가 아니라 검사와 창사들이니까. 아무리 실력이 뛰어난 마술사를 봐도 아아, 굉장하다, 하고 감탄하고 그것으로 끝이다.

그런데 지금 것은 그럴 수 없었다.

아직 스무 살도 안 된 여성에게, 한창 나이인 자신들이 아예 적수가 안 되다니. 싫어도 검 실력 차이를 이해할 수 있었던 만큼 패배감이 상당했다.

오늘은 마물 무리에 승리했지만 헌터, 그리고 어린 여성들에게 패배했다.

다만 화나지 않았고, 싫은 감정도 올라오지 않았다.

그저 분했다. 자신이 약해서. 그게 한심해서.

"젠장! 먹자고! 내장을 긁어내! 고기를 잘라라!"

""""""""""오오!""""""""""

오늘은 다 먹지 못할 정도로 자기 몫의 고기가 가득하다. 소은화를 내지 않아도 실컷 먹을 수 있다!

그렇게 생각하고 병사들이 고기를 잘라 모닥불 위에 올려 굽기 시작하자, 어디랄 것도 없이 몹시 좋은 냄새가 감돌았다.

고기 굽는 냄새만이 아니라, 뭐라고 표현할 수 없는, 식욕을 자극하는 냄새였다.

그리고 들려오는 악마의 목소리.

"불고기 소스, 소은화 2닢! 소금과 후추, 소은화 2닢! 기름진 오크 고기에 어울리는, 입이 깔끔해지는 레몬물, 얼음 넣은 것 한 잔에 소은화 2닢!"

""""""""젠자아아아아아아아앙!!""""""""

오늘은 괜한 지출 없이 배불리 먹을 수 있다. 그렇게 생각했건만…….

""""""""안 사고는 못 배기겠잖아아아아아아앗!""""""""

"……우리, 여기 올 필요가, 없었어……."

실망해서 그렇게 중얼거리는 '사신의 이상향'의 리더 울프.

"아아……. 너무 강하고, 너무 씩씩해. 그런데도 모두 스무 살 이하, 심지어 절반은 미성년자인 C등급 여성 파티라니……."

마찬가지로 의기소침한 '불꽃 우정'의 리더 베가스.

"하, 하지만, 피해 없이 돈도 벌었고, 좋은 공부도 되었고, 영군에게 헌터의 명예를 높일 수 있었으니 큰 의의가 있었습니다!"

그렇게 말하는 파티 멤버들이었는데.

"아아. 헌터의 명예를 드높인 건 우리가 아니라 다른 지역에서 온 여성들이지만 말이지. 그녀들을 도와주고 헌터의 이름을 드높일 작정이었던 우리는, 한낱 공기에 불과했으니……."

""""""""…………."""""""""

"자, 우리도 얼른 고기를 먹자. 안 그럼 못 버틴다고!"

"하, 하아……."

아무리 그래도 사기가 오르지 않는 헌터들이었다.

*　*

보초 담당만 제외하고 모두 잠들었을 무렵, '붉은 맹세'의 텐트에서 움직임이 있었다.

"그럼 다녀오겠습니다."

"조심히 다녀와. 뭐, 너니까 별로 걱정은 안 되지만."

"아하하, 열심히 해볼게요!"

그리고 불가시 필드와 소리 차단 결계에 휩싸여 야영지를 몰래 빠져나가는 마일.

이번에는 '붉은 맹세' 동료들에게 미리 보고했고, 지금까지 그래왔듯 독단적인 행동은 아니었다.

마일은 국경을 넘어 이웃 나라에 침입했다.

아니, 침입이긴 하지만 헌터인 마일이 국경을 넘어도 딱히 문제될 것은 없었다. 영군 병사를 동반한 것도 아니고, 영군 병사로부터 어떤 명령을 받은 것도 아니니까 말이다.

지금의 마일은 그저 단순히, 헌터의 한 사람으로서 '근무 시간이 아니라 자유 시간에, 잠시 소재 수집을 위한 사냥에 나선 것일 뿐'이었다. 그렇다, 아무런 문제도 없었다.

그리고 인간은 도저히 이해할 수 없는 속도로 숲을 내달린 마일은 잠시 후 오거를 발견했다.

"좋았어, 불가시 필드, 소리 차단 결계, 해제! 위압, 최대 출력!"

마일은 늘 완전히 죽여 두는 위압, 즉 마력과 기와 분위기와 기타 등등, 마물과 야생동물이 탐지하는 '위험한 향기'를 전부 봉인 해제했다.

……그러니까, 주변 일대 마물과 동물들은 '고룡의 절반 정도에 해당하는 힘이 있는 엄청난 녀석이 살기를 사방에 발산하며 급속도로 접근 중'이라고 인식했던 것이다.

그래서, 어떻게 되었는가 하면…….

다다다다다다다!!

그렇다, 스탬피드(집단 폭주) 발생이었다.

마일의 전방, 그러니까 낮에 내쫓았던, 원래 상대국에 있던 마물과 덤으로 보낸 마레인 왕국 측 마물(먹을 수 없고 위험도가 큰 것만)들이 상대국 측 숲 외곽을 향해 무서운 기세로 내달리기 시작했다. 그리고 마일의 뒤쪽, 먹을 수 있거나 소재 대상이어서 사냥꾼이 잡을 수 있는 마물은, 역시 전력을 다해 마레인 왕국 쪽으로 뛰었다.

마일이 스탬피드에 휘말린 '좋은 사냥감들'을 폭주하는 집단으로부터 살짝 구해 마레인 왕국 방향으로 몸을 틀게 했던 것이다.

그 후 다시 '몹쓸 마물들'의 후미에 닿은 마일은 마물들을 더욱 뒤쫓으려 '위압'을 풍기기 위해 있는 힘껏 심호흡을 했다.

"히~히~후~, 히~히~후~, 앗, 이게, 아니지!"(라마즈 호흡법)

혼자 있을 때도 우스갯소리를 빼놓지 않는 마일이었다. ……본인은 그럴 의도가 조금도 없었지만.

"다시! 좋았어, 흐으으으으읍……, 아."

지금, 좀 위험했다.

심호흡은 그 정도로 해두자고 생각하는 마일이었다…….

상대국 병사들이 마물을 몰며 국경 근처까지 온 것은 이틀 전이었다.

하지만 마일 일행과 마찬가지로 임무를 마친 그들은 거기서 오크 고기로 불고기 파티를 했다.

또 이튿날에는 상당한 거리를 이동했기 때문에 아직 날이 충분히 밝을 때 일찌감치 야영에 들어갔다.

아니, 일단 이유는 있다. 마레인 왕국 측이 예상보다 빨리 마물을 되쫓아낼 경우 자국 사냥꾼과 농민들, 그리고 작물에 피해가 발생하지 않도록 즉시 막아야 했기 때문에, 너무 서둘러서 숲을 빠져나오기를 주저했던 것이다. 또 너무 서둘러 돌아가면 왠지 '달아나는 것'처럼 느껴져, 자존심 상하기 때문이기도 했다.

하지만 그러한 이유도 결코 거짓은 아니었으나 최대의 이유는 '모처럼 왔으니 하룻밤 정도는 야영하면서 구기를 구워 먹고 즐기는' 데 있었다.

느릿느릿 여유로운 '인간의 이동 속도'로, 날이 환할 때만 이동하는 병사들.

일반 걸음으로 뒤쫓는 인간과 간격을 유지하며 마지못해 이동하는 것이 아니라 패닉을 일으켜 전력을 다해 폭주하는 대형 마물들. 그리고 그들을 뒤쫓는 마일.

……따라잡는 것은 순식간이었다.

* *

다음 날 아침, 야영을 철수하고 막 진군하기 시작한 2개 소대에, 후방에 배치한 보초병의 다급한 외침이 들렸다.

"뒤, 뒤에서 마물 군단이! 오거, 고블린, 코볼트, 그밖에 포레스트 울프 등등이 떼 지어 급속도로 접근 중! 숫자, 50 이상!"

"뭐, 뭐라고옷?!"

숲에서 '50 이상'이라는 건 실제로는 못해도 70~80. 운 나쁘면 그보다 훨씬 많을 수도 있다. 최악의 경우, 그 몇 배나 되는 숫자도 가능하다. 어쨌든 나무에 가려졌거나 시야에서 벗어나 보이지 않는 적은 많겠지만, 있지도 않은 적이 보일 가능성은 그리 높지는 않을 테니까. 심지어 '급속도로 접근 중'이라고 했다.

'……이거, 살아서 돌아가기 힘들지도 모르겠군…….'

상대를 괴롭히는데 자기 쪽 피해가 더 커서는 말이 안 된다. 그래서 2개 소대로 모자라 용병과 헌터까지 총 100명이 넘는 규모의 인원을 동원했고, 중대장인 대위가 그들을 직접 지휘했다. 데려 온 두 소대는 각각 중위와 소위가 소대장을 맡았다.

중대의 나머지 절반은 숲 외곽부에서 자리를 지키고 있었다. 아무래도 180명이라는 대인원은 숲에서 진군하기에 너무 많은 숫자다. 그래서 만일의 사태를 고려해, 마물들이 숲에서 나오는 상황에 대비했던 것이다.

그리고 이 부대는 영군이 아니었다.

영군이 이러한 타국을 괴롭히는 짓, 이랄까, 도발 행위를 독단적으로 할 리도 없고 또 아무리 적다고는 하나 매번 조금씩은 발생하는 피해에, 보디 블로처럼 서서히 타격을 받는 것은 허용할 수 없었으리라. 나라 혹은 영지를 지키기 위해서라면 몰라도, 이러한 '부끄러워해야 할, 불명예스러운 행위'는 더욱.

이런 일로 죽으면 발할라(용감한 전사들의 낙원)에 절대 초대받지 못할 것이다. 그리고 부하들도 그 사실을 잘 알고 있었다.

"요격이다! 후방을 향해 전투 대형, 서둘러라아앗!"

숲속에 있을 때 덮쳐오는 마물 무리로부터 달아나는 선택지는 없다. 완전히 달아나기란 불가능해서 후방에서 덮쳐 와도 저항하지 못해 전멸할 뿐이다. 무모한 것은 알지만 지금은 맞서 싸우는 것 말고 다른 방법이 없다.

몇 마리씩 흩어져서 오는 상대였다면.

나무가 우거진 곳이 아니라, 좀 더 개방된 곳이었다면.

그렇게 생각해봐야 지금은, 그리고 이 장소는 그렇지 않으니 어쩔 수 없었다.

행동과 무기 사용에 제약이 있는 숲에서, 인간 측에 불리하게 나무 뒤에 숨었다가 갑자기 공격해오는 마물 집단과의 싸움. 게다가 뒤에서 오는 기습 공격이었기에, 불완전한 전투 대형으로 싸워야 했다.

'미안하다, 아이리스, 티테리아. 아무래도, 돌아가지 못할 것 같구나…….'

그리고 중대장도 검을 뽑아 들고 마물 집단을 맞이하려고 했을 때.

"오호호호호! 나는, 여신 에르!"

나무 위에 이상한 것이 등장했다…….

만약 일본인이 봤다면 『저거 학교 수영복, 스쿨미즈잖앗!』 하고 말할 것만 같은 옷을 입고, 그 위에 광학 처리로 얇은 비단 드레스를 입은 것처럼 보이게 했으며, 얼음 결정으로 형성된 날개와 천사의 머리 고리까지 장착했다.

그렇다, 늘 있는 그것이다. 기존 의상에 살짝 아이디어를 넣었을 뿐인.

참고로 날개와 고리는 최근 들어 등장 빈도가 많아 '쇼트커트'로 만들어두었다. 즉, 나노머신에게 일일이 세세한 지시를 내리지 않아도 '갓 디스 페노메논(여신화 현상)!' 하고 지시하면 자동으로 생기게 해 두었던 것이다.

그리고 그 '이상한 것'은 이렇게 생각했다.

'나는 거짓말은 하지 않았어! 나는 눈에 이상이 없어 사물을 볼 수 있으니까 『나는 눈이 보인다(일본어로 '메가 미에루'라고 발음. 여신은 '메가미'라고 부른다)』라고 말했을 뿐이야. 그리고 그건 진실이니까…….'

'소방서에서 왔습니다'에 필적하는 변명이었다.(소화기 파는 사기꾼이 하는 말로 유명. 소방서 방향에서 온 것이니 거짓말이 아니라고 주장)

격자력 배리어로 2개 소대 플러스 알파인 사람들을 둘러싸고, 나무 위에서 뛰어내려 그 앞에 선 '여신 에르' 소녀. 그리고 살짝 심호흡하자.

다가오는 마물 무리가 좌우 둘로 깔끔하게 갈리더니, 병사들을 피하듯 그대로 스쳐 지나갔다.

아무래도, 몸을 갑자기 멈출 수가 없어서 '절대 얽히면 안 되는 것'으로부터 있는 힘껏 멀어지려고 한 결과, 그런 모양새가 된 것 같았다.

"……사, 산……, 건가……?"

중대장이 중얼거렸는데, 그렇게 생각하기에는 아직 일렀다.

"거기 그대들, 왜 고의로 숲을 어지럽히려고 하지? 들어보고 사정에 따라서는 그냥 못 넘어가……."

((((((으아아아아아악!!))))))

병사들은 속으로 절규하며 중대장을 쳐다보았다.

이 기이한 생물이 예사 존재일 리 없다.

마물 무리로부터 구해주었고 일단 '여신'이라고 자칭하기도 해서 같은 편이라고 생각해 안심하고 있었는데, 설마 했던 적대자라니. 악마라면 그나마 낫지, 여신과 싸워서 어떻게 이기겠는가. 이제 믿을 것은 중대장의 임기응변뿐이었다.

"우, 우우우, 우리는 그냥, 농민들의 안전을 위해, 위험한 마물들을 숲 구석으로 내몰았을 뿐입니다! 마물도 여신님이 이 세계에서 사는 것을 허락한 존재. 몸을 지키기 위해서나 먹기 위해 어쩔 수 없는 경우를 제외하면 괜히 목숨을 빼앗는 것이 과연 옳은 일일까 하는 생각에……."

역시 중대장 자리까지 올라온 데에는 다 이유가 있다. 훌륭한 대답이었다.

"호오, 그래……? 설마, 『마물을 이웃 나라로 내몰아, 짓궂은 장난질을』 하고 생각한 것은 아니겠지?"

"다다다, 당치도 않습니다!"

땀을 줄줄 흘리는 중대장.

"뭐, 좋아……, 음?"

자세히 보니 한 병사의 왼팔이 달랑거리고 있었다. 아무래도 마물을 몰아낼 때 부러진 모양이었다. 아무리 물리치는 쪽보다 위험이 적다고는 하나 부상자가 없는 건 아니었다.

마일은 총총걸음으로 그에게 다가가, 공포에 얼굴이 새파랗게 질린 병사의 부러진 팔을 만졌다.
"음, 탈골되었구나. 그렇다면……."
병사의 부러진 팔이 빛을 내뿜더니, ……다음 순간.
"……안 아파……."
멍한 표정으로 그런 말을 내뱉는 병사.
"이제 완전히 나았다."
"어어……."
병사는 슬금슬금 팔을 움직여보더니 크게 돌리기 시작했다.
"나, 나았어……."
무영창으로 순식간에 완치. 뼈도 힘줄도 신경도 혈관도, 완전히. 그런 것은 왕궁 마술사장은 물론 대신전의 신관장조차 불가능한 일이었다.
""""""""""…………."""""""""""
환호성조차 들리지 않고, 그저 정적만 감돌 뿐…….

"나를 화나게 하지 마라. 봐주는 건 이번 한 번뿐이니. 뭐, 대륙을 가라앉히는 건 너무 가여우니, 나라를 멸망시키는 선에서 참아주겠지만……."
((((((으아아아아아아악!))))))
병사들이 잔뜩 겁먹고 바들바들 떨었다.
하지만, 눈이 보…… 아니, 여신 에르는 생각했다.
이 병사들은 믿어도, 보고받은 윗사람들이 믿지 않으면 아무 의미 없다고.

그래서 병사들에게 다가가, 경직되어 있던 한 병사의 허리춤에서 검을 뽑았다.

"으헉!"

그리고 손가락으로 만지작거리자 구불구불 회오리 모양으로 휘어진 검.

((((((왜 안 부러지는 거야!!))))))

그렇다, 상식적으로 부러져야 했다. 저런 변형 따위 일어날 리 없었다.

이번에는 그 옆 병사의 브레스트 아머에 손가락으로 구멍을 냈다. 아주 가벼운 느낌으로.

뺑. 뺑. 뺑.

검지로 구멍을 세 개 뚫은 후에는 손가락 네 개로 한 번에 네 개의 구멍을.

"으아아아악!"

딱히 몸까지 구멍을 낸 것도 아닌데 호들갑 떠는 병사였다.

마지막으로 조금 떨어진 곳에 있는 바위를 향해 손가락을 가리키자…….

쾅!

정강한 국군일 텐데도 병사 중 몇 명은 그 자리에 주저앉았다. 아니, 몇 명밖에 주저앉은 사람이 없다는 점이 정강함의 증거일지도 모르겠다.

하지만 나머지도 그저 서 있을 뿐이었다.

서 있는 사람도, 그냥 서 있을 뿐이지 도저히 움직일 수 있는 상태가 아니었다. 완전한 경직 상태였다.

"……가라. 그리고 전하는 게 좋을 거야. 내 명령을 거역한 자가 어떻게 될지……."

그렇게 말한 마일은 중력을 차단해서 하늘 위로 붕 떠올라 그대로 마물들이 달려간 쪽으로 날아갔다.

""""""""""…………."""""""""""

적어도 1분은 흐른 후, 병사들이 겨우 정상으로 돌아왔다.

이런 곳에서 우두커니 서 있기만 하면 마물의 기습 공격을 받고 전멸할 것이다. ……일반적으로는 말이다.

지금만은 그럴 걱정이 없으리라. 마물들은 전부, 전속력으로 달려가 버리고 없으니까.

그때 비교적 영리한 병사가 소리쳤다.

"안 돼, 폭주한 마물들이 숲을 빠져나가고 있어! 숲 밖에는 마을이, 그리고 그 너머에는 도시가 있는데! 그걸 막는 역할이었던 우리가, 마물들을 그대로 보내버리다니!"

하지만 모두를 안심시키기 위해 중대장이 그 사실을 부정했다.

"괜찮다. 그럴 때에 대비해 나머지 두 소대, 우리 중대의 절반을 숲 외곽부에 남겨두었으니. 녀석들이 반드시 막아줄 거야! 설령 부대가 전멸한다고 해도 말이지. 원래 우리나라가 먼저 시비건 게 아니냐. 보복 당했다고 해서 징징댈 자격은 없어. 그리고 이곳 영주군도 마냥 놀고 있는 게 아닐 테지. 우리가 작전 중일 때는 그들도 혹시 모른다며 대기하고 있을 거야. 마물의 폭주도, 외곽부에 도착할 즈음에는 체력을 많이 써서 약해졌을 테고, 속도 차이 때문에 뿔뿔이 흩어졌을 것이다. 무리가 흐트러졌다면 위협도는 크게 떨어졌을 거야. 우리는 지금 당장 마물들의 뒤를 쫓아, 소탕전에 합류한다. 조금이라도 그들의 피해를 줄여야 하니까. ……그리고 여신에 대해서는 너희는 생각하지 않아도 된다. 그걸 생각하고, 위에 보고하고, 정신 상태를 의심받고, 끈질기게 버티고, 어떻게든 하는 것은 전부 다 내 소임이다."

맥 빠진 표정으로 그렇게 말하는 중대장을 보자 모두 겨우 여유를 찾은 얼굴로 돌아왔다.

그렇다, 여신 일을 상부에 보고하는 것은 자신들이 아니다. 자신들은 그냥, 다른 병사와 술집 여직원들에게 흥미진진하게 이야기를 들려주면 그만인 것이다. 그것이 하급 병사의 특권이었다.

"좋아, 그럼 이동을 재개한다! 대열을 갖추어라!"

그리하여 2개 소대와 용병, 헌터들로 이루어진 혼성 부대가 움직이기 시작했다.

귀로를 서두르는 그들의 표정은 어두웠다.

조금 전에는 분위기를 읽고 중대장의 이야기에 고개를 끄덕였으나, 병사들 대부분은 알고 있었기 때문이다.

외곽부에 남은 2개 소대로는 그런 규모의 마물들의 폭주를 막는 것이 도저히 불가능하다는 사실을. 그래도 그들은 포기하지 않을 테고, 그 결과 2개 소대와 그 너머에 있는 마을, 또 그 너머에 있는 도시가 어떻게 될지를…….

'……어라, 이쪽은 숲의 외곽부까지 거리가 별로 멀지 않았었나. 이대로라면 마물 무리가 숲을 빠져나가고 말아……. 어쩔 수 없네, 이대로라면 마을과 도시에 피해가 생기고 말 테니 제동을 걸어야…….'

혹시 몰라 마물이 폭주하는 방향을 확인한 마일은 숲의 외곽부까지 생각보다 거리가 가까워 당황했다. 군대를 살짝 벌주긴 했지만, 아무 죄도 없는 마을 사람들에게 위해를 가할 생각은 전혀 없었다.

'으음, 외곽부에 병사가 있는 것 같으니 완전히는 막지 않아도 되려나. 조금은 식은땀을 흘리게 해줘야……. 좋았어!'

숲속에서 불마법이나 대규모 자연 파괴를 동반하는 마법을 쓸 수는 없다. 또 너무 강력한 수단을 쓰면 모든 마물과 동물이 다시 일제히 반전해 역방향으로 폭주하고 말 것이다. 그래서 하늘로 날아올라 마물 무리를 추월한 마일은, 마물들의 전방을 향해 손을 크게 휘두르며 소리쳤다.

"구전(球電)!"

구전. 그것은 UFO 혹은 영혼으로 오인 받는 것 중 하나로, 뇌우가 발생하는 곳 근처에서 희박하게 볼 수 있는, 지상과 가까운 공중을 떠도는 공 모양 발광체를 말한다.

자연 발생 플라즈마가 아닐까 추측하는 그것은 접촉한 사람이 사망하는 전례가 몇 번 있었다. 그리고 금방 사라지는 구전은 그 흔적을 거의 남기지 않는다.

……요컨대 지상과 가까운 공중을 떠돌고, 최초에 접촉한 것에만 공격 효과가 있으며 주위에 영향을 끼치지 않는 편리한 것이었다. 위력을 조절하면 접촉한 것을 죽이지 않고 기절시키거나 놀라게 만드는 선에서 정지, 혹은 쫓아낼 수 있을 터였다. 이것의 수를 조절해 뿌려서, 스탬필드의 솎아내기 작업을 시작했다.

아직 지구에서는 정체가 완전히 해명되지 않은 '구전'인데, 만약 진짜 정체가 플라즈마가 아니었다고 해도 문제는 없다. 마일이 '그런 것'을 바라고 명령한 것이면 그 명령을 받은 나노머신은 '그런 것'을 만들어낸다. 그 정체가 무엇이든 상관없이, 그런 효과가 있는 것을 말이다. 그저 그게 전부인 이야기였다.

마일은 원래 이런 데서 마물 대량 학살을 할 생각이 전혀 없었다. 식량이나 소재로 활용할 수도 없는 대량의 사체를 숲속에 방치해 봐야 생태계만 어지럽힐 뿐이다. 그래서 이것이 마일에게 있어서 '단 하나의 깔끔한 방식'이었던 것이다.

꿰엑!

찌직!

꾸웨에에엑!

온갖 비명과 분노 섞인 포효가 들리더니 어떤 마물은 쓰러지고 어떤 마물은 주저앉고, 또 어떤 마물은 몸을 돌려 다시 숲속으로 달렸다. 물론 구전에 닿지 않고 그대로 직진한 것, 닿긴 했지만 진행 방향을 바꾸지 않은 것도 다수 있었으나, 마일이 잇따라 구전을 뿌리자 그 수는 마일이 생각하는 적정 수준까지 조정되었다.

"……됐나."

수도 충분히 줄어들었고 돌진하는 기세도 대폭 약해졌다. 이제 저쪽 병사들이 애써주는 일만 남았다. 그렇게 생각한 마일은 그만 물러나기로 했다. 슬슬 돌아가지 않으면 소대장이 화낼 것 같기도 하고.

* *

"수납 소녀가 없다고? 왜? 어디 간 거얏!"

화내는 소대장과 곤란한 표정을 짓는 '붉은 맹세' 세 멤버.

"으음, 그게, 두 번 다시 시비 못 걸게 하고 오겠다면서, 아주 살짝, 추격을……."

"뭐시라?! 혼자서 밤중에, 국경을 넘어 적지에 침입했다고 말하는 거냐! 절대 국경을 넘지 말라고, 그토록 당부했건만, 도대체 뭘 들은 거얏!"

날이 밝고 아침을 먹은 후, 야영을 철수하려 할 시점에서 당연히 마일의 부재는 들키고 말았다.

아침식사는 다 함께 간밤에 먹고 남은 고기를 구워 먹었기 때문에 마일이 두고 간 양념과 소금, 후추, 마실 것을 팔 수 있었다. 음료를 담았던 통은 놔두고 갈 생각이지만, 예의 징발품이 많이 남아 있어 딱히 아깝지 않았다.

그 후, 병사들은 남은 고기를 오늘 밤에 또 먹기 위해서 마일에게 수납을 부탁하려고 했기 때문에 들키지 않을 수 없었다.

"아니, 병사가 아닌 헌터가 의뢰와 무관하게 개인적인 식량을 구하기 위해 움직인 것일 뿐이니까 국경은 상관없지 않나요."

메비스가 미리 짠 대로 설명했다. 그리고 그 말을 듣고 '아!' 하는 표정을 짓는 소대장.

하긴, 듣고 보니 그 말이 맞았다. 그리고 어제 '붉은 맹세'의 활약은 제2분대장으로부터 보고받았기 때문에 마일이 겉보기와 달리 다른 일반 병사를 능가하는 전투력을 지니고 있다는 사실을 잘 알았다.

하지만 아무리 좀 강하기로서니, 혼자 몸으로 마물 무리를 추격하는 것은 너무 무모했다. 게다가 이동할 이 부대를 따라잡기 전까지는 계속 단독행동을 해야 하는데, 그 사이에 무슨 일이 있을지 모르니. 적어도 이 '붉은 맹세'의 리더인 검사와 그 공격마법을 구사하는 자 정도의 실력이 있다면 모르겠지만…….

그렇게 말하며 무모한 행동을 허락한 것을 비난하는 소대장이었는데…….

"네? 마일은 저보다 검기가 뛰어나고, 레나보다 공격마법이 강력하고, 폴린보다 치유마법과 지원마법을 잘하는데요? 원래 저희 세 사람에게 검술과 마법을 가르쳐준 스승이거든요."

"뭐?"

""""""""뭐어어어어어?!""""""""

소대장뿐 아니라, 듣고 있던 병사들도 경악해서 소리쳤다.

"지, 진짜로?"

"진짜예요."

"그럼 여기서 기다리지 않아도 돼?"

"그럴 필요 없어요. 아마 우리 모두보다 마일 혼자가 훨씬 안전할 테니."

"…………."

더는 아무것도 생각하고 싶지 않았다. 그렇게 생각한 소대장은 모두에게 지시를 내렸다.

"철수! 지금 당장 돌아간다!"

마일이 없는 탓에 휴대식도 물도 별로 줄어들지 않았다. 앞으로 하루 반 정도의 일정이 남아 있지만, 무슨 일이 일어날지 알 수 없는 숲에서의 행군이기 때문에 아무리 남을 것 같다고는 해도 물과 휴대식을 버리고 가는 행동은 할 수 없었다.

하지만 자신들이 먹을 고기를 옮길 정도의 여력은 충분했기 때문에 오늘밤과 내일 아침에 먹을 고기를 기꺼이 분담해서 옮기는 병사들이었다. ……물론 시간이 걸리는 만큼 점심을 먹을 예정은 없었다.

그리고 점심 무렵.

"죄송합니다, 늦었습니다~!"

"어떻게 이렇게 빨리 따라잡은 거야?"

지친 기색 하나 없이 태연한 얼굴로 도착한 마일을 보고 이제는 모든 것을 포기한 표정인 소대장.

"아참, 야영지에 남기고 온 물통이랑 고기도 다 회수해왔어요. 죄송해요, 아침식사 분만 남기고 나머지 고기는 다 수납했어야 했는데. 거기까지 미처 신경 못 쓴 점, 정말 죄송합니다……. 여러분의 짐, 지금 전부 수납할게요!"

'이제, 아무래도 좋아. 지친다. 엄청 지쳐…….'

그리고 소대장은 모두에게 지시를 내렸다.

"대휴식! 고기와 짐은 전부 수납 소녀에게 맡겨라!"

푸훕!

"뭐, 뭡니까, 그 『수납 소녀』는!"

"아, 미안……."

너무 심한 호칭에 무심코 웃음을 터트린 마일, 그리고 속으로 부르는 호칭을 자기도 모르게 소리 내어 말하고 말아 사과하는 소대장이었다.

그리고 밤.

"자~, 불고기 양념에 소금이랑 후추. 얼음이 들어간 레몬물은 어떠세요~. 입가심용 사과도 있답니다~. 그리고 주정(酒精)을 전부 날려 마셔도 취하지 않는 '가짜 에일', 손이 얼얼할 만큼 시원한 것 한 잔에 소은화 5닢이에요!"

""""""""……젠장! 젠자아아앙! 이번 특별 수당이이이이이!""""""""

*　*

겨우 숲 외곽부에 도달한 이웃 나라 군사들, 절반에 해당하는 중대. 그리고 그 앞에는, 이곳에 남아 있던 나머지 절반 중대의 모습이. ……그렇다, 힘없이 널브러진 모습이 있었다.

하지만 살아 있었다. 게다가, 겉으로만 봐서는 인원이 줄어든 것처럼도 보이지 않았다.

'설마, 마물을 막지 않고, 자기 몸을 지키는 데……, 아니야, 그럴 리가 없어!'

"……보고를."

비통한 얼굴로, 나머지 2개 소대 지휘를 맡았던 제3소대장에게 명령하는 중대장.

"네, 어제 정오 무렵부터 숲에서 마물이 나오기 시작했습니다. 산발적이기는 했으나 점점 그 수가 늘어났고, 때로는 어느 정도 뭉쳐서 나올 때도 있었습니다. 군의 피로가 극심하여 부상자가 속출하긴 했습니다만 치명상을 입은 자는 없습니다. 지금은 영군에게 원조를 요청하고, 헌터들에게도 긴급 의뢰를 낸 상태입니다. 또한 밭의 일부가 망가지기는 하였으나 농민들이 직접적인 피해를 입지는 않았습니다. 영군과 헌터 길드에 독단으로 원조를 요청하여 군의 명예를 실축시키고 경비를 낭비한 것에 대한 책임은 전부 저에게 있습니다. 부디 다른 자들에게는 피해가 가지 않도록 배려를……."

"막은 건가?! 마물의 폭주를, 사망자도 없이!"

경악했다. 부하들에게는 그렇게 말했어도, 설마 정말 그 폭주를 외곽부에서 막을 수 있으리라고는 생각하지 않았는데.

'아니, 잠깐만……. 그때, 『여신 에르』님이 어디로 날아가셨더라? 맞아, 마물이 달려간 방향이었어. 그리고, 우리가 귀로에 올랐을 때 많은 마물과 마주쳤었지. 필요 없는 싸움은 피하고, 전부 무시하거나 쫓아버리는 선에서 그쳤는데……. 그건 폭주에서 탈락한 것치고는 수가 너무 많았어. 그리고 부상자는 많았지만 사망자가 없는 기적. ……아니, 『절묘한 밸런스』인가. 다친 건 낫게 할 수 있으니. 돈을 주고 실력이 뛰어난 치유 마술사에게 의뢰하거나, 신전 대신관에게 고액을 기부하기만 하면 부위 결손이나 너무 심한 중상이 아닌 이상. ……그러니까, 돈만 내면 된다는 건데, 숙련된 병사를 양성하려면 많은 돈과 시간이 걸리는 법이니까 나라가 그 부분에 돈을 아끼진 않겠지. 당연히 여신님은 그 정도쯤 알고 계실 테고…….'

중대장은 제3소대장의 머리를 탁 때렸다.

"바보야, 그건 내 역할이다. ……고생 많았다, 지금 당장 가장 가까운 도시에 가서 치유 마술사를 몇 명 고용하자. 마력을 다 쓸 때까지 빌려오는 거다. 돈 따위 아낄까 보냐. 아무튼 얼른 왕도로 돌아가야 해. 우리나라가 망하는 걸 보고 싶지 않다면……."

"헉……."

그들의 고난은 이제부터였다.

* *

"이번에는 수고 많았다. 한 명의 사망자도 중상자도, ……아~, 결과적으로는 경상자마저 나오지 않고 임무를 완벽하게 수행하여 몹시 기쁘구나. 특히 헌터 제군들의 활약은 우리도 본받을 점이 많을 정도로 훌륭했어. 깊은 감사를 표함과 동시에, 다음에도 함께 싸워줄 것을 기대하는 바야. 그럼, 이것으로 특별 편성을 종료하도록 하겠다. 모두 해산!"

""""""하아아아앗!""""""

지휘관인 소대장의 훈시와 특별 편성 종료 선언에 모두 함성을 질렀다.

전원 무사히 돌아올 수 있었다.

과거 유례없는 쾌거에 병사들이 기쁨에 들끓었다.

헌터들은 거기에는 가세하지 않았다. 자기 의사와 상관없이 사지로 가야만 하는 병사들과 달리 헌터는 어디까지나 자신이 자유의지로 한 선택이기 때문이다. 그래서 무사히 돌아오는 게 당연. 자신의 기량을 감안해서 무사히 해낼 수 있는 일을 고른 거니까.

그래서 태연한 태도를 무너뜨리지 않았다. 사실은 몹시 기뻤으면서.

"미안하다. 사실은 돈을 더 얹어주고 싶지만, 나에겐 그럴 권한이 없어서……. 내가 부담하려고 해도, 너희에게 이번 일의 특별수당을 다 뜯긴 부하들에게 마실 거라도 쏴야 해서. 무려 40인 분이라고, 금화 서너 닢은 날아갈 것 같단 말이지. 저 녀석들, 사양이라는 걸 모르니까 말이야……. 그러니까 미안하다! 이번 헌터들의 활약은 내가 잘 보고하마. 잘하면 다음부터 의뢰비가 조금 오를지도 몰라. 그러니까 봐주라!"

그렇게 말하며 한쪽 손을 얼굴 앞에 세우고 미안해하는 소대장에게 씁쓸한 미소를 보내는 '붉은 맹세' 멤버들. 그리고 마일의 한마디.

"……다음, 이란 게 있을까요……."

그 말에 이어서.

"없지."

"없을 거야."

"없겠죠……."

레나, 메비스, 그리고 폴린의 말이.

그 짧은 시간의 추격으로 뭔가를 해냈다고 생각하진 않는다.

금세 돌아온 걸로 미루어 보아 그리 깊이 추격한 것 같지 않고, 이동하는 마물의 제일 끝을 따라잡았다고도 생각하지 않는다. 그걸로, 무슨 효과를 얻을 수 있겠는가.

그래도 뭔가 했다는 포즈만으로 추가 요금을 요구하는 것도 아니어서, 의도를 전혀 알 수 없었다.

뭐, 그런 것과는 상관없이 운송, 음료와 식량 제공, 전투, 그리고 부상 치료 등 충분하다 못해 지나치게 많이 일해준 것은 틀림없는 사실이다. 다른 두 파티도 '붉은 맹세'에는 못 미쳤지만, 지금까지 고용한 헌터들보다 훨씬 실력이 뛰어났고, 병사들과는 비교도 할 수 없는 일을 해주었다.

이번 헌터들은 전원 '당첨'이어서 병사들, 아니, 혼성 부대 전체의 인적 소모 제로라는 결과로 이어졌다. 소대장은 그것을 잘 알고 있었다. 그리고 물론, 이번과 같은 멤버가 참여하지 않는 한 다음번에도 같은 결과를 얻을 수는 없다는 사실도.

"헌터들을 위해 저쪽에 간단한 식사와 음료를 마련했다. 허기를 좀 달랜 후에 길드에 가는 게 어때. 그때까지 의뢰 달성 보고를 해두마. 이동 중에도 야영 때도 다른 파티와 별로 대화할 기회가 없었지? 이동 대형도 앞뒤와 중앙으로 나누어져 있었고, 식사 후에도 『붉은 맹세』는 바로 텐트에 쏙 들어갔으니까 말이야. 마지막인데 친목을 도모하는 것도 좋잖아?"

소대장의 마음 씀씀이를 고맙게 받아들이기로 하고, 헌터들은 지정된 건물로 향했다. 다들 과연 교류가 별로 없었다고 생각했으니까.

"미안했다……."

요리와 음료가 준비된 곳에 자리 잡자 갑자기 '사신의 이상향' 리더 울프가 머리를 숙였다.

"솔직히 말해서, 너희 『붉은 맹세』를 얕봤어. 『우리 '사신의 이상향'과 '불꽃 우정'이 녀석들의 세 배로 움직일 테니까 너희는 두 배 정도를 목표로 열심히 해봐』라고 말하다니, 아아, 정말 창피해……."

그렇게 말하며 두 손으로 얼굴을 가리는 울프. 그리고 그 모습을 보며 쓴웃음 짓는 '붉은 맹세' 멤버들.

"아무튼 미안했어. 그리고 고맙다. 값을 제대로 받은 음식은 그렇다 쳐도, 치유마법 덕분에 큰 도움을 받았고, 영군들 앞에서 헌터의 명예를 크게 높여주었어. 이번 영군 병사들이 지금까지에 비해 헌터를 대하는 태도가 몹시 좋아진 것도 이번 의뢰가 성공적으로 마무리된 큰 이유 중 하나지만, 그것도 다 너희『붉은 맹세』의 존재가 컸기 때문이겠지. 하긴, 지휘관이 헌터들에게 상당히 호의적이기도 했지만, 평소 같으면 관계가 훨씬 안 좋았을 거야……."

'불꽃 우정' 리더 베가스와 다른 파티 멤버들도 고개를 끄덕였다.

"하지만 두 파티 모두, 저희가 걱정되어서 원래 받을 생각도 없었던 의뢰를 굳이 받아주신 거잖아요?"

"엥? 어떻게 그걸……, 류테시 녀석이 말했나……."

레나의 말에 범인을 바로 알아차린 울프. 아무래도 그 접수원 아가씨의 이름이 류테시인 모양이다.

"뭐, 피차 다친 곳도 없고 돈도 그럭저럭 벌었으니, 그거면 된 것 아니겠어요?"

옆에서 폴린이 그렇게 끼어들었지만 '사신의 이상향'과 '불꽃 우정' 멤버들이 버럭 화를 냈다.

""""""""그럭저럭? 넌 돈을 쓸어 모았잖아!""""""""

그건 '붉은 맹세'로 번 돈이지 딱히 폴린 개인의 수입은 아니었지만, 폴린의 몹시 사악한 미소가 눈에 띄었으니 그렇게 생각해도 어쩔 수 없었다.

그래도 이번에는 '일 인당 금화 1닢'이라는 계약이어서, '사신의 이상향'은 금화 5닢, '불꽃 우정'은 금화 6닢을 벌었다. 불과 4일 일한 것치고는 상당한 금액이었다.

병사들의 방패막이도 되고, 치명상을 입거나 목숨을 잃을 확률이 높았던 점을 감안하면 베테랑 헌터로서는 결코 상식에서 벗어난 큰 금액이라고 말할 수 없지만, 그래도 다른 일에 비하면 절대 나쁜 수입이 아니었다.

'붉은 맹세'는 네 명이어서 금화 4닢. 일본 엔으로 환산하면 약 40만 엔 정도 되는 금액이었다. 이곳은 한 달이 36일이므로, 한 달의 9분의 1에 해당하는 4일간 40만. 그리고 영군 병사와 헌터들에게 식량을 팔아, 또 그에 비슷한 돈을 벌어 들였다.

지금까지 더 많은 보수를 받은 것은 몇 차례나 된다. 도적 퇴치라든가, 와이번 토벌이라든가.

하지만 그것들은 '일반 신입 C등급 헌터가 받을 수 있는 수입'이 아니었다. 보통 C등급 헌터는 이 정도만 해도 상당한 수입이었다. ……어디까지나 '파티 멤버 모두가 다치지 않았을 때'의 이야기지만…….

그렇게, 제공된 가벼운 음식을 집어먹으며 이런저런 세상 이야기, 정보 교환 등을 하며 친목을 다진 세 파티는 병사들에게 감사를 표한 후 다 함께 헌터 길드로 향했다.

* *

짝짝짝짝짝!

길드에 들어가자마자 박수갈채를 받는 마일 일동.

“뭐, 뭐지……?”

상황을 이해하지 못해 어리둥절해하는 세 파티 멤버들.

그때 그, 류테시인가 뭔가 하는 접수원 아가씨가 말을 걸었다.

“여러분, 정말 굉장해요! 대활약을 펼치셨다면서요! 아까 영주군 소대장님이 직접 찾아와서 여러분을 입에 침이 마르도록 칭찬하고 가셨어요. 길드 마스터에게도 감사인사를 했고요. 그리고…….”

접수원 아가씨가 ‘붉은 맹세’ 쪽을 힐끔 쳐다보며, 모두 다친 데 없이 멀쩡하다는 것을 확인했다.

“멀리서 오신 분들을 훌륭히 지원해주셨네요. 우리 지부의 자랑입니다!”

그리고 다시 쏟아지는, 길드 직원과 그 자리에 있던 헌터들의 박수.

하지만 ‘사신의 이상향’과 ‘불꽃 우정’ 멤버들의 표정은 밝지 않았다. 아니, 명백히 괴로워 보이는 표정이었다.

……무리도 아니다.

이번에 활약한 건 자신들이 그 실력을 얕보고 ‘도와주자’는 식의 거만한 생각을 했던, 어린 신입 소녀들이었다. 오히려 자신들이 여러 가지로 도움을 받았는데도 그녀들의 공로가 마치 자신들의 공로인 양 칭찬받고 있다. 이렇게 괴로운 일이 또 어디 있을까.

하지만 그 사실을 모두에게 설명할 수는 없었다.

그러려면 그녀들의 특기와 전투 방법, 능력 등에 대해 말해야 하니까.

헌터가 합동 임무를 통해 알게 된 다른 헌터의 정보를 발설하는 것은 금기 중에서도 최대급에 해당했다. 그것은 헌터의 목숨, 안전과 직결되는 일이니 당연했다.

즉, 그녀들의 능력도 힘도 발설할 수 없었다. 그리고 그냥 『붉은 맹세』의 도움을 받았다. 그녀들은 자신들보다 훨씬 강하다'라고 말해도 남들이 믿어줄 리 없었다. 기껏해야 농담 아니면 짓궂은 장난쯤으로 여기겠지.

아까 식사 때 그녀들도 '수납마법에 대해서는 감출 생각이 없다. 하지만 수납의 용량이라든가, 기타 전투 스타일 등에 대해서는 말하지 않았으면 좋겠다. 이번 의뢰는 어디까지나 세 파티가 협력해서 애쓴 것으로……' 하고 못을 박았다.

""""으아아아아, 가시방석이 따로 없구만~~!!""""

다른 헌터 동료들이 어깨를 두드리며 축복해주고, 에일을 사겠다는 청이 쏟아지는 가운데, '사신의 이상향'과 '불꽃 우정' 멤버들은 괴로움에 몸을 떨었다.

한편 다른 세 사람과 달리 그 심정을 충분히 이해할 수 있는 메비스는 가엾다는 표정으로 그들을 지켜보았다…….

"이번엔 신세 많이 졌다. 그럼 다음에 또 기회가 있으면 보자!"

"네, 그때가 오면 또 잘 부탁드릴게요. 감사했습니다!"

'사신의 이상향' 리더 울프에게 '붉은 맹세'를 대표해 메비스가 그렇게 대답하고는 파티 홈으로 돌아가는 그들과 작별했다. 베테랑인 만큼 여인숙이 아니라 제대로 된 거점이 있는 모양이었다.

……말이 '거점'이지, 그냥 공동생활을 위해 빌린 집이었지만.

이미 의뢰 완료 수속은 끝났고 보수도 받았다.

'사신의 이상향'과 '불꽃 우정' 멤버들은 역시 다른 헌터들에게 얻어먹기가 정신적으로 괴로웠는지, 오늘은 피곤하다는 이유를 대고 빨리 떠나기로 한 듯했다.

그리고 '붉은 맹세' 멤버들은…….

"무사해서 무엇보다 다행입니다. 하지만 앞으로는 좀 더 실력에 걸맞은 의뢰를 받는 게……."

접수원 아가씨 류테시에게 충고를 들었다.

아무래도 류테시는 '붉은 맹세'가 무사했던 게 '사신의 이상향'과 '불꽃 우정' 덕분이며, 나아가 그들에게 '붉은 맹세'를 소개해서 사람 좋은 두 파티가 참가하도록 한 자신 덕분이라고 생각해서, '이 애들은 내가 구했어!' 하고 여기고 있는 모양이었다.

과연 영군 소대장도, 한 파티만 콕 집어 칭찬할 수는 없었기에 헌터 파티 전체를 칭찬한 것 같았다. 그리고 병사도 당연히 '헌터의 금기' 정도는 알고 있어서 '붉은 맹세'의 실제 행동을 구체적으로 언급하며 칭찬할 수 없었으리라. 그래서 그 칭찬의 말은 베테랑인 두 파티에 대한 것이라고 여기는 것도 당연했다.

""""""아, 아하하…….""""""

그리고 그런 것이 눈에 다 보였기에 쓴웃음 지을 수밖에 없는 '붉은 맹세' 멤버들이었다.

* *

"자, 앞으로 2, 3일 정도는 느긋하게 쉬자."

레나의 말에 고개를 끄덕이는 세 사람.

지방도시라면 네 명의 숙박비와 식사비가 하루에 소금화 3닢이면 충분하다. 그런데 중간에 장사로 금화 7~8닢은 벌어들였으니, 며칠간 푹 쉬는 것은 당연했다. 아무리 다치지 않고 피곤하지 않다고 해도, 여기서 쉬지 않고 연속으로 의뢰를 받는 사람은 오래 살기 힘들다.

게다가 인생을 즐겁고 행복하기 살기 위해서 목숨을 위험에 노출시켜가며 일하고 있는데, 다치거나 죽을 때까지 쉬지 않고 계속 일만 해서 어떻게 하겠는가. 아무리 조기 승격을 노린다고는 하나 그렇게까지 서두르다가는, 부상이나 의뢰 실패로 오히려 더 멀리 돌아가게 될 것이다.

무기 중에 특히 소모품을 쓰는 궁사나 던지는 칼을 쓰는 사람도 없었고, 치유마법 전문가가 둘이나 있어 의약품과 붕대도 필요하지 않았다. 식사는 사냥과 채취로 구한 고기와 채소, 산나물 등이 마일의 수납에 가득했고, 지금은 생선 재고도 상당했다.

'모은 돈은 뭔가 특별한 사정이 없는 한 무의미하게 쓰지 않는다'는 방침인 '붉은 맹세'인데, 그녀들이 벌어들인 것 이상의 돈을 쓰는 것 자체가 일단 말이 안 되었다.

그리하여 아직 제대로 구경도 못한 이 도시에서 느긋하게 돌아다니며 명물 요리를 맛보고 레니에게 줄 선물을 사는 네 사람이었다.

보통 선물은 짐이 되기 때문에 돌아가기 직전에 사는 법인데, 수납마법 그리고 수납마법으로 위장한 아이템 박스가 있는 마일은 아무 상관없었다. 사고 싶은 물건을 발견하면 바로 사면 되었다.

……너무 심하게 편리했다. 초대용량 수납마법과 아이템 박스는…….

* *

그리고 4일 후.

마레인 왕국의 지방도시 마판의 헌터 길드 지부에 '붉은 맹세' 네 소녀가 있었다.

"으~음, 별로 끌리는 게 없네……."

레나가 그렇게 중얼거렸는데, 그건 당연했다.

지방도시에 그럭저럭 '신입 헌터가 두근두근 설렐 법한, 재미있고 보수 좋은 의뢰'가 굴러들어올 리 없었으니까. 만약 있다고 해도, 의뢰 보드에 붙자마자 서로 하려고 치열한 경합이 일어나리라.

세상사 그리 만만하지 않다.

"……어쩔 수 없네. 상시의뢰나 호위의뢰라도 받을까? 상시의뢰라면 이 근방의 마물이랑 소재 분포를 공부할 수도 있고, 호위의뢰라면 지리를 익히고 또 의뢰받은 다른 파티와 친목을 도모할 수도 있고, 그들에게 이 근방의 이야기를 여러 가지로 들을 수도 있겠지. 어쨌든 돈도 벌 수 있고."

메비스의 말에 하루라도 빨리 헌터 등급을 올리고 싶은 레나, 상회 설립의 꿈을 이루기 위해 돈을 모으려 하는 폴린, 그리고 연일 즐겁게 살면 그만인 마일은 고개를 힘차게 끄덕였다.

"……그레데마르까지 왕복 호위의뢰?"

레나가 발견한 것은 귀에 익숙하지 않은 이름의 도시로 향하는 호위의뢰였다.

한 번도 들어본 기억이 없다는 것은 자신들이 온 방향에 없다는 뜻이리라. 그리고 왕복 호위의뢰는 돌아오는 호위의뢰가 나올 때까지 시간을 허비할 필요도 없다. 상단도 바로 돌아오지는 않을 테니, 모르는 도시를 구경할 시간 정도는 있으리라.

문제는 그 그레데마르인지 뭔지 하는 곳이 여기서 얼마나 떨어진 곳인지, 하는 것이었다.

곤란할 때는 접수처에 가서 물어보면 된다.

이제는 익숙한 접수원 아가씨 류테시가 있는 창구로 곧장 향한 '붉은 맹세' 멤버들.

"저기, 여기『그레데마르까지 왕복 호위의뢰』말인데요……."

"허억?!"

왜 그러는지 깜짝 놀라는 접수원 아가씨 류테시.

"당신들, 또 그런 의뢰만……."

""""엥?""""

그렇게 말해도 무슨 의미인지 알 수 없다. 이번에는 '붉은 맹세'가 깜짝 놀라 소리칠 차례였다.

호위의뢰는 C등급 헌터라면 누구나 일반적으로 수주한다. 설령 D등급에서 승급한 지 얼마 되지 않은 헌터라도 말이다.

그래서 수행 여행에 나설 수준이 되는 C등급 헌터라면 받는 게 당연했다.

아니, 자신들의 이동 방향에 맞는 호위의뢰를 적극적으로 찾고, 만약 정원을 다 채워 모집이 끝난 의뢰라고 해도 의뢰비를 깎아서라도 어떻게든 들어가고 싶어 할 정도였다.

당연하다. 한쪽은 동화 한 닢도 생기지 않고, 짐을 짊어지고 걸어서 하는 이동. 또 다른 한쪽은 마차를 탈 수 있고 보수도 따라온다. 호위의뢰 수주 없이 수행 여행만 하는 헌터 따위가 어디 있겠는가. 그런데 왜 그런 말을 들어야 하는 걸까.

"……아아, 당신들은 이 근방에 대해 잘 모르죠? 실례했습니다……. 그레데마르는 여기서 편도로 사흘. 그쪽에서 머무르는 기간이 이틀로, 총 7박 8일 일정이에요. 마을 자체는 안전하고 평온하고 좋은 곳입니다만……."

도시가 아니라 마을이구나, 하고 살짝 놀라는 네 사람.

작은 마을인데 행상인이 아니라 제대로 된 상단이 가는 것은 흔한 일이 아니다. 웬만한 이유가 없는 이상은.

"그곳까지 좀 험준한 산길이 이어지는데 마물이 많고 도적도 출몰해요."

""""이거닷!""""

"……엥?"

보통 도적이 출몰한다는 소리에 기뻐하는 호위는 없다.

접수원 아가씨 류테시와 '붉은 맹세', 서로 "엥?"과 "에엣?!"으로 응수했다. 대화가 좀처럼 진행되지 않았다.

"아무튼 드워프 마을인 그레데마르에, 일용품 판매와 금속 가공제품 구입을 위해 정기적으로상단이 드나들고 있는데, 다른 루트에 비해 위험도가 높아 인기가 별로 없어요. 추가금도 별로 많지 않거든요. 베테랑 파티가 거의 자원봉사 수준으로 받아주는 실정입니다."

"그렇다면 우리한테 제격인 의뢰네!"

"엥……."

레나의 대답에 다시 한번 "엥" 하고 대답하는 접수원 아가씨.

"왜냐하면 저희는 자원봉사 정신이 투철하거든요!"

생긋 웃으며 말을 이어받는 폴린을 보자 접수원 아가씨는 모든 것을 포기하고 이제 될 대로 되라는 심정이었다.

"네네, 처리해드리면 되잖아요, 처리해드리면……."

한편 마일은 몸을 부르르 떨었다.

'드워프……. 드워프! 오예, 드디어 드워프를 만날 수 있어어어!!'

그렇다, 엘프, 수인, 요정, 마족, 고룡 등 다양한 종족을 만난 마일이지만 아직 드워프만큼은 본 적이 없었던 것이다. 아마 찾으면 왕도에도 몇 명쯤은 있겠지만, 그리 쉽게 만날 수 있는 존재가 아니었다. 드워프는 대부분의 시간을 자기 집이나 일터에서 보내니까.

"앗싸, 드디어 올 컴플리트닷!"

""""올 컴플리트?""""

마일이 도통 무슨 소리를 하는 건지 몰라 어리둥절한 표정인 '붉은 맹세' 세 사람과 접수원 아가씨였다…….

*　*

"일단은 이 정도면 될까……."

호위의뢰를 받은 날 밤, 길드 지부로부터 '출발일은 이틀 후로 정했다'라는 연락이 있었고 다음 날 휴식 겸 여행 준비를 위해 개별 행동에 나서기로 한 '붉은 맹세' 멤버들은 각자 시내로 나갔다. 아무리 식량은 마일이 충분히 가지고 있다고 하나 기호품이라든지 시간 때우기용 읽을거리라든지 갈아입을 속옷 등, 7박 8일 일정이면 나름대로 준비가 필요한 법이었다.

보통은 여행하는 동안 너덜너덜해지기 때문에 너무 값비싼 책을 가져가는 사람은 없고, 괜히 짐만 되는 사치품을 지참하는 사람도 없었다. 하지만 '붉은 맹세'에게는 마일이, 그리고 대용량 수납마법이 있다. 그것만 믿고 운송, 보관 걱정 없이 실컷 쇼핑하는 레나 삼인방.

……구제 불능이었다. 예전에, '마일이 없어도 괜찮도록 노력하자'던 맹세는 다 뭐였던 말인가. ……완전히 구제 불능이었다.

한편 마일은 폴린을 본받아, 장사를 한번 해볼 생각이었다. 그래서 생각한 것이 바로 이거다.

"아가씨, 그렇게 사도 정말 괜찮겠어? 죄다 도수 높은 술밖에 없는데? 그리고 도저히 혼자 들 수 있는 양이 아니……."

그렇다, 드워프 하면 술!

전생에 읽은 책을 통해 그렇게 생각한 마일은 술집을 돌아다니며 도수 센 술을 마구 사들였던 것이다. 물론 미리 드워프 마을에 가본 적 있는 사람한테 물어서, 드워프 마을에서도 술은 만들지만 그건 이 도시에 팔고 있는 술 중 비싼 류에 속하지 않는다는 것, 드워프 중에는 도수 강한 술을 좋아하는 자가 많다는 등 사전 조사를 이미 마쳤다.

아니, 물론 드워프뿐 아니라 오락거리가 적고 맛있는 음식도 별로 없는 이 세계에서는 술을 좋아하는 자가 많아도 이상하지 않다. 실제로 같은 종에 속하는 인간도 이 세계에서는 애주가가 현대 일본보다 훨씬 많았다.

하지만 그렇다고 '드워프 중에 술을 좋아하는 자가 많다'는 사실이 달라지는 것은 아니어서, 어쨌든 마일의 생각은 틀리지 않았다.

"괜찮아요. ……수납!"

그리고 순식간에 자취를 감춘, 방금 산 술통과 술항아리.

"……수납 보유자인가! 그것도, 용량이 엄청난데! 부럽구나……."

순간 놀란 후, 진심으로 부러워하는 표정을 짓는 술집 아저씨.

무겁고, 부피가 크고, 운송 중에 깨지거나 내용물이 샐 가능성이 있는 술통과 술항아리.

일반 상인도 부러워하는 수납 보유자이니, 하물며 술집 입장에서는 안전하고 확실하게 운송할 수 있는 수단이 얼마나 부럽겠는가. 이번 마일의 목적도 그것을 이용했다.

경로가 그다지 정비되지 않은 산길. 게다가 마물과 도적이 출몰하는 곳.

그런 길을 지나가야 하는데 무겁고 깨지기 쉬운 용기에 든 술을 대량으로 운반하려고 하지 않는가. 생활필수품도 아니고, 질이 나쁘다고는 하나 가게 될 마을에도 일단은 현지에서 생산되는 술을 말이다.

그리고 판매 가격은 운송에 드는 수고와 일수, 호위 비용 등을 가산하면 상당히 비싸진다. 그래서는 아무리 품질이 뛰어나도, 현지 생산된 것에 비해 경쟁력이 떨어지고 잘 팔리지 않는다.

그래서 술을 상품으로 운송하는 상인은 별로 없다. 마일은 그렇게 판단했던 것이다.

*　*

출발 당일.

상업 길드 앞 광장에 상당히 일찍 도착한 '붉은 맹세' 멤버들.

그밖에도 호위 임무를 받은 파티가 있을 테고, 고용주를 기다리게 할 수는 없다. 말단 신입 C등급 헌터가 가장 먼저 집합 장소에 도착하는 것은 지극히 당연한 일이었다. 그리고 잠시 기다리고 있으니…….

"너, 너희……."

"이 의뢰를 함께 받게 된, 다른 파티, 가……."

찾아온 파티는 이미 잘 알고 있는 '사신의 이상향'과 '불꽃 우정' 이었다.

"류테시 녀석, 굳이 우리 파티 홈까지 찾아와서 『상단이 호위를 모집하지 못해 출발이 미뤄져서 곤혹스러워 하고 있으니까』 하고 말하니 어쩔 수 없이 받아들였건만……."

"우리한테도 왔었어……."

각각의 리더, 울프와 베가스가 한탄했다.

((((아차~…….))))

그 접수원 아가씨가 배려한답시고 그렇게 했다는 것은 잘 알고 있었다.

하지만 달갑지 않은 친절이다. 그리고 휘말린 이 두 파티의 입장에서는 '친절'이라는 글자가 빠진, 그냥 '달갑지 않음'에 지나지 않으리라.

""""미안합니다…….""""

자신들에게는 전혀 책임이 없지만, 머리 숙여 사과해야만 했던 네 사람이었다.

"……아니야, 뭐, 너희 잘못이 아니라는 건 잘 아니까, 너무 마음에 담지 마라. 오히려, 우리가 미안하다, 신경 쓰게 해버려서……."

그렇게 말하는 울프였는데, '붉은 맹세'의 입장에서도 실력자가 모여 있고 '붉은 맹세'에게 이상한 참견을 하지도 않고 성실해 보이는 이 두 파티라면 안심할 수 있었다. 그래서 결코 나쁜 이야기가 아니었다.

"그럼, 이어서 이번에도 잘 부탁드립니다!"

메비스의 인사에 고개를 크게 끄덕이는 두 파티 멤버들이었다.

*　*

그 후 도착한 상인, 마부들과 인사를 나눈 후 상단은 바로 여행길에 올랐다. 날이 밝을 때에만 이동할 수 있기 때문에 이야기는 휴식 시간 아니면 밤에 나누어야 했다. 이동에 쓰이는 시간을 허투루 하는 것은 어리석은 자들이나 하는 짓이다.

상인들은 '붉은 맹세'를 처음 보고, 어린 나이와 여성들로만 이루어진 인원 구성 때문에 살짝 불안한 표정을 지었다. 하지만 그것을 알아차린 울프와 베가스가 장담하자, 이 두 파티와 잘 알고 지내는 사이인 상인들도 안심한 모양새였다.

그리고 공격마법, 치유마법을 쓸 수 있고 마법으로 물도 제공해준다는 점은 상당히 고마운 일이었다. 만일의 사태가 벌어졌을 때 생존 확률이 대폭 올라감을 의미했으니까.

상품 탑재량을 줄여가며 예비 물을 대량으로 저장하는 상인은 없었고, 최소 필요한 양이나 아주 조금 여유로운 양을 저장하는 데에 그치지 않았던 것이다. 산악지대에서 물 보급은 어려우며 말은 많은 양의 물이 필요하다. 그래서 만일의 경우 물이 있느냐 없느냐가 생사를 갈랐다.

지방도시와 마을을 왕복하기만 하는 상단치고는 꽤 대규모였어도 일반적인 시각에서 보면 7대의 마차와 15명의 호위를 거느린 소규모에 지나지 않는, 통상보다 호위 수를 살짝 늘린 상단은 산악부를 향해 계속해서 나아갔다.

선두 마차에는 '사신의 이상향'. 제일 마지막 마차에는 '불꽃 우정'. 그리고 중앙 마차에 '붉은 맹세'. 벽 역할이 앞과 뒤를 견고히 하고 마술사와 기동력이 있을 법한 경전사(輕戰士)가 중앙에 오면 옆에서 들어오는 공격에 대비함과 동시에 앞뒤 양쪽으로 신속하게 지원에 나설 수 있다. 누구나 생각할 법한 포진이었고, 그것은 다시 말해 누구나 납득할 수 있는 윤리적인 배치였다.

각각의 파티는 절반이 마차에 타고 나머지 절반은 걸어서 이동했다. 호위의 존재를 알려 도적과 지능 있는 마물의 습격을 예방하는 의미도 있고, 모두를 마차에 태우면 상품 탑재 공간이 줄어든다는, 두 가지 이유 때문이었다.

상품을 가득 실은 짐마차의 속도는 승합 마차보다 훨씬 느렸다. 그 무게와 상품의 파손을 막기 위해. 그래서 일반적인 속도로 걷는 헌터라면 따라 걷는 데 아무런 지장도 없었다. 승차조와 적절히 교대하기 때문에 더욱 그랬다.

*　*

"여러부운~, 슬슬 점심식사도 할 겸 긴 휴식에 들어가겠습니다~!"

7대의 짐마차를 이끄는 이 상단 운용 리더인 상인이 말이 놀라지 않을 정도의 목소리로 앞뒤 마차에 소리쳤다. 이 상단에 참여

한 세 명의 상인들을 통솔하는 역할로, 중앙 마차 마부를 맡고 있었다.

이 상인이 말하기를 "내가 있는데 굳이 마부를 고용하는 건 경비 낭비야! 어리석은 짓이라고! 응당 상인이라면 직접 마차를 몰 줄 알아야지! 그리고 아무리 지금은 위세가 좋아도 몰락했을 때에 대비해 짐마차 한 대로 행상에 나서는 연습을 안 하면 어쩔 건데! 짐마차를 스스로 몰 줄 모르면, 얼마 되지도 않는 짐을 등에 짊어지고 일일이 걸어 다니며 장사할 수밖에 없다고!"라는 것이다.

그런 상인과 함께 다녀서인지 다른 두 상인도 직접 채찍을 쥐고 있었다. 그래서 고용된 마부는 세 사람 뿐이고, 나머지 한 사람은 리더의 가게 직원이었다.

참고로 상단의 행동 자체는 운용 리더인 고용주 측이 결정하지만, 도적이나 마물과의 전투 및 항복, 도주 등에 대해서는 호위 리더인 울프가 판단을 내리게 된다. 짐 투기에 대해서는 운용 리더의 판단에 따르는데, 호위 리더의 투기 권고를 거부했을 경우 호위 리더가 고를 수 있는 선택지 중에서 '도주'는 사라지고 '항복'만 있을 뿐이었다.

그 경우 헌터는 가지고 있던 돈과 무기를 빼앗기는 선에서 끝나지만, 상인은 포로가 되어 몸값을 요구받을 가능성이 있었다.

항복한 사람은 웬만해서는 살해당하지 않는다. 그랬다간 이후 이 지역에서 도적에게 항복하는 자가 없어져 도적 측에 괜한 피해만 늘어날 뿐이다. 그리고 조기에 대규모 토벌대가 꾸려지기 때문에 서로 득 될 것이 하나도 없었다.

아직 도시에서 별로 멀어지지 않았기 때문에 길도 그리 험하지 않았다. 그 길에서 조금 벗어나 공터에 마차를 세우고 간단한 점심 준비에 들어가는 상인들.

이번 의뢰는 이동 중 식사와 음료를 고용주 측이 제공하도록 되어 있었다. 헌터들이 각자 식량과 물을 준비해 짊어지고 걷기도 힘들었고, 따로 식사 준비를 하는 것 역시 힘들었다. 그래서 지나치게 조건 나쁜 계약이나 영세 상인에게 고용된 것이 아닌 이상, 상인 측에서 식사를 준비하는 것이 일반적이었다.

다만 익숙한 휴대식, 즉 딱딱한 빵과 육포 조각, 말린 채소 부스러기와 고형 수프를 뜨거운 물에 녹인 이른바 '3종 신기(神器)'에, 만약 말린 과일이라도 넣으면 진수성찬이었는데.

그렇게 상인과 마부들이 함께 뜨거운 물을 끓이려고 간이 솥을 준비하는 것을 곁눈질하며 '사신의 이상향'과 '불꽃 우정' 멤버들은 기대에 찬 눈으로 마일 일행을 쳐다보았다.

"아~, 처음에는 상인 분들이 주시는 걸 먹도록 하죠. 모처럼 준비해주고 계시니까. 저녁에는 뭔가를 준비할게요."

그리고 마일의 말에 실망해 어깨를 떨구었다…….

* *

첫날은 아무 일 없이 종료되었다. 아직 도시가 가까웠고, 도적과 마물이 설치는 지역은 아니었다.

"그럼 여기서 야영합시다."

상인들은 몇 번이나 이 길을 왕복했기 때문에 휴식과 야영할 장소는 매번 정해져 있는 모양이었다. 날씨와 마차 고장, 습격, 기타 등등 때문에 예정이 대폭 흐트러지지 않는 이상은.

그리하여 가도에서 벗어나 마차로 에워싼 공간을 만들었다. 밤사이에 공격당할 경우에 대비해, 마차를 방패막이로 삼은 것이다. 어둠 속에서 마차를 달리게 하는 것은 너무도 무모한 행동이었고, 상품을 가득 실은 마차로는 도적과 마물로부터 달아나기도 어려웠다. 마차를 버리고 말에 올라타는 것 역시 상인으로서는 어려우리라.

결국 격퇴하거나 항복할 수밖에 없었다.

하지만 항복은 상대가 마물이 아니라 도적일 때에만 가능한 이야기였다.

상대가 마물일 경우에는.

……그때는 자신들이 고용한 호위의 힘을 믿는 수밖에 없다.

"저기, 잠깐 여기에서 벗어나도 될까요?"

여느 때처럼 마일이 상인들에게 승낙을 구했다.

잠깐 화장실에 다녀오는 정도라면 일일이 허락받을 필요가 없다. 마일은 화장실이 아니라 조금 멀리 가려는 것이었는데, 이런 곳에서 너무 멀리 갈 리도 없었기 때문에 크게 문제될 것 없었다. 상인은 흔쾌히 허락했고, '사신의 이상향'과 '불꽃 우정' 멤버들의 눈은 기대로 반짝였다.

마일이 출발한 후 레나가 상인들에게 알렸다.

"우리는 저녁 준비 안 해줘도 돼."

어리둥절한 표정을 짓는 상인들에게 나머지 두 파티의 헌터들도 잇달아 입을 모았다.

"나도."

"나도야."

"우리도……."

""""뭐어어어어?!""""

저녁을 굶고 어쩌려는 것인가.

놀라면서도, 들은 대로 자신들 몫만 준비하기 시작하는 상인들이었다.

그리고 잠시 후.

"다녀왔습니다~."

돌아온 마일은 빈손이었다. 하지만 그 표정을 본 헌터들은 실망하지 않았다.

"그럼, 꺼낼게요."

예상대로 수납에서 사냥물을 꺼내는 마일.

사슴.

감같이 생긴 과일.

그리고 많이 보던 물통. 내용물은 과즙이었고, 옆에 놓인 볼에는 마법으로 만든 얼음이 들어 있었다.

그것을 보고 슬금슬금 품에서 돈주머니를 꺼내는 헌터들.

"아, 고용된 근무 시간에 잡은 건 돈 안 받아요. 값을 치를 것은 미리 산 과일로 만든 과즙이랑 소스, 소금, 향신료 같은 조미료뿐이에요. 과즙은 한 잔에 소은화 2닢, 양념이랑 조미료는 파격 서비스로 무려 소은화 5닢에 이 임무 기간 중에는 무한 사용 가능합니다!"

아무리 그래도 8일 중 마을에 머무를 이틀을 제외한 6일간 계속 대량의 소은화를 지불하게 하는 것은 좀 그랬다. 지난번에 이어 '붉은 맹세'를 위해 돈을 받았지만, 그러면 너무 가엽다. 그래서 특별 서비스를 해주기로 한 마일 일행이었다.

"오오, 정말이냐!"

"과, 과연, 납득이 가는 설명이다. 그럼, 미안하지만, 기꺼이 그렇게!"

아니, 중견 헌터인 그들에게 그 정도 돈이 없을 리는 없었다. 그리 큰 금액도 아니니까. 하지만 스테이크 하나 먹을 때마다 소은화를 건네는 것이 왠지 패배감이랄까, 당한 기분이랄까, 분했던 것이다. 맛있지만! 기쁘지만! 고맙지만!

그런데 음료와 조미료 이외에는 무료, 심지어 조미료는 무한 리필이라고 하니 앞뒤 가릴 때가 아니었다.

'먹어주겠어. 실컷 먹어주겠어!'

헌터들은 완전히 돌변했다.

그리고 마일이 꺼낸 솥을 능숙하게 세팅하는 레나와, 마일이 사냥하는 사이에 찾아놓은 나뭇가지들을 순식간에 장작으로 만들고 이어서 사슴 해체 작업에 들어가는 메비스. 그것을 도와 고기를 적당한 크기로 써는 폴린 마일은 수납에서 식기며 조미료며 양념 등을 꺼내, 제일 처음에 꺼내 설치한 테이블 위에 늘어놓았다.

그리고 그 모습을 아연하게 바라보는 상인과 고용된 마부들.

"""""""""""""……………"""""""""""""

"수, 수납……, 인가요……."

상인 중 하나가 자신 없는 목소리로 마일에게 물었다.

아니, 방금 보았듯이 수납이 아니면 그게 무엇이란 말인가 싶지만, 그 상인이 그런 태도로 나와도 무리 없을 만큼 마일의 수납 마법의 용량은 엄청났다.

사슴. 어린 사슴도 아니고, 대형 성체였다. 그리고 테이블, 의자, 솥, 조리기구와 식기, 물통, 기타 등등. 그리고 결정적으로 마일 일행의 뒤에 있는, 여러 가지 면에서 보강되어 이미 설치를 마친 대형 텐트.

'붉은 맹세'는 공격마법, 치유마법을 쓸 수 있고 마법으로 물도 제공할 수 있다는 것만 들었던 상인들은 '붉은 맹세' 멤버들이 각자 몸에 찬 장비를 보고 마술사가 둘이라고 생각했다. 그리고 전위 검사가 두 명이라고 말이다.

세 파티 모두 서로의 싸움 방식은 지난번 공동 임무를 통해 알고 있었기 때문에 서로의 특기와 방식을 가르쳐줄 필요가 없었다. 그래서 상인들은 알 기회가 없었던 것이다. 또 전투 능력과는 상관없는 부분이어서 마일은 수납에 대해 일일이 상인들에게 설명하지도 않았었다.

"아, 네. 이래저래 편해서……."

편하겠지. 될 수만 있다면 그 먹음직스러워 보이는 목덜미를 콱 물어 그 능력을 쪽쪽 빨아 마시고 싶다! 그러한 생각을 억누를 수 없는 상인들이었다…….

"자, 여러분도 오세요!"

마일이 권하자 막 굽기 시작한 사슴고기와 폴린이 솥에 끓이고 있는 '고형 수프를 뜨거운 물에 녹인 것'이 아니라 재료가 듬뿍 들어간 진짜 스프를 보고, 그다음에는 뒤돌아 휴대식인 딱딱한 빵과 육포를 담은 자신들의 간이 테이블을 보는 상인과 마부들.

그리고 모두의 목소리가 겹쳐졌다.

""""""잘 먹겠습니다!""""""

그 후 상인들의 마일 영입 대결을 겨우 피해, 이번에는 반대로 상단이 옮기는 짐에 대해 마일이 질문에 나섰다.

마일이 예상하고 도시에서 어느 정도 청취 조사를 한 정보대로, 아무래도 수송 면에서 단점이 많은 주류는 상품으로는 옮기지 않는 듯했고, 촌장과 실력 좋은 대장장이의 비위를 맞춰주기 위한 선물용이 조금 쌓여 있을 뿐인 모양이었다.

'좋았어, 빙고!'

비위 맞추기 용 물건으로 선택되었다는 건 마을에서는 술, 그것도 고급 술의 가치가 높다는 뜻이다. 그리고 마을에는 그것에 필적하는 물품이 없다. 이제 남은 문제는 값을 어떻게 정할까 하는 것뿐이었다.

“저기, 선물용이라면 얼마 정도 하나요?”

모르는 건 전문가에게 물어보면 된다.

“음, 한 병에 은화 3닢 정도 하는 와인이랑 은화 8닢짜리 증류주예요. 아무래도 너무 비싼 건……. 그 마을은 와인을 만들지 않으니까 와인은 좀 싼 것도 괜찮은데, 증류주는 좀 좋은 것으로 줘야.”

‘음, 나와 똑같은 판단이군. 그리고 무료로 주는 게 아닌 나는 그것보다 더 비싼 걸 준비했어. 그게 더 이윤이 많이 남으니까 당연하지…….’

마일은 상리(商利)를, 아니, 승리를 확신했다.

*　　*

도적은 갈 때 잘 등장하는 법이다.

가는 길에는 마을에 팔기 위한 기호품과 일용품이 가득 실려 있는 데다가 물건을 사들이기 위한 현금도 두둑하다. 그와 비교해 돌아오는 길에는 사들인 금속제품이 쌓여 있는데, 그 짐은 가도를 벗어나서 이동하기 위해 마차를 쓰지 않는 도적들로서는 옮기기도 힘들고 돈으로 바꾸기에도 근처에서 팔면 바로 덜미가 잡히고, 설령 도난품이라는 걸 알고도 사들이는 자가 있다고 하더라도 최대한 값을 후려치기 때문에 돈벌이가 되지 않는다.

게다가 매입에 필요한 돈도 없고, 산더미처럼 실어온 상품을 판 돈마저 매입하는 데 다 들어가서 현금은 거의 바닥난 상태이다. 그러니 돌아오는 길을 노릴 자가 있을 리 없었다.

마물들조차 조금 지능이 있는 것은 가는 길, 즉 낮은 쪽에서 높은 쪽으로 진행하는 마차 쪽이 인간 이외에 먹거리도 있어 더 이익이라고 생각했다.

……그리고, 덮쳐왔다. 예상대로였다.

피이이이이~!

전방에서 들려오는 손가락 피리 소리에, 모든 마차가 멈추고 중앙 마차에서 휴식 중이던 마을과 폴린이 뛰어나왔다. 그렇다, 적이 습격했다는 신호였다. 선두 마차와 최후미 마차에서도 다른 파티의 휴식조들이 달려 나왔다.

그리고 호위들이 마차에서 나와 모두에게 소리가 들리려는 타이밍에 이번에는 외치는 소리가 들려왔다.

"습격! 전방에 오거 넷!"

앞을 지키고 있던 것은 '사신의 이상향' 다섯 멤버였다.

C등급 헌터치고 실력파였지만, 어디까지나 'C등급 중간보다 살짝 위' 수준에 불과했다. 다섯 명에 오거 네 마리는 무척 힘겨운 상황이었다. 곧바로 전방을 향해 달려가는 '붉은 맹세' 네 사람.

그에 대응해 최후미에 있는 '불꽃 우정'의 여섯 멤버는 두 명만 남고 나머지 네 명 중 둘은 대열 중앙부의 좌우를 맡았으며, 두 명은 힘을 보태기 위해 선두로 달렸다. 그들은 프로 호위여서, 모든 병력을 전방의 적에게 쏟아 부어 무방비상태가 된 후방과 측면의 기습 공격을 허락하는 바보가 아니었다.

그리고 아무리 상대가 오거 네 마리라고는 하나 C등급 헌터가

11명이나 있으면 문제될 것 없다. 그렇게 생각했는데…….

"후방에 오거 셋!"

최후미에 남은 '불꽃 우정'의 두 멤버로부터 다급한 외침이 들렸다.

아무래도 오거인 주제에 앞뒤 협공 작전을 펼친 모양이다. 하지만 시간차로 전력을 앞쪽으로 치우치게 한 다음 뒤에서 모습을 드러낸 것은 아마 의도한 게 아니라 그저 우연에 불과했으리라.

"불꽃, 전원 뒤로!"

'사신의 이상향' 리더 울프의 지시에 따라 중앙과 앞쪽에 와 있던 '불꽃 우정' 네 사람이 급히 뒤로 돌아갔다. 이제 전방은 오거 네 마리에 사람 9명, 후방은 오거 세 마리에 사람 6명. 언뜻 봐서는 앞뒤 전력 배분이 골고루 된 것 같은데…….

"저도 뒤로!"

"좋아, 가랏!"

마일의 요청에 울프가 즉시 허락했다. 마일과 마찬가지로 울프도 인원수와는 별개로 순전히 전력 면에서는 후방 팀이 약하다고 판단했으리라. 마일은 재빨리 후방으로 향했다.

그 직후, 앞뒤 거의 동시에 전투가 시작되었다.

"플레어!"

마술사가 접근전이 시작될 때까지 기다려줄 리는 없다. 주문 영창은 달려갈 때 이미 끝마쳤다. 그리고 적과 아군이 뒤섞여 혼전이 뒤기 전에, 폴린이 전체 공격마법인 '플레어'를 쏘았다.

불꽃이 적 전체를 휘감았는데, 공격 범위가 넓은 대신 위력이 떨어지는 전체 공격마법으로는 강건한 오거를 쓰러트릴 수 없었다.

하지만 그것은 처음부터 계획에 들어 있었다. 쓰러트리지 않아도 오거의 돌진 기세를 꺾고 대미지만 줄 수 있다면 그것으로 족했다. 딱히 전력은 폴린만 있는 게 아니니까.

그리고…….

"염탄!"

쿵!

폭염과 함께 오거 한 마리가 내려앉았다. 레나의 공격마법이었다.

표적으로 삼았던 오거가 쓰러졌기 때문에 메비스는 그 옆에 있는, 울프가 노리는 사냥감과 정면으로 대치했다. 나머지 두 마리는 '사신의 이상향'의 나머지 네 사람이 둘씩 나누어 정면으로 마주 보았다.

다리가 멈춘 오거. 두 명당 한 마리가 총 세 조.

C등급 하위 헌터라면 상당히 위험한 상황이었지만, 그들은 별로 대수롭지 않았다. 그리고 물론 레나와 폴린은 다음 마법 영창을 하고 있었는데, 그건 만일의 사태에 대비해 홀드해두고 나머지는 전위직 검사들에게 맡길 예정이었다. 공훈을 혼자 너무 독점하는 것은 옳지 않으니까.

한편 후방에서는 중앙에 있던 두 사람밖에 제때 원호해주지 않아, 네 명 대 세 마리의 싸움이 시작되었다.

'사신의 이상향'보다 조금 실력이 부족한 '불꽃 우정'이, 멤버의 3분의 1이 빠진 상태로 오거 세 마리를 상대하는 것은 상당히 위험하달까, 부상자가 나오지 않고는 끝날 상황이 아니었다. 그것을 잘 알았기 때문에 필사적으로 달려간 나머지 두 사람이었는데, 아무래도 늦을 것 같았다.

동료가 적어도 후유증 없이 회복 가능할 정도의 부상으로 다치기를 바라며 달리는 '불꽃 우정' 두 멤버의 옆을 슝, 하고 뭔가가 빠르게 스쳐 지나갔다. 그리고 마차와 상인들을 보호하려고 필사적으로 검을 휘둘러 오거를 막아 세우는 네 사람의 뒤에서 크게 도약해서 데굴데굴 회전하면서 네 사람 그리고 오거 세 마리를 뛰어넘어, 오거의 뒤쪽에 착지하는 체구 작은 소녀.

그리고 검을 뽑아 들고 반응이 늦은 오거를 뒤에서 베었다.

오거의 앞뒤를 막은 형태로 5 대 2. 그리고 바로 7 대 2가 되자 이제 오거에게 승산은 없었다. 그 후 곧 모든 오거가 땅에 쓰러졌다.

'불꽃 우정'은 마일이 뛰어가기 전에 몹시 위험한 상태에 빠졌던 모양인지, 한 명이 왼팔에 열상, 다른 한 명이 옆구리에 타박상을 입은 상태였는데, 아마 겁을 먹었으리라.

마일이 바로 치유마법을 걸어줄 수도 있었지만, 일단 '붉은 맹세'에서는 폴린이 치유마법을 맡고 있다. 그리 서두를 일도 아니었기에 지금은 폴린이 나설 기회를 빼앗으면 안 된다고 여긴 마일.

그렇다, 마일도 조금은 '남에 대한 배려'와 '눈치'를 배워가고 있었다. 아주 조금이지만…….

후방에서의 전투가 끝났을 때는 전방 싸움이 이미 끝난 지 오래였다. 레나가 한 마리를 줄여서 세 마리가 되었고, 그것도 폴린의 마법 때문에 약해져서 페이스가 흐트러진 오거 따위 메비스를 포함한 여섯 명의 전위를 상대로는 조금도 버티지 못했다.

*　*

호위, 상인, 그리고 마부들까지 포함해서 모두 중앙 마차에 모였다. 이상이 있는지 확인하고 앞으로 어떻게 할지 논의하기 위해서였다.

"그럼 부상자는 『불꽃 맹세』의 두 사람뿐이네요. 치유마법을 걸 테니 힘을 빼고 편한 기분으로……."

그리고 폴린의 치유마법으로 흔적도 없이 말끔하게 나은 팔을 보고 깜짝 놀라는 상인과 마부들.

옆구리 타박상 쪽은 겉으로 봐서는 티 나지 않았기 때문에, 별로 놀랄 일도 없었다. 사실은 심각해 보이는 외상보다 뼈나 망가진 근육조직, 찢어진 혈관 등을 완전히 회복시키는 쪽이, 이세계의 일반적인 치유 마법사들에게는 난도가 높았지만.

……눈에 보이지 않는 부분은 이미지화하기 어렵다. 특히 인체 구조를 모르는 사람들은 더욱. 하지만 마일에게 배운 폴린에게는 별로 어려운 일이 아니었다. 그런 것이었다.

"일단 오거는 가져가요. 이 근방은 상시의뢰 구축 대상 구역이 아니고, 기근이 아닌 한 고기도 딱히 먹고 싶은 생각이 들지 않겠지만, 가죽과 이빨은 방어구 일부에 쓰인다고 하니까 어쩌면 드워프 분들이 사줄지도 몰라요."

"그래, 그리고 가도로 나오는 오거를 토벌했다고 하면 마을 사람들이 고맙게 생각할 테고 우리의 실력을 증명하는 것도 되지. 도중에 도적이나 마물의 공격을 받아, 모처럼 만든 작품을 못 쓰게 된다거나 인간형 마물들의 손에 넘어갈 걱정이 없어졌다는 걸 알면, 자신 있게 만든 작품을 주기 아까워할 걱정이 사라지니까 말이야."

그렇게 말하며 마일의 말에 찬성하는 울프 일행.

"엥? 하지만 짐마차가 꽉 찼……, 아아, 수납마법이 있죠……?"

그 커다란 텐트를 '일일이 분해 및 조립하는 게 귀찮아서'라는 이유 하나만으로, 설치된 상태, 즉 내용물이 거의 공간뿐인데 막대한 부피에 괜한 마력을 쓰는 상태로 수납해두었으니, 용량에는 아직 충분한 여유가 있을 터였다. 그 정도도 추리하지 못하는 자는 가게를 소유한 상인이 될 수 없다.

만약 자신도 그 수납마법을 구사할 수 있다면. 혹은 이 소녀를 종업원으로 고용한다면. 아니아니, 자신의 아내로. 첩으로. 내연녀로…….

그렇게 생각하자 절대 이루어질 수 없는 꿈이라는 걸 알면서도 온갖 장밋빛 미래가 연달아 뇌리를 스치고 지나가는 상인들.

꿈꾸는 거야 자유다. 누가 뭐라고 할 일이 아니다.

그 시선에 담긴 막대한 열량에 마일은 등골이 서늘해지는 감각에 휩싸였다…….

제66장 드워프 마을

"보입니다! 그레데마르 마을입니다!"

나흘째 되던 아침, 상단 선두인 데다가 시점이 높은 위치에 있는 1번 마차 마부가 뒤에 있는 사람들을 향해 소리쳤다.

선두에 있는 1번 마차 마부는 상인이 아니라 고용된 프로 마부였다. 선두가 가장 많은 기량이 필요하고, 힘든 역할이라는 건 어느 업계나 마찬가지다.

이번에는 딱 한 번 오거의 습격을 받았을 뿐……, 아니, 한 번으로 충분하지만. 만약 호위가 조금 더 적었으면, 혹은 C등급을 밑도는 파티가 섞여 있었더라면, 호위 중 사망자나 중상자가 나오는 문제가 아니라 아예 상단 자체가 크나큰 손해를 입었을 가능성도 있었다.

7마리 오거의 공격을 받았다는 것은 결코 '흔한 일'이 아니었다.

아무튼, 무사히 그레데마르 마을에 도착했다.

해 뜰 무렵에 도착한 이유는 간밤에 마을 바로 근처에서 야영했기 때문이다. 저녁에 도착하면 마을에 민폐가 되고, 괜히 돈만 들 뿐이라는 상인들의 판단으로 그렇게 한 것인데, 되도록이면 도시나 마을에 숙박하고 싶은 헌터들의 상식에서는 살짝 위화감이 들었다.

무슨 말인지 이해는 되지만, 그렇다면 마을 구석 공터라거나 광장 같은 데서 야영하면 될 일 아닌가. 물만 얻어도 쾌적도가 크게 달라지는데 말이다. 그렇게 생각하는 '붉은 맹세'였는데, 다른 두 파티는 매번 있는 일인지 별로 의문스럽게 여기지 않는 모양새였다.

"어라, 벌써 그런 시기가 되었나. 상단 여러분, 우리 그레데마르 마을이 오신 것을 환영해요!"

마을 조금 앞에서 열 살 전후로 보이는 여자아이를 만났다.

'오오, 첫 드워프! 살짝 통통한 것이 귀여워……, 앗, 속으면 안 돼! 유아 체형인 어린이처럼 보이지만 알고 보면 애 셋 달린 아줌마인 게 틀림없어! 말투가 어른스러우니까 틀림없다고!'

그렇게 꿰뚫어본 마일이 소녀 같은 여자 드워프에게 말을 걸었다.

"저기, 저희 파티는 여기에 온 게 처음이어서……. 잘 부탁드려요. ……그런데, 실례인 줄은 알지만 나이가 어떻게 되시죠?"

"""아차~……."""

직구 중의 직구. 아니, 보크 아니면 빈볼이었다. 마일의 너무 심한 질문에 어이없어하는 사람들.

"정말, 네 입으로 말한 것처럼 예의라고는 없는 애구나……. 뭐, 상관없으려나. 나, 10살이야!"

""""""""그대로였냐!""""""""

'더블 트릭! 애처럼 보이지만 사실은 아줌마겠지 하고 생각했는데 사실은 애. 드워프, 무서운 아이!'

마일, 일단 1패였다. ……무슨 싸움인지는 잘 모르겠지만.

드워프 소녀는 수염이 있거나 하지는 않았다. 그리고 그렇게 극단적으로 땅딸한 체형이 아니었고 이 나잇대 인간종 여성치고는 10살 아이 평균인 144센티미터보다 살짝 작은 키에, 약간 동글동글하달까, 통통한 체형일 뿐이었다.

아무래도 키가 한계에 도달하는 시점이 이를 뿐이고, 어릴 때 키는 인간과 별로 다르지 않은 모양이었다. 엘프와 같은 패턴이다.

만약 마일이 예전에 한 추측대로 마일의 키가 인간, 엘프, 드워프의 각각의 평균치를 다시 평균화한 것이라면 드워프의 특징 대부분이 키 크고 스마트한 엘프의 체형과 상쇄되면서 체구가 조금 아담한 인간종 여자아이 정도가 된 것은 행운이었다. 서로 그 특징을 증폭시키는 결과를 낳은 '가슴' 부분만 제외하면…….

드워프 소녀와 헤어진 상단은 마을 중앙부에 있는 광장으로 향했다. 우선 싣고 온 상품을 파는 게 급선무였다. 그리고 저녁 식사는 마을 사람으로부터 사들인 신선한 식재료로 요리해 먹을 예정이었다. 낮에는 시간이 없어서 휴대식.

산속 외딴 마을에 여행객이 찾아오는 일은 흔하지 않았기 때문에, 여인숙 따위는 당연히 없었다. 그리고 작은 식당이랄까 술집이 하나 있었는데, 갑자기 20명이 넘는 손님이 들이닥치면 가게가 멀쩡히 돌아갈 리 없다. 음식을 내려면 그만큼의 재료를 미리 사둬야 하니까.

그래서 식사를 준비할 시간을 미리 줘야 했다.

그렇다면 야영 때와 마찬가지로 마일의 수납에 든 식재료를 쓰

자고 생각한 '붉은 맹세'였는데, 그건 그거고 '마을에 돈을 쓰는' 서비스도 필요했기 때문에 지금까지 산 식재료를 이번에는 사주지 않으면 또 여러 가지로 지장이 생기는 모양이었다.

그리 크지 않은 마을이라 사냥꾼과 정육점 주인, 식재상 등은 대장장이라든가 촌장 등 여러 사람들과 친척이거나 친구 사이였다. 여러 가지로, 성가시다…….

상인 리더가 촌장에게 인사하러 간 사이에 다른 상인들은 광장에 마차를 세운 후 짐을 내리고 노천 장터를 만들었다.

"어라? 마일, 뭐 하는 거야?"

갑자기 긴 책상을 꺼내고 그 위에 병과 항아리 등을 늘어놓기 시작하는 마일을 보고 폴린이 이상하다는 표정으로 물었다. 마일의 뒤에는 약간 큰 술병도 놓여 있었다.

"아, 드워프 여러분이 기뻐하실 거란 생각에 술을 좀 팔려고 가져왔거든요. 좀 질 좋고 도수 높은 것으로……."

웅성

좋은 상품을 제일 먼저 사려고 상인들이 준비하는 모습을 지켜보던 드워프들이 술렁이기 시작했다.

"질 좋은 술, 이라고……."

"굳이 여기까지 가져 왔으니, 싸구려 술이면 의미가 없겠지. 기대해도 될까?"

작은 체구에 땅딸막하고 수염을 기른, 누가 봐도 '네, 동화에 등장하는 그 드워프가 맞습니다!' 할 것 같은 사람들이 떼 지어 모여들었다.

“네, 물론이에요! 으~음, 조금 시음하게 해드릴까요. 하지만 한 병밖에 없어서요. 여러분께 제공해드리면 시음만 하다가 동이 날 거 같은데!”

마일이 그렇게 말하자 그렇겠지, 하고 쓴웃음 짓는 드워프들.

결국, 드워프들이 신뢰하는 듯한 여덟 명의 대표자가 선발되었고, 시음용으로 와인 세 종류, 증류주 다섯 종류가 한 병씩 나왔다. 증류주는 보리와 옥수수로 만든 위스키와 과일로 만든 브랜디였다. 사탕수수나 당밀은 너무 비싸 럼주는 별로 나돌지 않았다.

대표들은 각각 그중에 한 병씩 받아들고, 쭉 늘어서 있는 드워프들에게 조금씩 따라 마시게 했다. 물론 본인이 제일 처음 마시고. 컵은 하나로 돌렸다. 그런 것을 신경 쓰는 드워프는 아무도 없었다.

“““““““““““…………”””””””””””

냄새를 맡고, 입에 살짝 머금어 혀로 돌려가며 맛본 후 삼켰다. 황홀한 표정으로.

‘……켁, 기분 나빠.’

마일이 그렇게 생각한 것도 무리가 아니다. 수염 난 아저씨들의 황홀경에 젖은 얼굴은 과연 징글맞았다.

“줘! 전부, 하나씩!”

“난 와인 빼고 두 병씩!”

“잠깐! 다른 녀석들의 시음이 아직 다 안 끝났으니까 선수 치지 말라고!”

"집에 가서 돈 가져올게. 세 병씩 챙겨놔 줘. 알겠지? 다 팔지 마, 절대로!"

다른 사람들 때문에 먼저 동이 나면 큰일이라며 얼른 사려는 자. 가진 돈이 부족했는지 허둥지둥 돈을 가지러 집에 돌아가는 자. 그리고 시음을 마친 사람들의 행동을 보고는, 시음도 하지 않고 바로 사는 자.

"대성황이네요……. 뭐 하긴, 원래 도시에서 파는 것의 두 배 가격에 살 수 있으니 무리도 아니겠지만요……."

마일의 장터가 문전성시를 이루자 어이없는 표정을 짓는 상인들.

지금은 손님이 마일 쪽에 몰려들고 있지만, 일용품과 소금, 기호품 등도 사야 할 테니, 차분하게 기다리고 있으면 자신들의 물건도 팔릴 것이다. 그래서 상인들은 딱히 곤란하지 않았다.

다만 어이없을 뿐이었다. '말도 안 되는 용량의 수납마법'의 너무 심한 반칙에. 그리고 도시에서 파는 가격의 고작 두 배밖에 되지 않는, 굉장히 싼 가격에.

왕복과 체류일수를 합하면 8일간. 15명의 호위와 7명의 상인과 마부. 총 176일이라는 계산이 나온다. 위험수당까지 합해 평균 일당이 하루에 소금화 2닢이므로, 총 352닢. 일본 엔으로 환산하면 352만 엔.

게다가 마차와 말의 감가상각, 상점의 필요 경비와 이익 등을 생각하면 소금화 600닢은 족히 든다.

그리고 그것은 판매금액이 아니라 '매상 총이익', 즉 판 가격에서 매입 가격을 뺀 순이익이었다.

또 마물이나 도적의 습격에 대비해, 그만큼의 추가 이익도 내두어야 한다. 무사히 달아난 경우에도 그 과정이 너무 거칠어 말과 마차, 그리고 상품이 망가질 수도 있다.

그런데 살아가는 데 꼭 필요한 물품도 아닌데 무겁고 깨지기 쉬운, 위험성 높은 상품인 술을 고작 두 배의 가격에 팔다니. 그게 없는 한 절대 불가능했다.

아무리 이 상단의 주력 상품이 돌아가는 길에 가져갈 철제 물품이라고는 하나, 그런 모험이 가능할 리 없었다.

((((((말도 안 되는 용량의, 수납마법……))))))

부러움의 극치. 그리고 자신들은 절대 손에 넣을 수 없는 그림의 떡에, 한숨을 흘릴 수밖에 없는 상인들이었다.

"……그래서, 마일, 파티 예산은 얼마 정도 이득일 것 같아?"

생긋 미소 짓는 폴린. 하지만…….

"엥? 이건 제가 자유 시간에 사들여서, 자유 시간에 판, 이번에 다 함께 수주한 의뢰와는 전혀 상관없는, 개인적인 활동……, 히익!"

생긋 미소 짓는 폴린. 하지만 불과 몇 초 전과는, 흐르는 분위기가 180도 달랐다.

"……그래서, 마일, 파티 예산은 얼마 정도 이득일 것 같아?"

"어, 어버, 어버버……."

폴린의 온몸에서 뿜어져 나오는 사악한 기운에 얼굴이 창백해진 마일.

"……고생이 많군, 아가씨도……."

수납마법을 쓸 수 있는 마일을 부러운 눈빛으로 보던 상인들도 불쌍하다는 얼굴로 바뀌었다.

"폴린, 그건 좀……."

"저번 건 의뢰인인 상인의 짐이었고 상단, 그러니까 인원이랑 짐 호위 의뢰였으니까, 마일도 처음부터 『의뢰의 일부』라고 생각한 거잖아? 이번 건 좀 다르지. 폴린도 잘 알잖아?"

"으으윽……."

메비스와 레나에게 한 소리 듣고 분한 표정을 짓는 폴린.

마일은 폴린과 달리 별로 돈이 집착하지 않았는데, 아무리 동료라고는 하나, 아니 동료이기 때문에 더욱 돈에 관해서는 정확히 해두고 싶었다. 돈이 원인이어서 망가진 우정 이야기 따위는 어디에나 있다.

돈은 은행 말고 다른 데서 빌려서는 안 된다. 그리고 더 중요한 사실은 돈은 은행 이외에는 빌려주거나 맡겨서는 안 된다, 는 것이다.

또, 설령 협박당한다고 해도 이유 없이는 돈을 내지 않는다. 한 번 주면 영원히 달라붙을 것이다.

그건 전생에서 아버지가, 자신과 여동생에게 수도 없이 일러주었던 이야기이며, 설령 다시 태어난 후라고 해도 그 가르침은 계속 마음에 새겨둘 생각인 마일이었다.

여하튼 마일은 계속해서 술을 팔았다. 아무리 팔아도 재고가 줄지 않는다는 사실을 알아차린 드워프들은 처음에는 다른 사람을 배려해서 몇 병씩만 샀지만, 점점 추가 구매가 늘기 시작했다.

돈이 떨어진 사람은 집으로 달려갔다. 그리고…….

"다 팔았다아아아~~!"

마침내 일단락되자 기지개를 켜는 마일.

그 뒤에서, 분한 표정으로 손수건을 물어뜯는 폴린.

결국 막대한 양의 술은 오후가 되기도 전에 완판되었다. 그 후 상인들도 순조롭게 장사를 이어가는 모양새였다. 그래도 수차례 이곳에 왔으니, 무엇이 어느 정도로 팔리는지는 완벽하게 파악하고 있었다. 여기서 상품을 팔지 못하고 많이 남겨서야 상인 실격이다.

그리고 이 마을은 일단 자급자족이 기본이지만, 그렇다 해도 외지의 물품이 전혀 필요 없는 건 아니었다. 그렇다, 소금이라든지 약이 그러하였다. 또 생필품은 아니더라도 그럭저럭 필요한 것, 예를 들어 종이라든지, 비누 또한 잘 팔렸다. 너무 부피가 크지 않고 파손 위험이 적은 것은 값이 턱도 없이 비싸거나 하지 않았다.

그리고 기호품, 이른바 사치품도 있었다. 조미료라든지 품질 좋은 옷감이라든지…….

품질이 좋지 않은 천과 모피 등은 마을에서도 만들 수 있지만, 아무리 땅딸보라도 역시 여성은 중요한 날, 그러니까 축제나 결혼식 등등 특별한 이벤트 때는 예쁜 옷을 입고 멋 부리고 싶은 법이다. ……즉 '승부복(勝負服)'인 거겠지.

이곳은 산촌이어서 산길을 올라가야 올 수 있다. 원래라면 자본금을 들고 이동할 때는 마차를 비워 속도와 안전성을 중시하는 편이지만 마을이 필요한 물건도 있는 탓에 그렇게 할 수 없는 모양이었다.

그렇다고 해도, 험한 길을 지나거나 도주 시 파손되기 쉬운 물건 또는 필수품이 아닌 완전한 사치품, 즉 고가의 주류 같은 건 '비워 맞추기 용'밖에 가져오지 않지만.

일단 에일과 값싼 양조주는 마을에서도 빚고 있어서, 술을 마시고 취하기 위한 이유밖에 없다면 상인들이 높은 위험을 무릅써 가며 무리할 필요는 없었다.

"엥? 마을을 위해 위험을 다소 무릅쓰고 생필품을 들고 온 건 이해가 되요. 그렇지만 이것도 장사인데 위험과 노력, 그리고 경비에 적합한 값으로 팔아야 하는 거 아닌가요? 왜 별로 이익이 없을 것 같은 가격에 팔고 있죠? 정말 필요한 물건이라면 마을 사람들도 그에 적합한 가격에 사줄 텐데요? 안 사면 그건 '별로 필요하지 않은 것'이고, 그런 물건을 아무 이익도 없이 위험을 늘려 가면서까지 가져 올 필요는 없잖아요!"

야영 때 상인들로부터 그 이야기를 들은 폴린이 그렇게 말하며 분통을 터트렸다. 남 일이라지만, 장사에 관해서라면 납득이 가지 않는 일, 부당한 일에 대해 끓는점이 낮았다.

"장사란 여러 가지로 힘든 부분이 있지요……."

그렇게 말한 상인은 심기가 불편한 듯 보였다. 폴린 때문이 아니라 다른 일 때문에…….

술을 다 판 마일이 철수하고 있는데 촌장에게 인사하러 갔던 상인 리더가 돌아왔다. 자기 가게 상품은 함께 온 고참 직원에게 맡기고, 리더는 그동안 각부와의 조정에 나섰던 모양이다. 리더만 종업원을 데려온 것은 그런 이유가 있어서였다.

그런데 리더의 안색이 어딘지 어두웠다.

"좀 이르긴 하지만 식사하자고. 다들, 일단 문 닫아!"

말로는 문을 닫으라고 했지만, 어차피 노점이었다. 계산대 위에 미리 준비해온 '휴식 중' 팻말을 걸면 그만이어서 몇 초밖에 걸리지 않았다.

마을 사람들도 상인들이 점심 휴식 시간을 취하는 건 늘 있는 일이고, 꼭 사고 싶은 물건은 이미 다 샀다. 남은 건 느긋하게 어떤 물건이 있나 구경하는 것뿐이어서 서두를 필요 없었다. 그래서 다들 각자의 집으로 돌아갔다. 시골은 하루에 두 끼만 먹는 마을도 많은데, 이 마을 사람들은 육체노동이 많아서인지 하루에 세 끼를 다 챙겨 먹는 모양이었다.

늘어선 마차를 뒤로하고 휴대식을 깨무는 상단 일행.

이 마을에 있는 동안에는 마일의 수납에 있는 식재료를 봉인했고, 마을에서 사들인 식재료를 사용하는 것은 저녁부터였다. 점심때는 시간과 돈을 절약하기 위하여 간단히 때웠다. 그 정도는 마을 식재상과 그 식구들도 불평하지 않으리라.

딱딱한 빵을 씹으며 상인 중 하나가 리더에게 작은 목소리로 물었다.

"……그래서, 어떤 안 좋은 이야기인지?"

서로 오래 알고 지낸 듯한 상인들은, 돌아온 리더의 분위기만으로도 문제가 발생한 것을 알아차린 모양이었다. 물론 다른 상인 하나도, 그것이 이미 확정 사실이라는 듯한 표정을 짓고 있었다.

애당초 아직 점심을 먹기에는 조금 이른 시간인데도, 돌아오자마자 모두를 모으려고 한 점. 마차를 뒤로 하고 주위가 넓게 트인 진형, 즉 제삼자가 이야기를 엿들을 위험을 피해 앉으라고 지시했다는 점 등을 통해 다들 대충 짐작하고 있었던 모양이었다.

……물론 다들, 이라는 건 상인, '사신의 이상향', 그리고 '불꽃 우정'을 가리키는 말이다. 고용된 세 마부, 그리고 '붉은 맹세' 네 사람은 그런 것을 전혀 눈치채지 못했다.

리더가 똑같이 작은 목소리로 대답했다.

"철제품이, 약속한 것의 절반밖에 준비가 안 된 모양이야. 그런데 합계 가격은 평소와 똑같다는데."

""""무슨!""""

리더의 가게 고참 직원을 포함해 세 명의 상인이 놀라서 소리를 질렀다.

무리도 아니다. 그것은 사야 할 상품의 가격이 두 배가 되었음을 의미했다. 그리고 상품의 수가 절반으로 줄어들었으니 이전과 같은 이익을 확보하려면 상인들의 이익 분도 두 배로 인상해야만 했다. 즉, 도시에서의 판매 가격을 무려 두 배나 올려야 하는 상황이었다. 그렇게 하지 않으면 경비조차 채울 수 없다.

……그런 이야기를 순순히 받아들일 수 있을 리 없었다.

계절과 기후에 크게 좌우되는 신선식품도 아닌데, 똑같은 상품에 가격이 지난번의 두 배라니. 그런 것을 사줄 손님이 누가 있겠는가. 과연, 철제품에 '시가'는 없으리라.

손님들은 다른 가게의 상품을 사거나, 가격이 다시 떨어질 때까지 기다리거나 둘 중 하나를 택할 게 뻔하다.

"……제정신인가……."

그렇다, 그런 가격이면 철제품만으로도 적자가 된다. 하물며 그 이익을 돌려 서비스하고 있는, 생필품을 싼값에 파는 것 따위는 논외였다.

즉, 다음은 없다.

이 마을에 상단이 찾아오는 것은 이번이 마지막이 될 터였다. 매입도 하지 않고.

수입과 수출이 없는, 도시와의 길목에 도적과 마물이 출몰하는 마을.

……끝이었다.

"하, 하지만, 마을 분들한테서는 그런 기색이 전혀 보이지 않았는데요?"

""""""그자들은 맛있는 술이 눈앞에 있으면 다른 모든 것을 잊어버리니까 그렇지……."""""""

마일의 말을 상인들이 단칼에 잘랐다.

'이상하네. 굳이 그런 자살행위를 할 리가 없는데…….'

당연히 의문을 가진 마일이 리더에게 질문했다.

“아무래도 이상해요. 갑자기 그런 말을 꺼내다니. 분명 무슨 사정이…….”

“그래요, 있겠죠. 제품 수를 다 맞추지 못한 이유가. 하긴, 아무 이유도 없이 그런 말을 꺼냈다고는 생각할 수 없어요. 하지만…….”

“하지만?”

마일의 맞장구에 리더가 말을 이었다.

“어떤 이유가 됐든, 그걸 우리에게 상담하려고 하지도 않고 『절반밖에 완성되지 않았으니 그걸 주고 평소와 똑같은 금액을 요구하면 그만이다. 그러니 아무 문제없어』 하고 생각하는 게 여기 사람들입니다. ……그러니까, 무시하고 있는 거죠, 우리를.”

‘아…….’

마일은 마침내 자신이 느끼던 위화감의 정체를 알아차렸다.

상인들이 마을을 목전에 두고 굳이 근처에서 야영했던 것.

지금도, 촌장의 요구에 놀라고는 있으나 혼란스러워하거나 초조해하는 모습은 보이지 않는다는 것.

그리고 마을에 무슨 일이 있었나 하고 걱정하는 낌새가 별로 없다는 것.

‘다들, 원래 이 마을을 좋아하지 않는구나…….’

마일은 속으로 직구를 던졌다. 있는 힘껏.

“여러분, 이 마을 사람들을 싫어하나요?”

“마, 마일, 갑자기 무슨 말을!”

당황한 사람은 메비스 단 한 사람.

아무래도 폴린과 레나 역시 눈치챈 모양이었다.

"……맞습니다. 장사니까 웃으면서 상대하고는 있지만, 이 마을은 처음부터 우리를 무시했어요. 그래서 우리도 이 마을을『이익을 얻기 위한 거래 상대』로는 취급하지만 그뿐입니다.『귀한 손님』으로는 여기지 않아요. 그러니 거래 상대로서의 의미가 사라지면 손을 뗍니다. 그저, 그것뿐인 겁니다. 이 마을에 올 때 위험한 걸 알면서도 필수품을 운반하고 이익을 생각하지 않은 금액에 팔았던 것도, 딱히 우리의 의사가 아니었습니다. 금속제품을 사고 싶으면 그렇게 하라고 요구받았기 때문에, 어쩔 수 없이 그랬던 것뿐이지요. 하지만 중요한 금속제품이 타산이 맞지 않게 되면 우리가 굳이 이 마을에 올 의미도, 그럴 필요도 사라집니다. 우리는 상인이지, 바보도 성인군자도 아니거든요."

상인들의 얼굴에서 늘 볼 수 있었던 간살맞은 웃음이 사라졌다. 도저히 화를 참을 수 없는 모양이었다.

그리고 지금 이 마을을 버리려는, 아니 거래를 끊을 결심을 했으리라.

당연하다. 상인이 위험한 데다 한 번 다녀오는 데 8일이나 걸리는, 태도 나쁜 고객을 상대로 적자인 거래를 계속 이어갈 이유는 하나도 없다.

하지만, 그래도 마일에게는 아직 의문이 남아 있었다.

"저기, 조금 전까지 봤던 바로는 마을 분들에게서 그리 나쁜 인상을 받지 못했는데요……."

그렇다, 환하게 웃으며 물건을 사던 마을 사람들은 마일이 보기에 그저 마음씨 좋은 드워프들로 보였다.

"그래요, 그들은 나쁜 사람들이 아닙니다."

""""엥?""""

상인의 예상치 못한 대답에 폴린을 제외한 나머지 세 사람이 깜짝 놀랐다. 허둥지둥 주변을 살폈지만, 아직 광장에 있던 마을 사람들은 특별히 신경 쓰는 모습도 보이지 않았다. 작은 목소리로 나누는 대화는 들리지 않을 것이고, 상단 사람들끼리 나누는 대화에 별로 흥미가 있지도 않겠지. 그리고 조금 전까지 묵묵히 이야기를 듣고 있던 '사신의 이상향'과 '불꽃 우정' 멤버들은 별로 개의치도 않고 휴대식을 먹고 있을 뿐이었다.

……그런 건 처음부터 알고 있었다. 그런 태도였다.

"이 마을 사람들은 대부분 장인입니다. 물론 농업과 임업을 하는 사람도 있겠지만, 우리가 거래하는 상대는 대장장이들이고 그게 마을의 중심 산업이니 뭐, 그렇게 말해도 상관없겠죠. 그들은 자기들의 기술에 높은 자긍심을 가지고 있습니다. 단야 솜씨는 인간종 중 최고. 엘프나 인간들보다 훨씬 뛰어나죠. 그래서 자신들이 만든 것을 '팔아주고', '사게 해주고', '쓰게 해주고 있다'. 그렇게 생각합니다. 정말 진심으로요. 그래서 딱히 악의가 있다거나 우리를 싫어한다거나 속이 검다거나 그런 게 아닙니다. 술을 좋아하고, 사람을 좋아하고, 실력이 뛰어난 장인들이에요. 단지 자긍심이 너무 높아 단야 부분에 관해서는 다른 인간종을 내려다보기 때문에, 자기 제품을 원하는 사람은 아무 조건 없이 자신들에게 고개 숙이고 자신들의 요구를 들어주는 게 당연하다고 생각할 뿐입니다. 그러니까, 『딱히 나쁜 사람들은 아닌』 거죠."

“““““충분히, 나쁜데!!”””””

네 사람의 목소리가 합쳐졌다. 늘 그렇듯이…….

* *

“그러니까 여러분은 오후에도 예정대로 상품을 파십시오. 저는 대장장이들을 찾아가 정보 수집을 하겠습니다. 그래서 일이 어떻게든 해결되면 평소대로 내일 물건을 사들여 모레 아침에 출발할 겁니다. 상황이 여의치 않으면 경우에 따라 내일 중으로 출발할지도 몰라요. 또 평소 가격에 살 수 있는 게 있으면 그것만 살 가능성도 있어요. 여기까지 이의 있습니까?”

리더의 설명에 상인 두 명이 고개를 끄덕였다. 나머지 한 사람은 리더의 가게 직원이어서, 그의 의사를 확인할 필요는 없었다. 본인도 그것을 알고 있었기에 굳이 의사 표명을 하지 않았던 것이다.

““““““…………. ””””””

상상하지도 못했던 결과가 되자 입을 꾹 다문 ‘붉은 맹세’ 멤버들. 다른 두 파티 역시 마을 사람들의 태도에 대해서는 알고 있었어도 이런 국면이 되자 조금 당혹스러운 듯했다.

참고로 나중에 ‘왜 마을 사람들에 대해 알려주지 않았느냐’고 레나가 묻자, ‘아직 만나지도 않은 사람들에 대해 부정적인 정보를 굳이 미리 알려줘서 괜한 선입견을 심을 필요는 없잖아. 그건 스스로 직접 확인하면 될 일이니까’ 하고 말해서, 납득할 수밖에 없었다.

"그럼 슬슬 장사를 재개해주십시오. 저는 상단 전권대표로서 대장장이들을 만나러 다니겠습니다. 촌장과는 대화해봐야 소용없으니까요."

아무래도 리더가 촌장에게 인사하러 갔다가 오랜 시간 돌아오지 않았던 건 사정을 들어보려고 노력한 결과인 것 같지만, 성과는 전혀 없었나 보다.

그리고 리더가 자리에서 일어났을 때.

"저희도, 따라갈게요!"

"뭐?"

마일이 자리에서 일어나 그렇게 선언했다. 그리고 이런이런, 하는 표정으로 역시 일어서는 '붉은 맹세' 멤버들.

리더는 순간 주저했지만, 마일의 수납마법을 생각해서 받아들였다. 별로 '붉은 맹세'를 데려간다고 해서 손해 볼 일도 없었고 만약 수납마법의 도움을 받게 된다면 거래 조건이 다소 수월해질지도 모른다고 기대했던 것이다.

그리하여 물과 딱딱한 빵이라는 조촐한 점심 식사를 마친 모두는 장사 그리고 교섭을 하러 흩어졌다.

"여기가 거래하는 공방 중 한 곳입니다."

리더의 안내를 받아 대장간을 찾아온 '붉은 맹세' 일행. 다른 호위들은 자유행동이어서 따라오지 않았다. 와도 별로 도움 될 일이 없었고 우락부락한 헌터들이 대거 밀고 들어오면 거래나 교섭

은커녕 위협만 느끼게 되리라. '붉은 맹세' 네 사람만이라면 외모도 그렇고 별로 문제없었다.

"주인 계십니까?"

리더가 작업장 입구에서 안쪽을 향해 소리치자 종업원이라고 할까 제자라고 할까, 하여튼 '청년'이 공방 주인을 부르러 안에 들어갔다. ……수염이 덥수룩해 별로 젊게 보이지 않는 '청년'이었지만…….

오늘 아침, 상단이 도착한 것은 온 마을 사람이 다 알고 있어서, 굳이 누군지 물어보지는 않았다. 아니, 애당초 이곳 사람들도 마일의 술을 사러 왔던 게 틀림없었다. 공방 주인까지 포함해서.

곧 안에서 공방 주인으로 보이는 아저씨가 나왔다. 얼굴이 불그스름한 건 매일같이 불을 쬈기 때문일까…….

"술을 팔던 아가씨가 왔다는 게 사실인가! 남은 술이 있으면 있는 만큼 전부 사겠네!"

아무래도 얼굴이 붉었던 것은 대낮부터 마셔댔기 때문인 듯하다…….

"……뭐야, 남은 술 호별 판매가 아니었나……."

실망해서 어깨를 떨구는 공방 주인.

"술? 오오, 미안합니다! 늘 드리던 것과 별로 다르지 않은 물건입니다만, 받아주십시오!"

상인 리더가 선물로 준비해온 술병을 꺼내 공방 주인에게 건넸다.

'아…….'

마일은 이제야 겨우 깨달았다. 자신이 무슨 짓을 저질렀는지.

"오오, 술……, 앗, 이게 뭐야……."

노골적으로 실망한 표정을 짓는 공방 주인을 보며 당황한 리더.

이곳에서도 양조주는 만들고 있고, 대장장이들의 마을인 만큼 일단 증류주를 만들 수 있는 설비도 갖춰져 있었는데, 인내심을 가지고 묵혀둔다거나 숙성될 때까지 기다리지 못해 만들자마자 전부 마셔버리고 말았기 때문에 이 마을에서는 '고급 증류주'라는 것이 없었다. 그나마 있는 양조주도 썩 잘 만들지 못했다.

그래서 상단이 늘 선물로 가져오는 이 품질 좋은 술은 지금껏 크게 환영받아왔다. 공방 주인이 혼자 마시는 게 마음에 걸려서 종업원들에게도 한 모금씩 나눠줄 정도로는.

그런데 지금, 노골적으로 낙담한 표정을 짓고 있었다. 이건 뭔가 이유가 있는 게 분명하다며, 리더가 이번 일과 연관 지어 생각하는 것도 무리가 아니었다.

그렇다, 마일이 장터를 연 것은 리더가 촌장 집에 간 이후였고, 리더가 돌아왔을 때에는 이미 상품이 다 팔리고 장터 정리도 거의 끝났을 때였다. 그래서 미리 마일의 '저도 수납에 넣어둔 것을 팔아도 괜찮아요?' 하는 부탁을 들어주었기 때문에 마일이 뭘 팔았는지 몰라도 별로 신경 쓰지 않은 것이다. 어차피 어린애가 시간 때우는 놀이용일 것이며 여행 도중에 산 물건이라거나 필요 없어진 물건, 그리고 기껏해야 오래 보존할 수 있는 채취품 정도라고 생각했는데…….

그리하여 살짝 미묘한 분위기에서 협상이 시작되고 말았는데, 리더와 공방 주인은 이미 수차례 거래한 사이였던 데다가 다음번에도 질 좋은 술을 가져와 줄지 모를 술집 아가씨가 함께 있으면 공방 주인도 이야기에 귀를 잘 기울여 줄 테니 문제없었다.

"물건은 절반, 그리고 대금은 지난번과 같은 값으로 하지."

하지만 이야기는 상인 입장에 불리한 쪽으로 흘러갔다.

공방 주인이 촌장과 같은 말을 하자, 곤란한 표정을 짓는 상인 리더.

"촌장님도 같은 말씀을 하시더군요. 전체적인 거래를 결정짓는 촌장님이 말씀하신 건, 즉 이 마을 공방 주인님들의 합의 사항이며 그것을 멋대로 깰 수 없다는 것을 잘 압니다. 저희가 알고 싶은 건 왜 갑자기 일이 그렇게 되었는지 그 이유와 다시 철회하기 위한 방책이 없는지 입니다. 왜 그런지 촌장님은 이유를 가르쳐 주지 않으셨기 때문에, 그 부분을 알려주실 수 없는지 하고……. 이유를 설명하는 건 합의 사항을 깨는 일이 아닐 테니 괜찮지 않습니까? 이대로 아무 설명도 듣지 못하면 이번에는 물건을 사들이지 않고 앞으로 두 번 다시 저희가 이 마을에 상단을 끌고 오는 일은 없을 겁니다. 지금까지 서로 좋은 관계를 쌓아오지 않았습니까? 이유도 모른 채 오랜 세월 쌓아온 관계가 끝나는 것이 안타깝지 않으십니까?"

상인 리더의 의연한 말에 공방 주인도 그것이 아무래도 진심이라는 것을 알아차리고는, 아무 말도 없이 적당히 넘겨서는 마을의 존속에 영향이 있을지도 모른다는 생각에 뚱한 표정으로 입을 열었다.

"……알았어. 촌장은 입장이 있어서 말할 수 없었던 모양이지만, 딱히 알려줘서 곤란할 건 없어. 그냥, 자긍심 문제에 지나지 않으니까 말이지. 그런데 우리를 대표하는 촌장으로서는 우리가 자랑하는 대장간 일에 대해, 아무리 같은 인간족이라고는 하지만 인간과 엘프에게 굳이 스스로 약점을 보여줄 수는 없었을 거야. 나쁘게 생각하지 말아줘……. 하지만 상단이 앞으로 오지 않겠다거나 우리의 제품을 사주지 않겠다는, 그런 말은 하지 말게. 다시 예전처럼, 우리가 직접 마차와 호위를 준비해서 마을들 돌아다니며 파는 건 정말 질색이야……."

뼛속부터 장인이고 상인이 아닌 그들에게 있어서 제조가 아니라 행상 같은 일에 인생을 쓰는 것은 도저히 참을 수 없는 일이리라. 게다가 원가가 2배가 되면 마차나 호위 경비 등을 고려했을 때 행상을 해도 이윤을 썩 기대할 수 없다.

그 부분도 이해하고 있는지는 잘 모르겠지만, 어쨌든 공방 주인은 사정을 설명해주었다.

그의 말에 따르면 이 마을에서 철광석을 채굴하는 산에, 오크와 오거가 살기 시작했다고 한다. 연료가 되는 나무는 다른 산에도 있지만, 철광석은 그 산이 아니면 채굴할 수 없는 모양이었다.

애당초 드워프들이 이곳에 마을을 형성한 이유가 그 산 때문이라고 했다. 딱히 아무 의미도 없이 불편한 산속에 살고 있는 건 아닌 모양이었다.

그런데 그 말을 들은 상인 리더가 '토벌하면 될 일이잖습니까' 하고 말했다.

상인이 그렇게 생각하는 것은 당연했다.

드워프는 건강한 신체와 강한 힘을 겸비했다. 그리고 이 마을은 그러한 신체에 적합한 무기와 방어구를 얼마든지 만들 수 있었다. 그렇다는 건, 어느 정도의 마물은 스스로 토벌 가능하다는 얘기였다. 실제로 드워프 청년들 중 일부는 인간 도시에 나가 헌터가 되기도 할 정도였다.

그래서 매일 채굴과 단야로 단련된 장년의 드워프가 집단으로 덤벼든다면 오크든 오거든 그리 힘든 상대가 아닐 터였다.

그렇다, 산속에 작은 마을이 계속 존속할 수 있는 것은 근처 마물들을 자력으로 쫓아낼 수 있기 때문이며 상단이 정기적으로 찾아오기 전까지는 스스로 판매용 상품을 운반하고 필요한 것을 사러 나갔기 때문에 오거 정도는 얼마든지 해결할 수 있었다.

"……그게, 엄청난 피해가 났거든……."

"네?"

그렇다, 강건하고 힘세고 위험한 산악지대에 살며 뛰어난 제품을 만드는, 자긍심 높은 일족 드워프.

그 자긍심을 걸고, 소중한 채굴 현장 근처에 정착한 마물을 토벌했다. 실력에 자신 있는 유지들에 의해, 이 마을로서는 대규모 전력을 투입해서.

……그 결과 사망자 6명, 부상자 다수라는 큰 피해를 남기고 토벌은 실패. 마법이 약한 드워프이니 당연하게도, 이런 작은 마을

에 치유마법을 잘 구사하는 자가 있을 리도 없어서 온 마을의 약을 모두 끌어 모아도 치유 효과 따위는 일시적인 수준.

전력을 대부분 잃었기 때문에 마을 방위와 채굴 팀에 전부 호위를 붙일 여유도 없어서 적은 호위를 대동한 소수의 채굴단을 꾸려 마물의 눈을 피해 조심조심 다녔기에 철광석 채굴량이 격감. 또한 대장장이와 견습생들도 대부분 부상을 당해 작업을 할 수 없는 상황이었다. 한 곳은 주력 대장장이 두 명을 잃어 휴업 중이라고 했다.

그래서 줄 수 있는 제품이 절반밖에 없지만, 대금이 절반으로 줄어드는 건 허용할 수 없었다.

이번 판매금액을 가지고 마을 대표자가 상단을 따라 도시로 가서 약을 사 모을 것이다. 그리고 가능하다면 실력 좋은 치유마술사를 고용해 같이 돌아올 것이다. 그러려면 많은 돈이 필요했다.

"치유마술사? 아니, 그 전에, 마물 토벌부터 의뢰해야 하는 것 아닙니까? 그런 상황이면 채굴 팀에 부상자가 점점 늘어나고, 자칫 잘못하면 마물들이 마을을 덮칠지도 모르잖아요! 지금 당장 헌터 길드 지부에 의뢰를 넣어야!"

하지만 상인 리더의 말에 공방 주인은 고개를 가로저었다.

"우리 드워프가 중요한 채굴장을 스스로 지키지 못해 인간들에게 울며 애원하는 추태를 부릴 수 있을 리 없잖아! 온 대륙의 비웃음을 사고 우리 마을의 명예가 땅에 떨어져서 이곳에서 만든 제품을 사려는 사람이 아무도 없게 될 거라고!"

""""드워프, 피곤하다아아앗!!""""

자긍심과 자의식이 높아도 너무 높은 드워프들이었다…….

“……뭐, 그쪽 사정은 잘 알았습니다. 저희로서는 이유도 없이 일방적인 가격 인상이 아니라 나름대로의 사정이 있다는 것을 알게 되어 조금 안심했습니다.”

“그런가, 알아줬나!”

상인 리더의 말을 듣고 마음이 놓였는지 미소를 지은 공방 주인.

“하지만 무슨 사정이 있든 저희는 적자가 될 장사를 하지 않습니다. 저와 동료들에게도 가족과 종업원들, 그리고 손님들에 대한 책임이 있으니까요. 여유가 있을 때 자선사업에 기부하는 거라면 모를까, 본업인 장사에서 적자를 각오한 거래를 하는 것은 신용을 잃고 무시당하고 얕보이기만 할 뿐인, 멍청한 짓입니다. 『그자들에게는 비싸게 사놓고 왜 우리한테는 싸게 사려는 거냐!』 하고 비난당하면서 두 번 다시는 제대로 된 가격으로 거래할 수 없게 되겠지요. 그 사정은, 이 마을 분들 사정이지 저희 사정은 아닙니다. 저희가 적자를 알면서도 거래해서 재산과 신용을 잃는 것을 받아들여야만 할 이유가 어디에도 없어요. 그래요, 촌장님이 저희 사정을 전혀 고려하지 않고 일방적인 조건을 들이밀었던 것과 똑같이!”

“………….”

강한 어조로 부정적인 말을 내뱉는 상인 리더를 보며 낯빛이 흐려지는 공방 주인.

공방 주인도 아무리 대장간 일만 생각하는 바보이고 자긍심이 높다고는 하나, 진짜 바보는 아니다. 자신들이 너무 억지 부린다는 자각은 있는지, 지금까지 몇 번이나 거래해왔는데도 불구하고 냉정한 태도를 보이는 상인을 보고도 화내거나 따지지 않았다. 그저, 괴로운 표정을 지을 뿐이었다…….

"그럼 빨리 마물들을 섬멸하면 되잖아."

대화가 끊기고 정적이 감돌던 때, 레나가 당돌하게 말했다.

"무, 무슨, 말을……."

너무 쉽게 말하는 레나를 보며 말문이 막힌 공방 주인. 상인 리더 역시 깜짝 놀란 표정이었다.

그리고 레나의 말을 다른 사람들이 이었다.

"약이 없으면 치유마법을 쓰면 되잖아요?"

'마리 앙투아네트냣! 아니, 실제로는 마리도 그런 말을 한 적이 없지. 그 대사가 적힌 책이 나왔을 때 마리는 고작 9살이었고 물론, 아직 왕비도 아니었으니까…….'

폴린의 말에 아무래도 상관없는 것을 생각하는 마일.

"그렇지, 처음에 실패했으면 더 강력한 전력을 갖춰서 채굴장 제2차 탈환 작전을 펼치면 그만이야."

'레, 레기오스!'

그리고 메비스의 말에 변함없이 영문 모를 것을 생각하면서도 왠지 마일이 의욕을 보이기 시작했다.

"너희, 지금까지 뭐 들었냐! 그러니까, 이 마을의 전력은 바닥났고, 인간들의 도시에 구원 요청 따위는 할 수 없다고 말했을 텐데!"

자신들의 입장도 잊고 화나 소리치는 공방 주인에게 마일이 어리둥절한 얼굴로 말했다.

“엥? 굳이 도시에 토벌 의뢰를 낼 필요 없는데요? 마을 사람들이 제2차 하강…… 탈환 작전을 펼쳐서, 『우연히 그 자리에 있던 상단 호위가, 보수를 목적으로 참가하는 것』일 뿐인데요? 그냥 돈을 목적으로 한, 푸짐한 덤에 지나지 않아요. 그게 뭐가, 드워프 여러분의 자긍심과 관련이 있는 거죠?”

“엥…….”

……없다.

그런 거라면 대외적으로 마을의 명예를 지킬 수 있다.

자신들의 마음속 명예에는 살짝 생채기가 나겠지만, 거기까지 따질 상황이 아니었다.

그런데…….

“괘, 괜찮겠어? 마물들은 강하다고! 우리도, 괜히 몇백 년이나 이곳에서 살고 있는 게 아니라고. 고작 오크나 오거 따위에게 질 줄은 꿈에도 생각 못 했어. 그런데 어쩌다 일이 이렇게 되어버리고 만 건지……. 이 나라에서 인간의 성인 연령은 15살인가 그랬지? 다른 헌터들은 그렇다고 쳐도 미성년자랑 이제 갓 성인이 된 너희들은 큰 부상 정도면 다행이고 아마 살아 돌아오는 것조차 힘들 거다. 목숨 아까운 줄 알라고!”

도중에 생각을 고쳤는지, ‘붉은 맹세’의 제안을 거절하려고 하는 공방 주인. 하지만…….

“흥!”

레나가 비웃었다.

"C등급 헌터 마술사를 물로 보지 맛!"
"C등급 헌터 검사도."
""""""그리고, 인간을 얕보지 말라고!""""""
할 말을 잃은 공방 주인을 무시하고 마일이 상인에게 물었다.
"호위는 왕복 때만. 이 마을에 머무는 동안 저희는 자유 시간이고, 그동안 뭘 하든 고용주의 관할 밖. 계약 내용은 이게 틀림없죠?"
"……네, 맞습니다. 다만……."
"다만?"
"돌아갈 때 호위 임무에 지장이 없는 몸 상태가 아니면 계약 불이행으로 처리됩니다만?"
상인의 그 말은 딱히 빈정대는 것이 아니었다. '반드시 무사히 돌아오라'는 의미의, 상인다운 기원이 담긴 말이었다.
상인에게 있어서 계약은 절대적. 계약을 깨트리고 말 듯한 위기에 빠졌을 때 상인의 저력은 말 그대로 일기당천(一騎當千)이다. 그래서 이 말을 들은 상인은 사력을 다하는 것이었다.
"……반드시, 무사히 돌아올게요. 장사의 신의 명예를 걸고."
상인으로서의 폴린의 대답에 놀란 표정을 지은 리더.
그리고 그 말을 잇는 나머지 세 사람.
"기사를 꿈꾸는 사람으로서의 명예와 자부심을 걸고."
"C등급 헌터의 명예를 걸고."
"불량식품 가게 오타네 할머니의 명예를 걸고!"
""""""""누군데, 그게!!""""""""

"……하지만 내 생각에는……. 최소한 촌장을 설득하고, 공방 주인 3분의 2의 찬성을 받지 않으면……. 지금 이 마을이 다시 토벌단을 편성했다가 또 큰 피해를 입으면 그땐 정말로 마을의 존속이 위태로울 거야. 공방주들은 대부분 나와 같이 생각할 테니, 내가 설득하면 찬성해줄지도 모르지만 촌장은 뭐랄까……. 촌장도 절대 머리가 나쁘다거나 고집이 세지는 않지만, 마을을 짊어지고 있다는 중압감 때문에 아무래도 무난한 대책을 선택할 수밖에 없는 입장이잖아. 공방 주인 중 한 사람으로서라면 찬성할 안건이라도 촌장으로서는 반대할 수밖에 없는 경우도 있겠지. 우리도 그걸 잘 아니까 저버릴 수 없어. 그래서 촌장 집에 무조건 쳐들어가 직접 담판을 짓는 것은 솔직히, 내키지 않아……."

""""""""…………."""""""""

공방 주인의 말은 이해할 수 있었다.

이해되기 때문에 지금부터 촌장에게 가서 설득해달라고 부탁하기 어려워 곤란한 표정을 짓는 '붉은 맹세' 멤버들.

그때…….

"이노오오오옴~~! 나한테만 고급 증류주를 팔지 않다니, 도대체 무슨 생각이냐앗! 네놈들, 까불지 마라, 이노오오옴!"

"""아, 촌장……."""

마일이 술을 판 시간대에는 상인 리더와 대화를 나누던 때였기 때문에 증류주 판매에 대해 알지 못했고, 잔뜩 사들인 사람들로부터 나중에 그 이야기를 듣고는 아주 소량만 시음한 촌장이, 혈색을 바꾸고 화나 달려온 것이었다. 아무래도 다른 상인들에게 마일이 있는 곳을 물어본 모양이었다.

"줘! 지금 당장, 술을 달라고!"

마일은 언뜻 보기에 아무 생각도 없는 바보 같지만, 그리고 실제로도 그랬지만, 의외로 걱정이 많고 안전제일이라는 사고방식을 갖고 있었다. 그래서 백업(예비), 제2안, 만일을 위해, 그리고 '어쩌면 이런 일도 있을지 모르니까' 하는 말에 구애받았다. 폴린은 마일의 평소 언동과 그동안 들은 수많은 '일본 전래 허풍동화'들을 통해 그 사실을 아주 자알 알고 있었다. 그래서 마일의 얼굴을 살짝 살피자…….

끄덕끄덕

환한 미소로 고개를 끄덕이는 마일.

그리고 그 모습을 본 폴린도 검은 미소를 지으며 씨익 웃었다.

제67장 마물

"그렇게 돼서 내일은 마물 토벌에 나서기로 했어요."

""""""""야야야야야야야야!""""""""

약속이라도 한 듯이 일단 놀라기는 했지만, 사실은 그렇게 놀라지도 않은 '사신의 이상향'과 '불꽃 우정' 멤버들.

뭐, '붉은 맹세'와 자신들, 총 15명의 C등급 상위 헌터가 있으면 오크와 오거 열 마리, 스무 마리 쯤이야 별로 큰 위협이 되지 않는다. 거기에 억센 드워프들까지 있다면 위험은 그리 크지 않으리라. 그렇게 생각하니 별로 대수롭지 않았다.

상인들도 엄청난 용량의 수납 보유자이면서 헌터인 마일, '장작을 자르는 검'의 주인 메비스, '물 끓이기 마법'의 명수 레나와 폴린의 실력은 야영 때 다른 두 파티 사람들에게 들은 이야기를 통해, 그리고 오거 섬멸을 통해 충분히 알고 있었다. 이제 와서 새삼 놀랄 것도 없었다.

"어~쩔 수 없네~. 알았어, 따라가 주지. 그래서, 출발이 언젠데?"

포기했다는 표정으로 그렇게 묻는 '사신의 이상향' 리더 울프와 그 말에 고개를 끄덕이는 '불꽃 우정'의 리더 베가스.

"엥?"

하지만 그 말을 들은 마일이 영문을 모르겠다는 표정으로 말했다.

"아뇨, 마을 사람들과 함께 토벌에 나서는 사람은 저희『붉은 맹세』뿐인데요? 여러분은 그동안 만일의 사태에 대비해 마을이 남아주세요. 드워프 분들은 총력전으로, 오거와 싸울 수 있는 사람들은 전부 토벌에 참가할 거기 때문에 혹시라도 그 사이를 노리고 마물들이 마을을 공격하거나 하면 정말 말 그대로『마을 괴멸』이 되어버리고 말 테니까요."

""""""""엥……."""""""""

하지만 생각해보면 이제 막 정착했다는 오크와 오거 무리 따위 별로 대단히 많은 숫자일 것 같지 않다. 그렇다면 '붉은 맹세' 하나면 되겠지. 심지어 드워프 집단도 합류한다면 아무런 문제도 없을 것이다. 그런 생각에, 과연 만일의 사태에 대비해 마을을 지키기 위해 남는 편이 좋겠다며 납득하는 두 파티 멤버들.

어쨌든 '마을을 보호하는' 일에는 '상단을 보호하는 일'도 포함되어 있었으니까 말이다. 그래서 이것 역시 의뢰 임무에 속했다.

"아, 제대로『마을 호위』로, 마을에서 의뢰비가 나올 거예요."

그 부분은 놓치지 않고 협의를 해온 마일과 폴린이었다.

촌장은 별로 술 때문에 방침을 바꾼 것이 아니었다.

현재의 역경에서 벗어나려면 부상자가 속출한 자신들만으로는 역부족임을 알고 있었을 뿐이다. 그저 인간에게 도움을 청할 결심이 서지 않았던 것과 이번에 또 큰 피해를 입었을 경우에 일이 걷잡을 수 없이 커지기 때문에 그 부분을 두려워했던 것이다.

하지만 마일의 한마디가 상황을 바꾸었다.

"토벌 의뢰를 받게 되면 현재 다친 분들을 치유해드릴게요. 모처럼 뛰어난 실력을 자랑하는 치유마술사가 둘이나 있으니까요. 하룻밤 자고 나면 마력은 회복되기도 하고요. 내일 싸움을 위한 전력 증강, 즉 전투 준비의 일환이기 때문에 별도의 요금은 들지 않아요. 물론 내일 싸우다가 다쳤을 경우도 마찬가지입니다."

촌장이 처음으로 안 치유마술사의 존재. 그것도 둘이나.

그렇다면 죽거나 절단 등이 일어나지 않는 한 치유마법으로 회복 가능하다.

그리고 무기나 마술을 다루는 인간을 상대하는 게 아니라면 손발이 뎅강 잘려나가는 식의 부상은 그리 흔치 않았다. 물론 그래도 사지와 손가락이 완전히 부서지거나 날아가 치유 불능이 되거나 머리가 짓눌려지거나 뼈와 내장이 뭉개져 죽을 수는 있지만 그건 어쩔 수 없다.

아무튼 엄청난 실력의 치유마술사와 공격 전력, 마을을 지키는 방위 전력, 그리고 지금 현재 부상자들을 치유할 기회를 놓치는 것은 바보나 하는 짓이다. 촌장이 그렇게 판단하는 것은 당연했다.

돈을 내고 치유만 의뢰한다?

토벌 의뢰를 하면 토벌 후 치유까지 포함해서 치유 관련은 전부 무료가 되는데 굳이 돈을 내가며 치유만? 게다가 어차피 마물 토벌은 해야만 하는 일이다. 이 마을을 존속시키려면 말이다.

그렇다, 촌장에게는 선택의 여지가 없었다.

그리고 마일이 '이런 일도 있지 않을까' 싶어서, 혹시 몰라 아이템 박스에 남겨두었던 몇 병의 증류주는 촌장에게 이야기를 들려주기 위한 아이템으로는 충분하고도 남았다.

자기들끼리만 남자 마일이 레나 일행에게 말했다.

"여러분, 결코 방심은 금물이에요. 원래라면 지난번 마을 사람들의 토벌 때 다 물리칠 수 있었을 텐데, 실패하고 큰 피해가 났다는 건 다 그럴 만한 이유가 있기 때문입니다. 마을 사람들은 『실수했다』, 『운이 나빴다』고만 생각하는 모양이지만, 그 정도로 그런 피해를 받았다면 지금까지 이 마을이 몇백 년이나 존속할 수 없어요. 모든 일은 생각할 수 있는 최악의 사태를 늘 상정해야 하는 법. 그리고 실제로는 그 세 배 정도의 규모로, 대각선 방향에서 떠내려 오죠. 그게 바로 현실이라는 거예요."

마일의 경고에 묵묵히 고개를 끄덕이는 레나 일행이었다.

*　*

"……고맙다."

제2차 채굴장 탈환 부대의 드워프 대대장이 '붉은 맹세'를 향해 머리를 숙였다.

이 드워프는 다쳐서 누워 있던 자 중 한 사람이었는데 지금은 부러진 왼발과 배에 입었던 중상도 말끔히 나아 전선에 복귀했다.

드워프가 다른 종족, 특히 엘프와 인간에게 고개를 숙이는 일은 원래 상상할 수도 없다. 그것을 모르는 '붉은 맹세' 멤버들은 아니요, 별 말씀을, 하고 가볍게 손사래를 쳤지만 다른 두 파티와 상인들은 깜짝 놀라 눈을 동그랗게 떴다.

"출발!"

대장의 지시에 따라 부대가 이동을 시작했다.

드워프 28명, '붉은 맹세' 4명. 총 32명의 정예 부대였다.

제1차 채굴장 탈환 작전 때는 30명 정도였다고 했다. 그중 6명은 돌아오지 못했고, 3명은 팔다리, 손가락 등을 잃어 전선으로 복귀하지 못했다.

마일이 진심으로 실력을 드러내면 절단도 어떻게든 해결될지 모른다. 하지만 그건 이 세계에서 인식하는 '치유마법'의 영역을 벗어났다. 천하의 마일도 부위결손 복구 치유마법은 웬만한 일이 아닌 이상, 잘 모르는 사람에게 행사할 생각은 없었다. 설령 비탄에 잠긴 사람이 있다고 해도.

모든 사람을 완전히 구하는 것은 불가능하며 또 그러한 힘의 존재를 안 권력자들이 무엇을 생각할지 정도는 마일조차도 잘 알고 있었다.

그리하여 이번에는 그 9명 대신 새로 지원한 7명과 '붉은 맹세'를 포함한 32명의 출격이었다.

목숨을 잃은 자. 손과 손가락을 잃어 장인으로서의 미래가 좌절된 자. 그러한, 참가할 수 없게 된 9명의 마음까지 짊어진, 마을 사람들의 전력 출격이었다.

출발하고 얼마 지나지 않아 레나가 불평했다.

"왜 우리가 중간이야!"

"아니, 그야 물론, 여자아이와 약자는 중앙에 배치하는 게 당연……."

"누가 『약자』얏! 그리고 탐색 능력이 있는 마일을 선두에 배치하는 게 당연한 거 아닌가!"

버럭 소리치는 레나와 곤란한 표정을 짓는 청년 드워프.

그때 대장이 입을 열었다.

"혹시라도 술 파는 아가씨의 신변에 무슨 일이 일어나면 우리 모두, 할아범들 손에 죽고 만다고! 잔말 말고 얌전히 그 위치에 있어주라!"

그리고 그에 동조하며 필사적으로 애원하는 드워프들.

……설마 했던, 술 공급자 보호를 중시한 배치였다.

하긴, 마일에게 무슨 일이 생겨서 그 원인으로 이번처럼 술 대량 수송이 두 번 다시 불가능해진다면. 그리고 그 원인이 이들의 부주의에 있다면. 그 경우, 만약 마물 토벌에 성공하더라도 장차 마을에서 이들의 입장은 최악이 될 것이리라.

그들의 필사적인 모습에 더는 아무 말도 못 하고 물러서는 마일이었다.

"괜찮아요, 레나 씨. 이 위치에서도 탐색 마법은 충분히 닿으니까."

"그리고 중앙에 있으면 앞뒤좌우, 어느 방향에서 공격이 들어와도 바로 달려갈 수 있어. 그렇게 나쁜 위치가 아니야."

마일과 메비스의 말에, 그것도 그런가 하고 납득하는 레나.

스태프(지팡이)로 적을 때리는 것도 꽤 자신 있는 레나는 잘 잊기 쉬운데, 보통 마술사는 팀이 소수일 때에는 후위에 있고, 다수일 때는 중앙에 위치해서 적의 기습과 근접 전투로부터 보호받는 것이 일반적이다.

그리고 드워프들은 '붉은 맹세'의 전투 능력을 전혀 모르고, 아무리 C등급 헌터라는 이야기를 들었다고는 해도 자신들이 보기에는 모두 미성년자 어린애로, 동글동글하고 건강한 드워프 소녀들에 비해 누가 봐도 여리여리 비쩍 마른, 연약한 허약체질 아동으로밖에 보이지 않았다.

그래서 '붉은 맹세'에게는 회복마술사로서의 역할을 기대했으며, 검사 메비스와 공격 마술사 레나에게는 회복마술사인 두 사람의 호위 역할을 맡기고 마물들과의 전투는 드워프들만으로 치를 생각이었다.

그리고 그 판단의 타당성을 의심하는 자는 아무도 없었다. '붉은 맹세'와 '사신의 이상향', 그리고 '불꽃 우정'까지 호위 헌터 파티 멤버들을 제외하고.

"슬슬 정착한 마물들의 구역이야. 조심해서……."

"마물 반응이 있어요, 전방 300미터!"

대장의 말이 채 끝나기도 전에 마일이 탐지 보고를 했다.

300미터는 전투태세에 들어갔을 때는 아직 조금 먼 거리다. 장애물이 없어 시야가 좋은 평지에서의 300미터와 산악지대, 숲속에서의 300미터는 그 거리가 의미하는 바가 전혀 다르다. 그래서 산악지대에 나무들이 울창한 이곳에서의 300미터는 상당한 거리에 해당했다. ……다만, 방심하기에는 너무 가까운, 미묘한 거리.

"수랑 종류는 알겠어?"

마일 일행에게 늘 익숙한 반응인 '그걸 어떻게 알아!' 같은 쓸데없는 말로 시간을 낭비하지 않고, 최소한의 말로 필요한 정보를 확인하는 대장. 아무래도 '잘나가는 남자' 같았다.

하지만 마일의 대답이 평소와 다르게 모호했다.

"으음, 그게……, 평소 같으면 알 수 있는데 이번에는 왠지, 반응이 이상해서……. 이 근방에, 희귀한 마물 같은 게 있나요?"

"아니, 흔해빠진, 어디에나 있는 평범한 놈들뿐인데. 오크, 오거, 고블린, 코볼트, 뿔토끼, 흡혈박쥐, 도바도바지렁이, 산악이리 같은……."

대장이 이름을 열거한 마물은 물론 마일도 잘 알았다. 그리고 탐색 마법에 의한 그 마물들의 탐지 반응의 특징도…….

"이상하네에……. 아, 수는 8마리(頭)예요."

일단 알아낸 사실을 보고하는 마일.

대형 마물이라는 것을 알아서 두(頭)를 의미하는 '마리'로 표현했다. 마일은 같은 '마리'라도 인간이 안아들 수 있는 것은 '필(匹)', 안아들 수 없는 것은 '두(頭)'로 구분하고 있었다. '인간이'라고 정한 것은 마일이 그럴 생각만 있으면 말도 안아들 수 있을 것 같은 느낌이었기 때문에 '마일이'라고 말하면 판정 기준이 어려워지고, 또 그런 기준은 도저히 세상에 받아들여질 것 같지 않았기 때문이었다.

이번에는 토벌이 목적이다. 마물을 피하거나 달아나서는 안 된다. 그래서 그대로 직진했다. 마일이 남은 거리를 말해주기 때문에 일찌감치 무기를 쥐고 경계할 필요는 없어서, 정신적 피로가 줄어든 것은 드워프들에게 고마운 일이었다.

예전까지는 갑자기 마물이 나오거나 기습 공격이 들어오는 것을 경계해서 다들 주변을 몹시 의식했지만, 탐색마법을 쓸 수 있는 사람이 있으면 정신적으로 상당히 편해진다.

레나가 마일에게는 탐색 능력이 있다고 말해주긴 했지만, 검사 복장을 하고 있는 마일의 '탐색 능력'이라고 하면 기껏해야 기색을 알아차리는 정도겠지 하고 생각했던 모양이다. 300미터 앞에 있는 마물을 탐지할 수 있는 마법이라고는 전혀 생각지 못했을 것이다.

이리하여 만전의 태세로 여덟 마리 마물들에게 향하는 탈환 부대였다.

"발견! 오크입니다, 수는 여덟!"

선두에 있던 자가 뒷사람들에게 손을 흔들어 정지 신호를 보내면서 작은 목소리로 보고했다.

이쪽이 바람이 불어 가는 방향인지, 아직 오크들은 눈치채지 못한 것 같았다.

이 정도 수적 차이라면 오크가 처음부터 달아날 걱정은 없어서 포위전이 아니라 평소대로 정면에서 부딪치기 위한 대형을 짜라고 동작과 작은 목소리로 지시를 내리는 대장.

마일은 고개를 갸우뚱거렸다.

'오크? 하지만, 이 반응은…….'

"뭘 멍 때리고 있어?! 가자!"

레나가 어깨를 탁 치자 허둥지둥 검을 뽑는 마일.

돌입 때도 '붉은 맹세'는 제일 앞이 아니라 둘째단에 배치되었는데, 이 싸움의 주역은 드워프들이고 '붉은 맹세'는 어디까지나 조력자이다. 그리고 위험한 자를 돕고 부상당한 자에게 치유마법을 걸어주려면 이 위치가 더 편했기 때문에 레나 일행에게 불만은 없었다.

또 애당초 상대는 오크였다. 오거라면 모를까 오크를 상대로, 오랜 세월 마을과 채굴원들을 지켜온 우락부락한 드워프들이 그리 쉽게 질 거라고는 생각하지 않았다.

게다가 드워프들에게서 상대를 얕보고 방심하는 모습은 전혀 찾아볼 수 없었다. 그래서 큰 걱정 없이 마음 놓고 전투의 추이를 지켜보며 혹시 모를 사태에 대비해 치유마법이나 공격마법을 미리 영창하는 레나 일행이었는데…….

쿵!

찰싹!

퍼어억!

비명과 함께, 드워프 셋의 몸이 날아갔다. 전투 시작과 거의 동시에.

"뭐얏! 왜, 왜 이렇게 약햇?!"

"속 빈 강정이네요, 드워프들!"

레나와 폴린이 드워프의 자존심을 뭉개는 말을 쏟아냈다.

그러자 메비스가 소리쳤다.

“바보, 굳이 같은 편의 사기를 떨어뜨리면 어떡해! 그리고 마을 사람들이 약한 게 아니야!”

그리고 마일이 말을 이어받았다.

“너무 강해요! 이놈들, 오크 레벨이 아니에요! 탐색 마법 반응도, 일반 오크랑 달랐어요. 겉보기에도 근육질인 것이, 지방이 많은 일반 오크랑은 달라요. 오거를 상대, 혹은 그 이상의 마물과 싸운다고 생각하지 않으면, 토벌은커녕 우리 쪽이 전멸할 거예요!”

‘붉은 맹세’ 멤버들은 드디어 이해했다.

오랜 세월 마을과 채굴단을 마물에게서 보호해온 힘 센 드워프들이, 왜 이번에는 뼈아픈 패배를 당했는가 하는 의문에 대한 답을.

“상대가 보통이 아니라는 걸 왜 저번에 싸웠을 때 알아차리지 못한 거냐고!”

레나가 화내듯이 외쳤지만 메비스와 마일은 무서운 생각이 머릿속에 떠올라, 그렇게 따질 때가 아니었다.

((오크인데 이렇게 강하다니. 설마 오거도 그런 건 아니겠지…….))

“폴린 씨, 치유마법을! 그런 다음에 공격마법을 써주세요! 지금은 치유보다 사망자와 부상자가 나오지 않게 하는 게 최우선입니다! 레나 씨, 공격마법을 계속해주세요, 혼전이니까 위력이 강하지 않은, 범위가 좁은 마법으로 여러 발! 같은 편이 맞지 않도록 주의, 혹은 오발하더라도 죽지 않게끔! 메비스 씨, 진 신속검, 시간제한에 주의, 돌격!”

웬일로 레나가 아니라 마일이 전투 지시를 내렸다. 그것도, 최대한 빠른 말투로.

하지만 그 지시 내용은 적확해서 다들 반사적으로 그 말에 따랐다.

폴린은 이미 영창을 끝내고 보류해두었던 치유마법을 허사로 돌리지 않고 날아간 세 명 중 가장 부상이 심각해 보이는 자에게 썼다. 그 후에는 공격마법 고속 영창을 개시. 마물이 상대여서 뇌내 영창을 해서 쓰는 마법의 종류를 숨길 필요는 없었다.

레나는 마찬가지로 보류해두었던 공격마법을 쓴 후 똑같이 단체 상대인 공격마법 영창을 시작했다. 혹시 드워프가 맞더라도 나중에 치유마법을 쓰면 어떻게든 될 수준의 부상으로 그칠 수 있는 것을.

하지만 너무 약한 마법이면 오크를 쓰러트릴 수 없기에 어느 정도는 어쩔 수 없었다.

그리고 메비스는 원래는 오크 정도라면 필살기 없이 싸울 생각이었지만, 마일의 판단에 따라 진 신속검을 쓰기로 했다. 메비스 본인도 그냥 신속검은 통하지 않으리라고 판단했고, 엑스트라(EX) 진 신속검이면 극히 짧은 시간밖에 몸이 버티질 못해 곧 자멸해버리고 말 것이다. 진 신속검도 시간제한은 있지만 EX 진 신속검보다는 훨씬 나았다.

레나와 폴린이 보류했던 최초의 마법을 쏘고 각자 재영창에 들어간 순간, 메비스와 마일이 나란히 달려 나가 혼전 속으로 뛰어들었다. 그리고 동시에 휘두른 각자의 애검.

적과 아군이 한데 뒤엉킨 근접 전투에서는 마법 공격보다 검이 훨씬 쓰기 편하다. ……적과의 사이에, 실력 차이가 많이 날 때의 이야기지만.

그리고 메비스와 마일에게는 그들을 훨씬 능가하는 실력이 있었다.

전장을 휘젓고 다니는 두 개의 검.

계속해서 쏘아대는, 연사 속도에 중점을 맞춘 공격마법.

아마 '붉은 맹세' 네 사람이 없었더라면 28 대 9인 싸움에서 드워프들은 몇 명의 중상자와 사망자를 냈거나, 최악의 경우 패배해서 괴멸당했으리라. 일반적으로는 몇 명의 경상자를 내는 선에서 그칠 상대한테…….

하지만 메비스와 마일이 끼어들면서, 전투 초반에 갑자기 완패당할 뻔한 드워프들은 겨우 버텼고, 레나와 폴린의 마법공격으로 해주는 적절한 도움을 받으며 겨우 중상자를 내지 않고 오크를 섬멸하는 데 성공했다.

*　*

"……근데, 이게 어떻게 된 일이야……."

마일과 폴린에게 치유마법을 받고 있는 중상자들을 곁눈질하며, 레나가 대장에게 물었다.

"어떻게, 라는 말은?"

"시치미 떼지 마! 왜 오크가 그렇게 강한가. 그리고 왜 그 사실을 미리 말해주지 않았는가, 인 게 뻔하잖아!"

화나서 소리치는 레나에게 대장은 어리둥절한 표정을 지었다.

"아니, 마물은 강하다, 고 분명 말했던 것 같은데……."

"그렇게 말하면, 그냥 겁주는 거라든가 아니면 방심하지 말라는 충고라고 생각할 게 뻔하잖앗! 왜 더 제대로 설명해주지 않았느냐고! 그리고 애당초, 그런 식이면 상대한테 승산이 있지!"

추궁하는 레나에게 대장이 태연한 표정으로 대답했다.

"승산이 있든 없든, 이긴다. 우리 드워프의 자긍심을 걸고. 그저, 그것뿐인 이야기야……."

"그래놓고 저번에는 져서 겨우 기어 도망쳐 돌아온 거냐아아아아앗!"

"그나저나, 어떻게 할까요……."

"어떻게 하지……."

"나중에 다툼이 일어나면 안 된다면서, 상인분들에게 부탁해서 정식 계약서를 작성하고 의뢰비는 미리 다 받아버렸으니까요……."

"어쩌긴 뭘 어째!"

그렇다, 어쩌고 말고 할 것도 없었다.

'붉은 맹세'는 계약의 프로인 상인에게 부탁해 빈틈없는 계약 문구를 물어보고, 선금으로 촌장으로부터 의뢰를 받았던 것이다.

길드를 통하지 않은, 의뢰주와 수주자가 직접 교섭해서 계약하는 '자유 의뢰'는 사후에 갈등이 일어나는 경우가 많다. 그래서 안전 조치로, 계약서를 제대로 작성하고 선금을 받는 것이 정식 절차였는데, 그게 예상이 틀어져서 지금은 오히려 '붉은 맹세'를 옭아매고 있었다.

신고 내용에 허위가 있으면 계약은 즉시 파기, 의뢰비는 그대로 몰수가 되어 아무런 문제도 없다. 하지만 드워프가 낸 의뢰와 신고, 상황 설명에는 허위도 빈틈도 없었다.

토벌 상대는 오크, 오거를 비롯한 마물 전반. 마을 사람들이 토벌을 시도했지만 마물들이 너무 강해서 실패. 다시 시도하는 토벌에 대한 지원을 의뢰한다.

……이상한 부분은 하나도 없었다.

"우리는『마물은 일반적인 것보다 훨씬 강했다』고 미리 말했다고. 그리고 의뢰 계약 전에, 촌장이 그 부분을 분명히 전했을 거다. 그런데 뭐가 불만이지?"

뒤에서 이야기를 듣고 있던 대장이 끼어들었다. 레나가 다시 화나서 소리쳤다.

"진 자는『상대가 약했다』고 보고하지 않아! 강했다, 고 말하지, 보통은! 그리고 그게 진짜라고 생각하는 상관은 아무도 없다고오옷!"

워워, 하고 메비스가 달랬지만 레나는 아직 분해서 씩씩거렸다.

"뭐, 하지만 그렇게 생각해도 어쩔 수 없죠. 마물은 무술 훈련 같은 걸 하지 않으니, 1개 분대 정예 오크 따위는 없으니까요. 이따금 강한 개체가 출현하기는 하지만 그건 어디까지나 개체 차이이고요……."

마일의 말대로 그런 특수한 예가 집단을 이루고 있다, 는 이야기는 들어본 적이 없다. 그리고 그 오크들의 강력한 힘은 단순히 개체의 차이라고 생각하고 말기에는 너무도 이질적이었다.

"하이 오크에 버금가는 힘이었는데, 외견이나 특징을 봤을 땐 보통 오크였단 말이지……."

메비스의 말이 맞았다.

'붉은 맹세'는 막 활동하기 시작했을 무렵, 자금을 벌기 위해 도시락과 물통 하나 들고 언덕에 오른 적이 있었다. 대물을 노리는, 이른바 '하이 오크와 고블린 킹 사냥', 이름 하여 '하이 킹'이었다. 그래서 그녀들은 하이 오크에 대해 잘 알았다.

"그리고 애초에 하이 오크만으로 구성된 무리 따위는 존재할 리가 없잖아. 그런 건 장군들만 9명으로 편성된 1개 분대, 같은 거니까 말이야. 누가 원하겠어, 그런 분대를!"

레나의 지적에 메비스가 고개를 끄덕였다.

"하지만 우리나라에서는 『뱃사공이 많으면 배가 산으로 간다』라는, 많은 지휘관이 힘을 모으면 불가능도 가능해진다는 격언이……."

"마일, 그거, 전에도 한 말이잖아? 그리고 아마도 그런 의미가 아니라고 생각하거든, 내가 읽은 병법서에 적혀 있던 내용과 아울러 생각하면……."

메비스는 마일이 말하는 '모국의 격언'이라는 것이 아무래도 미덥지 않았다. 그건 마치, 마일이 자랑하는 '일본 전래 허풍동화'와 같이 어딘가 수상했다.

"뭐, 뭐어, 그건 이제 됐어. 문제는 앞으로 어떻게 할지, 하는 거잖아?"

레나의 말이 옳았다.

"오크가 강한 것은 뭐, 잘 알았습니다. 이유는 모르겠지만요……. 그래서, 아까 여덟 마리를 쓰러트렸으니, 남은 것들은 대수롭지 않아요. 지금 저희의 전력이면 문제없을 거예요. 만약 고블린과 코볼트, 뿔토끼 같은 게 나와도, 그런 게 설령 몇 배나 강하더라도 별로 문제되지 않아요. 문제는……."

"오거, 지……."

마일의 말을 메비스가 이어받았다.

"일반 오크와 아까 그 오크의 힘의 차이. 그 비율을 그대로 오거에 대입하면……."

"네, 『하이퍼 오거』의 탄생이에요. 오거 로드가 열리게 되고 말아요. 『오거 배틀러 전기』입니다!"

이번에는 마일이 메비스의 말을 받았다.

모두 마일이 무슨 말을 하는지 이해하지 못했지만, 하고자 하는 말의 뉘앙스만은 대충 전달되었기 때문에 그냥 패스했다.

"음, 앞으로 어떻게 하냐고 해도 말이지……."

"어떻게 할 방법이 없지……."

그리고 이번에는 드워프들이 목소리를 높였다.

"지금 물러가도 어차피 마물들을 토벌하지 않으면 우리 마을은 끝이야. 할아범들이 마을의 의사결정권을 쥐고 있는 한, 인간들의 도시에 도움을 청하는 선택지는 없어. 그리고 할아범들의 허용 범위 내에 있고, 지원 전력, 그리고 둘이나 되는 놀라운 실력의 치유마술사의 조력을 얻을 수 있는 기회는, 마을에 남겨진 시간을 봐도, 예산을 봐도, 이제 두 번 다시 없을 거야. 이번에 처음이자 마지막, 유일한 기회야. 너희한테는 미안하지만 우리와 앞으로도 함께해주었으면 좋겠어……."

얼굴을 마주 보는 '붉은 맹세' 멤버들.

"저기, 저는, 아직 13살이어서……. 정식 프러포즈는 아직 좀……."

찰싹, 레나의 손날치기를 맞은 마일. 그리고…….

"그건 됐고, 이 근방에 설마 ~~용종~~이 살고 있는 건 아니겠지? 그리고 힘이 몇 배로 강해진 ~~용종~~ 무리가 나타나거나 하진 않았겠지?"

메비스의 질문에 창백해진 얼굴로 고개를 마구 가로젓는 드워프들이었다…….

카피

"큰일이네……."

마일은 고민에 빠져 있었다.

"내일부터 멀리 일하러 가야 하는데, 원고가 아직 나오지 않았어……. 마감을 맞추려면 사흘 이내에 완성시켜서 나흘 후에 길드편으로 보내야만 하는데……. 아아, 어떻게 해!"

아무래도 내용이 떠오르지 않아 글이 막힌 듯했다.

"아아아, 지금까지 한 번도 마감을 어겨본 적이 없는데! 아아아아아아!!"

늦은 밤, 방음과 방진 결계를 치고 침대 속에서 괴로움에 몸부림쳤다.

하지만 아무리 뒹굴어도 어떻게 해결될 문제가 아니다.

그럴 터였는데…….

『도와드릴까요?』

구원의 신이 나타나 그렇게 말을 걸었다. 공기 진동에 의한 음파 전반이 아니라 마일의 고막을 직접 진동시키는 방법으로.

『저한테 맡겨 주십시오!』

*　*

그리고 다음 날 아침.

……이랄까, 아직 주변이 어둑어둑한 새벽녘.

마일 일행이 묵고 있는 여인숙 방의 한복판에 방음, 방진, 빛 차단 실드를 친 돔형 공간이 형성되어 있었다. 안에서는 바깥이, 그리고 바깥에서는 안이 보이지 않고 소리도 들리지 않았다.

레나 일행은 깊이 잠들어 있었고, 만에 하나 깨서 이 돔을 보더라도 '또 마일이 일찍 일어나 독서나 글을 쓰고 있는 거겠지' 하고 생각할 테니 별로 문제되지 않았다. 마일이 이 돔 안에서 누구의 방해도 받지 않고 있는 것은 하루 이틀 일이 아니었다.

그리고 긴급할 때에는 레나나 폴린이 공격마법을 쏘거나 메비스가 검으로 내리치도록 되어 있었다. 그렇게 하면 안에는 영향이 없어도 마일은 공격받았다는 것을 알 수 있었다.

그 돔 안에서 오간 대화는…….

『이것이 생체 로봇 '마일001'입니다.』

"오오오오오! 그야말로 『카피 로봇』!"

그렇다, 그것은 마일을 쏙 빼닮게 만들어진 로봇이었다.

『초기에 오류가 있으면 바로 대처할 수 있도록 초반에는 제게 제어를 맡겨 주십시오. 초반만 맡겨주시면 됩니다, 초반에는 제 존재가 필요합니다!』

"나노, 이 사람……, 아니, 이 나노머신은?"

『네, 생체 로봇 '마일 001'의 제작 총감독을 맡은 자입니다.』

"어라? 나노가 지휘한 게 아니야?"

『네, 저는 마일님과 늘 함께 있고, 마일님의 신체를 가장 잘 알기 때문에 디자인 감독, 그러니까 총 작화 감독을 맡았습니다. 그러니 사이즈, 색깔, 탄력, 전반적으로 오리지널과 조금도 다르지 않도록…….』

"끼……."

『끼?』

"끼야아아아아~~~악!!"

"하아하아하아……. 어, 어쨌든 그 나노머신……, 이라고 부르면 잘 모르니까 호칭을 정해볼까. 그래, 아까부터 『초반』이라는 말을 계속 했으니까 『초반니』라고 부르면 어떨까……."

『오오, 개체 식별 이름을 부여받다니, 이 무슨 영광, 이 무슨 행복!』

총감독 나노머신이 왠지 감격한 모양이었다.

"그래서, 그, 『초반니』 씨가……."

『네, '초반니'가 하룻밤 사이에 다 해주었습니다.』('데스노트'의 제반니 패러디)

"그거 지금 내가 말하려고 했는데에에에~~!!"

『네?』

마일이 왜 씩씩대는지 알 수 없어 어리둥절해하는 나노였다…….

* *

“그럼 3박 4일간, 산촌 근처에 생긴 고블린 집락 소탕 임무, 출발!”
““하앗!””
“하아…….”
혼자 한 박자 늦었다.
그리고 출발하는 ‘붉은 맹세’ 멤버들.
“……파티 리더는 난데…….”
조금 쓸쓸하다는 듯이 중얼거리는 메비스를 패스하고…….

“의뢰처인 마을까지 앞으로 얼마나 남았나…….”
“6.274킬로미터요. 현재 속도로 예상되는 소요 시간은 1시간 18분 26초입니다.”
““““엥…….””””
레나의 중얼거림에 즉시 자세한 정보를 내놓는 마일과, 그 말을 듣고 깜짝 놀라는 세 사람.
“그……, 그래. 고마워.”
마일의 엉뚱한 소리에는 늘 놀라는 레나 일행이었지만, 이번 대사는 평소와는 조금 종류가 달랐다. 마일의 얼굴은 몹시 진지했고 절대 농담하는 분위기가 아니었다.
적당히 그 말을 흘려듣는 레나였지만, 그녀의 얼굴에 살짝 의아한 표정이 실렸다.

*　*

"……그 부근에 고블린 목격담이 많지. 그럼 내일은 그 부근을 중심으로……."

레나가 촌장집에서 고블린 정보를 들으며 그렇게 말했을 때, 마일이 종이를 슥 내밀었다.

"방금 들은 이야기를 통해 목격 장소를 플롯하고, 시계열을 가미해 분석해보았습니다. 그 결과 분포 상황을 봤을 때 집락 예상 위치는 이 부근. 고블린들의 주요 사냥터는 이 부분으로 예상됩니다."

오오, 하고 감탄사를 흘리는 촌장과 목격 증언을 위해 모인 마을 사람들.

그리고 레나 삼인방은.

"""""…………."""""

뭐야, 이 녀석.

그러한, 의심스러운 눈초리로 마일을 뚫어지게 응시했다.

이 생체 로봇 '마일 001'은 몸은 기계가 아니라 사람이 만든……, 아니, '나노가 만든' 생체 조직이었는데, 자율행동이 가능한 만큼의 두뇌는 갖추지 않아서, 한 나노머신의 지시에 따라 다른 많은 나노머신이 각 부위를 제어해 움직였다. 대화도 그 전체 지휘 담당 나노머신이 맡았다.

이 전체 지휘 역할 포지션은 희망자가 속출해서 교대로 이루어졌다.

그때까지의 대화와 행동 데이터는 공유되기 때문에 교대해도 크게 어긋나지 않았다. 각 나노머신의 개성에 따라 다소 언동이 달라지기는 했지만 그것은 허용 범위 내에 있었다.

*　*

"이 부근이려나. 자, 다들 분담해서……."

"발견했습니다, 고블린 집락입니다! 아무래도 동굴을 보금자리로 삼은 것 같습니다."

레나의 말이 끝나기도 전에 마일이 발견 보고를 했다.

"""""…………."""""

그리고 폴린이 어이없다는 듯 말했다.

"마일, 페이스 배분!"

"응. 마일, 페이스 배분, 페이스 배분……."

메비스가 이어서 말했다.

그리고 무슨 왜 그러는지 조금 화가 치민 표정인 레나.

"그럼 부근 상황을 조사하자. 아무리 집락을 파괴해도 암컷과 새끼를 몇 놈만 놓쳐도 다시 번식할 테니까. 그럼 정말로 의뢰주의 기대에 부응했다고 말할 수 없지……."

"탐색마법으로 확인했을 때, 고블린들이 자기 구역으로 삼고 행동하는 듯한 범위 내에 다른 고블린의 반응은 없습니다. 지금, 집락을 파괴하면 문제없을 것으로 생각됩니다."

"""""…………."""""

입을 꾹 다무는 세 사람. 그리고 레나는 심기가 몹시 불편해 보였다.

"시작하자!"

"""하앗!"""

"하앗……."

마일의 대답이 자꾸 한 박자씩 느렸다.

"파이어 볼!"

"아이스 재블린!"

"윈드 엣지!"

메비스의 윈드 엣지뿐 아니라 레나의 파이어 볼과 폴린의 아이스 재블린까지, 하나하나를 소형화해서 개수를 늘린 응용마법이었다. 고블린 무리가 상대라면, 강력한 단체마법보다 이 편이 더 효과적이었다. 그리고…….

"스프레이저 광선, 발사!"

마일의 두 손에서 스프레이처럼 뿜어져 나오는 무수한 빔.

그러자 서 있는 고블린은 한 마리도 없었다.

"""""…………."""""

"……동굴에 침투해서 남은 적을 소탕하자! 한 놈도 놓쳐선 안 돼!"

"""하앗!"""

"하앗……."

그리하여 메비스와 마일을 선두로 해서 동굴에 들어가는 '붉은 맹세'.

'좋았어, 상대는 고블린이고, 게다가 주력은 해치웠고 잔적은 마이크로스랑 진 신속검을 사용할 것까지도 없어. 그런 것을 쓰지 않고 내 원래의 힘으로 싸워서 실력을 키우자…….'

메비스가 그렇게 생각하고 있는데…….

타닥!

퍼버버버벅!

"끝났습니다."

""""마, 마이이이이일~~~!!""""

*　*

"""""…………."""""

돌아오는 길.

임무가 무사히 완료되어 마을 사람들이 뛸 듯이 기뻐하며 고마워했다. 하지만 웬일인지 '붉은 맹세' 중 세 사람은 기분이 언짢아 보였고, 나머지 한 사람인 마일은 초조해 보였다.

'이상하네요! 마일님의 능력 범위에서, 분명히 마일님과 똑같이 말하고 행동했는데 무슨 영문인지 다른 분들의 기분이 최악이에요! 제대로 일했는데……. 동료와의 사이를 나쁘게 만들면 마일님께 죄송…….'

"""""……………….""""""

'이번에 마일은 분명 유능했어. 적확한 판단에 재빠른 대처…….'

'이번에 마일은 실수도, 멍도 때리지 않고 적극적으로 싸웠어요…….'

'이번에 마일은, 제대로 야무지게 일했지. 이상한 언동도 없었고…….'

"'……하지만, 그런 건, 마일이 아니야!!'"

그리고 말수를 줄이고 귀로를 서두르는 '붉은 맹세'였다…….

* *

"좋았어, 다 했다! 신작『하이 오거 씨가 간다』1권이랑『자이언트(거신) 오크』3권이 완성! 이제 빨리 길드편으로……."

어느 날 마일은 모두가 일어나기 전에 '마일 001'과 교대해 몰래 여인숙을 나왔다.

그리고 '붉은 맹세'가 도시를 떠난 후 다른 여인숙에 혼자 방을 잡고 틀어박혀 집필에만 몰두했던 것이다. 'C등급 헌터 마일'로서가 아니라 '작가 미아마 사토데일'로서…….

그리고 지금, 마침내 원고를 완성했다.

"서두르지 않으면 길드편 마차가 떠나고 말아……."

허둥지둥 원고를 봉투에 넣은 마일은 길드로 달려갔다.

"후우, 겨우 늦지 않게 보냈네……."

이마에 맺힌 땀을 닦으며 길드를 나온 마일의 눈에 비친 것은 멀리서 걸어오는 '붉은 맹세' 멤버들이었다.

"크, 크크크, 큰일났어!"

마일의 시력은 '붉은 맹세'에서 마일 다음으로 시력이 좋을 메비스보다 훨씬 뛰어났다. 그래서 그쪽의 마일, 그러니까 '마일 001' 이외에는 아직 마일을 볼 수 있는 거리가 아니었다. 하지만 같은 장소에 두 마일이 있는 것을 주변 사람들이 보기라도 한다면 그것으로 끝이다.

'광선 굴절, 스텔스 모드!'

당황하며 광학 미채 마법을 써서 모습을 감춘 마일.

아직 여기서는 '마일 001'과 교대할 수 없다. 길드에서 달성 보고를 할 때 의뢰 수행 상황을 전혀 모르는 오리지널이 있으면 만에 하나 들킬지도 모른다. 교대할 타이밍은…….

'아아악! 저녁 뒤풀이 때는 반성회가 열리니까 그전에 교대하면 안 돼! 뒤풀이 때, 열심히 일한 기념으로 먹는 진수성찬으으을!!!'

피눈물을 흘리며, 원고를 늦게 낸 자신의 자업자득이라고 반성하고 모든 것을 단념한 마일이었다.

뒤풀이 겸 반성회가 끝나고 여인숙으로 향하는 도중, 마일(001)의 시야 한쪽 구석에 순간 그림자가 비쳤다.

"어라? 저기, 잠깐만요!"

"엥? 아, 야, 갑자기 혼자 어디로……."

레나가 말리려고 했지만, 무시하고 서둘러 오른쪽 노지로 달려간 마일(001). 그리고 몇 초도 채 지나지 않아 다시 돌아왔다.

"죄송해요, 잘 아는 고양이를 본 것 같았는데, 달아나버렸네요.

닮기만 했지 다른 고양이었을지도…….”

“‘어라?’”

얼굴도, 목소리도, 미소도, 아무것도 달라지지 않았다.

그런데 왠지 레나 일행은 뭔가 마음이 차분해진다고 할까, 자신들과 잘 어우러지는 느낌이 들었다.

“‘…………’”

그리고 레나가 불쑥 중얼거렸다.

“마일, 무리하지 않아도 돼. 나사가 하나 빠져 있어도, 어리바리해도, 실패해도, 엉뚱한 이야기를 해도 넌 그냥 너니까. 괜히 진지하게 행동하려고 하거나, 겉으로 꾸민 태도를 보이려고 하지 않아도 돼. ……뭐랄까, 열 받는단 말이야, 그런 태도! 뭐든지 다 혼자서 하려고 하지 말라고, 열 받아!”

“엥? 에에엥?”

상황 파악이 안 돼 조바심 나는 마일.

“맞아, 마일. 우리는 파티니까 자연스러운 그대로의 마일이면 돼. 임무도, 모두를 믿고 분담해서 하자고. ……특히, 검을 쓸 때 나를 못 미더워하지 말란 말이야! 아니, 진짜로!”

왠지 조금 필사적으로 말하는 메비스.

“…………?”

그리고 왠지 묵묵히 고개를 갸우뚱거리는 폴린.

‘에에엥? 반성회는 뒤풀이 때 다 한 거 아니야? 그리고 엄청난 위화감이 느껴지는데! 어떻게 된 일이야? 나노, 『괜찮으니 걱정 마세요』 하고 말했었잖아!’

『죄송합니다……. 아무래도, 여러분의 정신적 유대감이, 저희의 상상을 초월한 모양이어서……』

이미 나노머신들은 '마일 001'에서 떨어져 원래 배치로 돌아와 있었다. 그리고 '마일 001'은 마일의 아이템 박스, 라는 이름의 시간이 정지된 이차원 세계에 수납되어 있었다.

'아……, 그, 그렇구나, 응, 그런 거라면 어쩔 수 없지…….'

그리고 마일은 자신들의 유대가 강해서 그런 거라는 이야기에, 기뻐서 불평할 수도 없게 되어버렸다.

『……쉽네!』

'나노, 방금 뭐라고 했어?'

『아니요, 아무 말도!』

'……그래? 그나저나, 곤란하게 됐네. 모처럼 만들어줬는데, 몸 교환 작전은 이번 한정이려나.'

마일의 말에 나노머신은 당황했다.

모처럼 만든 '마일 001'. 그리고 그것을 움직여서 한 '인간 놀이', '마일님 되기 놀이'는 나노머신들 사이에 대호평을 이루어 대기 줄이 굉장했기 때문이었다. 이제는 상시 가동된다고 하더라도 이 항성계가 끝을 맞이할 때까지는 도저히 끝나지 않을 정도로 예약이 되어 있었다. 그것이 보류되면 큰일이 나리라.

어쨌든 나노머신들의 독단으로 이러한 것을 만들거나 조작할 수는 없어서, '권한 레벨 5인 마일님의 요망'으로 비로소 작성할 수 있었던 울트라 슈퍼 레어 기재였던 것이다.

『그, 그래요! 다음번에는 마일님이 일하러 가시고 저, 그러니까 생체 로봇이 소설을 쓰는 걸로 하면 됩니다. 그렇게 하면 소설도 마일님이 직접 쓰신 것보다 훨씬 재미있을 테고…….』

나노가 자신만만하게 말했다.

'무, 무무무슨!'

『이미 초안은 나와 있습니다. 가슴이 없어서 언뜻 남자애처럼 보이는 소녀형 생체 로봇이 오토바이를 타고 세계를 여행하는 이야기, '나노의 여행'. 대히트는 따 놓은 당상!』

'무무무무무무무무무슨!'

『물론 생체 로봇은 고대 문명이 남긴 골렘, 오토바이는 마도구로 설정하고…….』

"가슴이 없어서 남자애로 보인다니, 그거 나여서 그래?! 나를 모델로 한 몸이어서 그러느냐고오오오오옷!"

"꺅! 뭐, 뭐야, 갑자기! 무슨 뚱딴지같은 말을 갑자기 소리치고 있어?!"

마일은 너무 화가 많이 난 나머지, 무심코 목소리를 내고 말았다.

그리고 레나에게 혼나, 허둥지둥 둘러댔다.

"아, 그게, 저기, 잠깐 떠올리고 싶지 않은 기억이 갑자기 떠오르고 말아서……."

"……그래? 뭐, 너무 신경 쓰지 마……."

마일이 외친 말을 통해 그 '떠올리고 싶지 않은 기억'이 무엇을 말하는 건지 대충 눈치챈 레나가, 묘하게 다정한 말투로 마일을 위로했다.

((………….))

그리고 폴린과 메비스는 왜 레나가 갑자기 다정해진 건지 짐작했지만 물론 그것을 입 밖으로 꺼낼 만큼의 용감한 자도 어리석은 자도 아니었기에 입을 꾹 다물었다.

"……아무래도, 평소 마일로 돌아온 것 같네요."

폴린의 말에 레나와 메비스가 고개를 끄덕였다.

"하지만, 진지하고 유능한 마일도 썩 나쁘진 않을지도 모르겠어……."

"이상한 행동도 말도 하지 않고, 열심히 일하는 마일이라……."

"그 편이 돈을 더 착착 벌 수 있을 것 같긴 하네요……."

"허어어어억!"

설마 했던, 동료들의 '진짜보다 가짜(001)가 더 유능하다' 발언!

마일이 받은 충격은 컸다. 하지만…….

"그래도 이쪽이 재미있으니까, 난 이쪽으로 할래."

"저도요."

"나도. 동료는 역시, 함께 있을 때 즐거운 게 최고니까."

"으? 으으……, 으으으으으……."

화내야 좋을지, 기뻐해야 좋을지 알 수 없었다. 복잡한 심정으로, 그저 계속해서 끙끙대는 마일이었다.

『다행이네요, 좋은 동료들을 얻어서!』

'시, 시끄러워어엇!'

작가 후기

여러분, 오랜만입니다, FUNA예요.

마침내 『평균치』도 8권이 나왔습니다. 10권까지 얼마 남지 않았어요…….

『평균치』 소설, 코믹스, 그리고 『포션빨로 연명합니다!』와 『노후를 대비해 이세계에서 금화 8만 개를 모읍니다』 소설, 코믹스도 순조로워서 '바빠서 다른 일은 아무것도 못하는' 과분한 고민 말고는 특별히 문제없는 나날을 보내고 있습니다.

……아니, 외출은 달에 몇 번, 그것도 도보 3분 거리에 있는 슈퍼뿐이라든지, 주식은 소바나 컵라면이라는 건 문제가 없지도 않은 듯한 기분이 들지 않는 것도 아닌 요즈음입니다만…….

이번 8권에서는 마일의 고향, 아스컴 자작령이 제국군의 침략을 받아, 이미 자신과는 상관없다고 생각하면서도 내버려둘 수 없는 마일과 그러한 마일에게 은혜를 갚으려 하는 폴린 일행의 악마와 같은 소업들을…….

그리고 오랜만에 마르셀라 이하 '원더 쓰리'의 등장!

그리고 그리고, '붉은 맹세, 동쪽으로'!

마일: "다음은 『동방 프로젝트』예요!"

그……, 그래.

애니메이션화 기획은 순조롭게 진행되고 있습니다.
……라고 할까, 진행되고 있다는 모양입니다.
감독님과 스태프 분들이 하나둘씩 결정되고 있는 듯해요.
방영은 내년이 되려나…….

그리고 무려, 미국에서만 판매되는 줄 알았던 영어권 전자 서적이 다른 나라에서도 판매되어 캐나다, 호주, 브라질, 멕시코, 네덜란드, 기타 Amazon 코믹&그래픽 노벨 부문에서 상위권에…….
설마 정말로 국제 작가가?
아니.
아니아니.
아니아니아니아니아니!

어, 어쩌면, 라노벨로 세계 정복이…….

FUNA: "또 한 걸음, 야망에 다가갔다……."

마일: "야망, 마망(魔望), 전근 예보!"
레나: "뭐라는 거얏!"

평균치』의 만화 연재는 웹코믹스지 『코믹 어스 스타』, 『포션』과 『노금』('노후에 대비해~'의 약칭입니다)은 웹코믹스지 『수요일의 시리우스』에서 호평 연재 중입니다.

소설판, 만화 모두 잘 부탁드립니다.

마지막으로 담당 편집자님, 일러스트레이터 아카타 이츠키 님, 책 디자이너 야마카미 요이치 님, 교정교열 및 인쇄, 제본, 유통, 서점 등에 종사하시는 관계자 여러분, 감상과 지적, 제안, 충고, 아이디어 등을 아낌없이 주시는 '소설가가 되자' 감상란의 여러분, 그리고 무엇보다도 이 작품을 읽어주신 모든 분께 진심으로 감사드립니다.

다음에는 『평균치』 9권에서, 혹은 『12~13살 정도로 보이는 빈유 소녀 3부작』 중 다른 두 작품으로 만나 뵐 수 있기를.

그리고 '붉은 맹세'의 꿈과 저의 야망, 또 애니화의 실현을 목표로 앞으로도 계속 함께 동행해주시기를…….

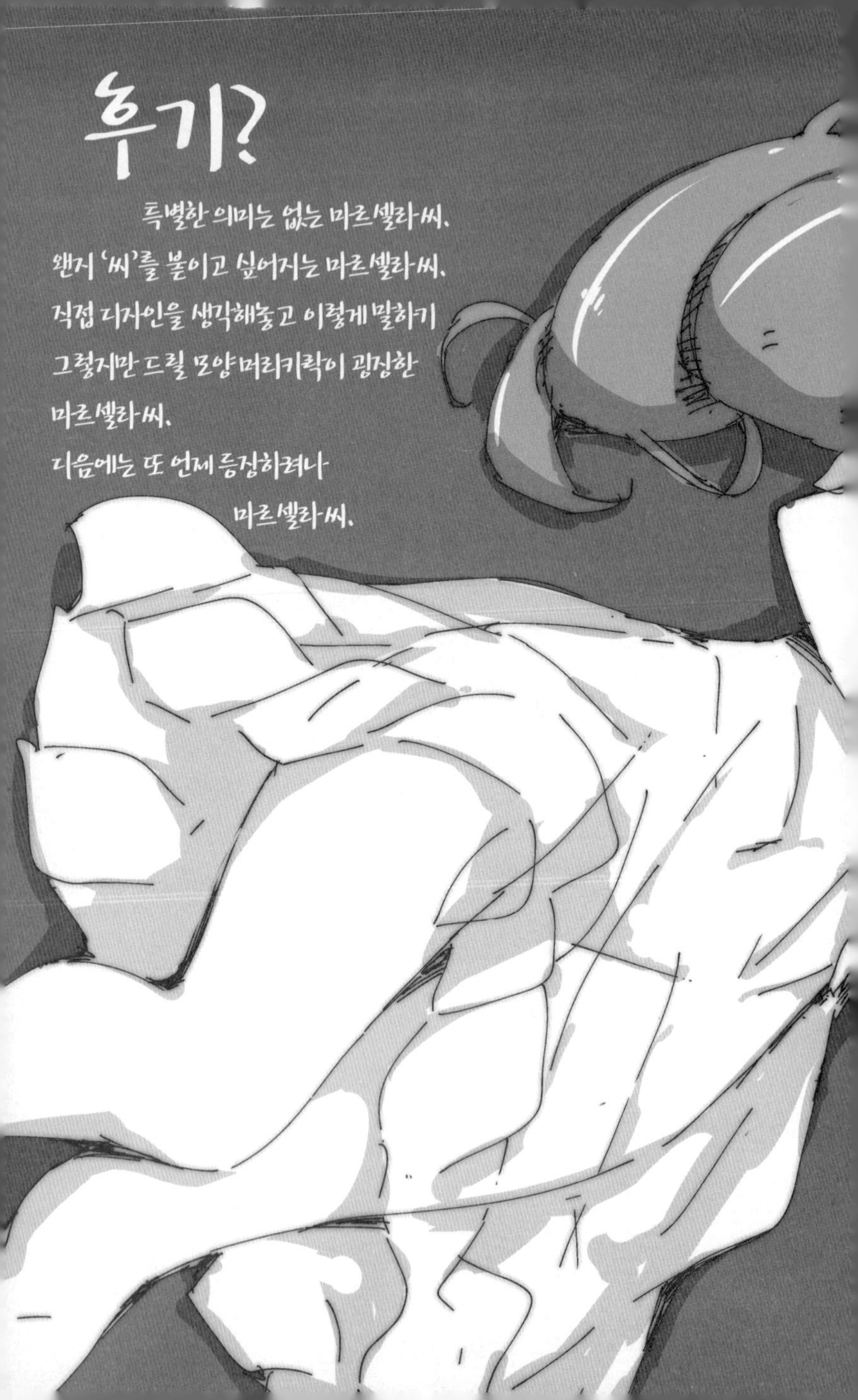
후기?
특별한 의미는 없는 마르셀라 씨.
왠지 '씨'를 붙이고 싶어지는 마르셀라 씨.
직접 디자인을 생각해놓고 이렇게 말하기
그렇지만 드릴 모양 머리카락이 굉장한
마르셀라 씨.
다음에는 또 언제 등장하려나
마르셀라 씨.

아카타
아츠키

저, 능력은 평균치로 해달라고 말했잖아요! 8

2019년 1월 8일 1판 1쇄 인쇄
2019년 1월 15일 1판 1쇄 발행

저 자 FUNA
일러스트 아카타 이츠키
옮 긴 이 조민정
발 행 인 유재옥
본 부 장 조병권
담당편집자 조찬희
편 집 김다솜 김민지 김혜주 이문영 정영길 조찬희
라이츠담당 박선희 오유진
디 지 털 박지혜 최민성
발 행 처 ㈜소미미디어
등 록 제2015-000008호
주 소 서울시 마포구 토정로222, 403호 (신수동, 한국출판콘텐츠센터)
판 매 ㈜소미미디어
마 케 팅 한민지 한주원
전 화 편집부 (070)4164-3962, 3963 기획실 (02)567-3388
판매 및 마케팅 (070)4165-6888, Fax (02)322-7665

ISBN 979-11-6389-136-9 04830
ISBN 979-11-5710-478-9 (세트)

에모토 마시메사 지음
아카이 테라 그림

에녹 제2부대의 원정밥 1

Enoku Dai Ni Butai No Ensei Gohan

'아리따운 숲의 요정' 포레 엘프로 태어났지만
가난, 못생김, 무마력의 삼중고에 시달리는 소녀 멜 리스리스.
귀여운 여동생들을 적어도 가난으로부터 구해내고 싶어서
국왕 기사단 에녹에 취직하게 된다.
멤버가 4명뿐인 제2원정부대에 위생병으로 배속된
그녀가 그곳에서 본 것은—
돌처럼 딱딱한 빵, 씹을 수 없는 수수께끼의 말린 고기였다?!
이런 식사는 용납할 수 없어!
원정지에서도 맛있는 요리를 먹기 위해
숲의 요정의 지혜를 무기로 한 리스리스 위생병의 전투가 지금 시작된다.

약방, 오픈합니다!

포션을 생성하는 치트 능력을 받아 이세계에 전생한 카오루.
가는 곳마다 포션을 쓰거나 여신 세레스를 불러내 기적을 일으키는 등
연거푸 대소동을 벌이던 그녀는 유스랄 왕국에 도착한다.
약방을 열어 생성한 약을 판매하면서
이번에야말로 평온하고도 눈에 띄지 않는 생활을 보내는가 했는데
효과가 끝내주는 약을 구하고자 군인부터 귀족까지 몰려든다......!
대인기 시리즈 제3권!
'여신의 친구' 카오루는 이번에 과연 어떤 기적을 일으킬까!?